U0584803

光明社科文库
GUANGMING DAILY PRESS:
A SOCIAL SCIENCE SERIES

·历史与文化书系·

奇人·奇书·奇遇

赵庆庆 ｜ 著

光明日报出版社

图书在版编目（CIP）数据

奇人·奇书·奇遇 / 赵庆庆著. -- 北京：光明日
报出版社，2021.4

ISBN 978 - 7 - 5194 - 5870 - 6

Ⅰ.①奇… Ⅱ.①赵… Ⅲ.①散文集—中国—当代
Ⅳ.①I267

中国版本图书馆 CIP 数据核字（2021）第 056879 号

奇人·奇书·奇遇

QIREN QISHU QIYU

著　　者：赵庆庆	
责任编辑：刘兴华	责任校对：姚　红
封面设计：中联华文	责任印制：曹　净

出版发行：光明日报出版社

地　　址：北京市西城区永安路 106 号，100050

电　　话：010 - 63169890（咨询），010 - 63131930（邮购）

传　　真：010 - 63131930

网　　址：http://book.gmw.cn

E - mail：liuxinghua@gmw.cn

法律顾问：北京德恒律师事务所龚柳方律师

印　　刷：三河市华东印刷有限公司

装　　订：三河市华东印刷有限公司

本书如有破损、缺页、装订错误，请与本社联系调换，电话：010 - 63131930

开　　本：170mm × 240mm	
字　　数：305 千字	印　　张：17.5
版　　次：2021 年 4 月第 1 版	印　　次：2021 年 4 月第 1 次印刷
书　　号：ISBN 978 - 7 - 5194 - 5870 - 6	
定　　价：95.00 元	

版权所有　　翻印必究

你一旦飞翔过，
你在地面上行走时
就会双眼望着天空：
因为你到过那儿，
因此你渴望回去。

——达·芬奇

内容简介

有道是，一个人命运有变，若非遇到奇人，便是遇到奇书。

而有些奇人恰恰写了奇书，能同时遇之，岂不为奇遇？岂不为铭心之殊事？

本书所记，便是作者幸遇到的奇人奇书，及其对作者的影响。所记奇人者，大略有三个特点：

一、年龄皆逾古稀。最长者近百岁，如一生站着授课的诗词大家、作者的太老师叶嘉莹教授，获得国际翻译最高奖北极星奖、在央视《朗读者》里圈粉无数的许渊冲教授，从中国远征军抗战烽火里走出的民族学家杨毓骧先生……"全才鬼才"黄永玉约 70 岁时写过一本奇人小传《比我老的老头》，脍炙人口。本书亦奢望略略留下奇人长者的谈吐举止、风骨神韵，以表后辈的向学之志，思慕之情。

二、本书所记奇人，皆是其领域的名家或大家。除上述几位，还有大诗人洛夫，诗人兼编辑家痖弦，军旅作家彭荆风，英汉辞典学泰斗刘纯豹，国际翡翠学奠基人欧阳秋眉，为老舍、茅盾做过翻译的文学大使刘慧琴，等等。他们皆以独家之书名世，故本书亦追记其书及夫子自道，各有千秋，耐人品味。

三、本书所记奇人，皆屡遭踬踣，不怨不艾，不卑不亢，遇挫时仍然以国为大，一旦境遇好转，依旧赤子报国。如一代名记张彦，报道过日本投降、重庆谈判、开国大典，躲过了"克什米尔公主号"飞机爆炸的劫难，跟随周总理，报道过著名的万隆会议。下放 20 多年后，获平反，担任《人民日报》首任驻美记者、英文《人民中国》及《今日中国》杂志的编辑室主任和副总编，以一篇篇精彩的英文报道向世界描述改革开放的中国。

全书含 16 篇人物小传，每篇均以作者幸遇的一位奇人为传主，录其言，叙其事，谈其书，摄其神。写前，以研读之态度准备；提笔，则时露散文之性情；成文后，蒙君青眼看，长待多闻言。

序言：奇思妙想著奇书

王英伟

（复旦大学附属华山医院麻醉科主任、教授、博士生导师）

端午时节，收到老同学赵庆庆的诗文祝福，我尚来不及提笔答和，随之而来的为她即将付梓出版的《奇人·奇书·奇遇》一书作序的盛情邀约，则令我惶恐万分。

我这位中学美女同学在当年就是激扬文字、文采斐然、"腹有诗书气自华"的才女，碾压我等一众学渣的女学霸，而今更是国内知名大学南京大学的教授，所从事的正是她当年喜爱的英文文学，且其不忘初心，利用业余时间进行中文文学的创作工作。

而我虽然也在国内医学领域小有所成，但是俗话说"隔行如隔山"，让一名医生为一本纯文学著作写序，实有班门弄斧的无措感。于是，我诚惶诚恐地捧起老同学发来的书稿认真拜读、仔细揣摩，看看平时只能写SCI科研八股文的我能否醍醐灌顶一般领悟老同学诚邀我作序的用心。

书名直指此书核心——一个"奇"字通贯全著。

首先是选题令人好奇：书中包括了十余位文化历史名人的图文传记，有著者的业师梁丽芳教授，有经历过抗日烽火从中国远征军中走来的民族学家杨毓骧先生，有国际翡翠学奠基人欧阳秋眉，等等。一段段名人轶事引人入胜，令读者手不释卷。

其次是选材的新奇：此书是以作者亲自收集的图照、音频等资料为原材料，再辅以深厚的文学功底加以提炼成文，史料严谨，绝无东拼西凑、东拉西扯、牵强附会的嫌疑。而且也没有为了迎合所谓"大众口味"去挑选轶事满天飞的名人去"炒冷饭"，而是选择真正于国家、于民族、于百姓有贡献并且在各自领域内知名的真正名人。

　　最后在于布局的奇妙：开篇之序就出自我这个文学"门外汉"，也正因如此，我才能不落窠臼地从一个普通读者的角度来评价此书，并且折服于作者优美流畅的文笔以及雅俗共赏的风格。

　　通览全书，掩卷沉思，书中传记之人物可谓各行各业的精英，奇人奇事跃然纸上，阅而闻之，神而往之，宛若奇遇；也感念老同学尤记同窗情谊，惠赠奇书，使我能够先睹为快，也倍感荣幸！并且诚恳地推荐给传记文学同好者——此书真心值得一读！

2020 年 7 月 9 日高考第三天

目　录
CONTENTS

邦德少将的珍贵捐赠

援华飞虎队王牌飞行员、美国空军少将查尔斯·邦德（1915—2009）

一、王牌飞行员邦德在华浴血空战

美国志愿航空队（飞虎队）1941 年来华抗日，战果辉煌，得到了中国历届领导人的肯定。2015 年 9 月 2 日，习近平主席发表《纪念中国人民抗战胜利 70

周年的讲话》，其中就有"中国人民永远不会忘记……美国'飞虎队'冒险开辟驼峰航线"的重要语句。

来自美国第九大城市达拉斯的查尔斯·邦德（Charles Bond），就是飞虎队著名的王牌飞行员。

他曾击落 9.5 架日机，创下一次空战击落 3 架日机的纪录，也曾在一个半月内被日机击落两次，每次都带伤返回战斗。

他是第一个把座机涂上鲨鱼牙（飞虎队著名标志）的飞行员，他第一个为飞虎队第 1 中队设计了独特的"亚当和夏娃"队徽，第一个出版了《飞虎日记》。该书自 1984 年出版后，畅销至今。

"二战"后，他出任美国第 12 航空队司令，军衔少将，荣膺云麾勋章、六星勋章、杰出军人勋章、杰出飞行十字勋章、紫心勋章等多项殊荣。

2009 年，他以 94 岁高龄在家乡辞世，葬礼隆重。战机凌空飞过致敬，礼炮鸣放 21 响，通往公墓的道路两边飘扬着美国国旗。国内外传媒都有报道。

1941 年 11 月 15 日，飞虎队第 1 中队飞行员查尔斯·邦德看到《伦敦新闻画报》的封面上有漆着"鲨鱼牙"的澳大利亚皇家空军"战斧"战斗机图片，第二天就购买油漆到基地，为自己的座机涂上"鲨鱼牙"，结果风靡全队。图为中国士兵守护涂有"鲨鱼牙"的飞虎队战斗机。

1942年5月4日，在云南保山上空，邦德独斗多架日机，被烧伤

二、少将之弟传承抗战精神

2014年，我拜会了邦德少将的弟弟——战斗机飞行员杰克·邦德上校，他是一位参加过越南战争的军人。当时，我参加了美国飞虎协会的第73届老兵团聚年会，之所以是第73届，是因为飞虎队1941年来华抗战，到2014年是73周年。

这次团聚年会，在美国得克萨斯州的达拉斯举行，汇聚了中美飞虎老兵、家人、学者、政要等几百人。中国驻美领事、云南省飞虎队研究会等出席并发言。美国官方也十分重视，国会议员塞申斯、约翰逊、得克萨斯州州长佩里发来了致辞，空军莫里斯上将莅临讲话，曾是战斗机飞行员的国会议员山姆·格莱普斯穿着飞行服到场祝贺。

团聚活动持续了三天，内容丰富，包括参观藏有飞虎战机的两大航空博物馆、飞行表演、飞虎老兵及其后代发言、纪录片观摩、访拍、授奖晚宴，等等。

而主持如此盛大活动的主席，就是杰克·邦德。他年过八旬，满头银发，腰背佝偻，但工作起来却像年轻人一样不知疲倦。为了组织好团聚活动，他连续几天每天只睡五个小时。当与会者纷纷向他致谢时，他谦和地笑道："把你们照顾好，我就比什么都快乐。"

杰克·邦德十分敬爱他的英雄兄长，听说我在翻译他哥哥的《飞虎日记》(A Flying Tiger's Diary)，很是欣慰，并分享了相关资料。2018 年，他希望捐赠美国人拍摄的驼峰搜寻纪实光碟，咨询给中国哪家博物馆合适。我知道国内十分需要来自国外的相关史料，而且习近平主席号召"加强史料收集和整理，加强舆论宣传工作，让历史说话，用史实发言，着力研究和深入阐释中国人民抗日战争的伟大意义"。

于是，我便立刻联系了中国最大最为悠久的抗日航空纪念馆——南京抗日航空烈士纪念馆。该馆位于紫金山北麓，在 1932 年始建的航空烈士公墓上扩展而成，是世界上首座国际抗日航空烈士纪念馆，入选首批国家级抗战纪念设施、遗址名录，展示了"二战"期间中、美、苏等国空军联合抗击侵华日军的英勇历史。

去中国抗战前，查尔斯·邦德（中）和比他小 14 岁的弟弟杰克·邦德（右）合影

　　徐海平馆长热情地表示愿意接收捐赠，并邀请杰克·邦德先生和家人来馆参观。该馆在其醒目位置，陈列有其兄长——飞虎英雄查尔斯·邦德的照片和介绍。

　　这个结果令杰克·邦德非常满意，不料，他却因中风不能寄出捐赠光碟。关键时刻，邦德将军的长女——创伤治疗师、画家贝姬·邦德，伸出了援手。

根据飞虎队第1中队飞行员查尔斯·邦德座机涂装的P-40战机，编号5。机身上九面半日本小国旗表示他个人空中击落日机9架，和队友合作击落1架。空中击落5架敌机即为"王牌飞行员"。

飞虎队第1中队，又称"亚当和夏娃"中队，机身中部被蛇缠绕的绿苹果内有亚当和夏娃，即其标志，为查尔斯·邦德设计。该机现陈列于美国得克萨斯州达拉斯市卡瓦诺航空馆。（笔者摄）

南京抗日航空烈士纪念馆里，邦德（左）、希尔（中）、瑞克托（右）三位飞虎名将的签名照（笔者摄）

飞虎队王牌飞行员邦德（右）向中国老师学习汉语（1942 年，昆明）

飞虎群英（1942 年 3 月，昆明巫家坝机场）

左起：鲍勃·尼尔（击落 13 架日机）、乔治·布加德、鲍勃·里特（在华牺牲）、查尔斯·邦德（击落 9.5 架日机）、约翰·布莱克本（在华牺牲）、布莱克·麦克加里（跳伞后被俘）

三、少将子女为中国公祭日撰文作画

查尔斯·邦德将军有四个孩子，三女一子。因为父亲曾在华英勇作战，孩子们对中国早有耳闻。长女贝姬回忆说，家里的小狗就有一个中国名字，叫"顶好"。当年，飞虎队驻扎在云南，当地人会跷起大拇指，夸赞击落日机的美国飞行员"顶好"。他们也学会了讲"顶好"，并问候当地百姓。这是"美国飞虎"们说得最多最熟的中国话，他们甚至把拼音"DINGHAO"涂在了战机上。二女儿辛迪回忆，父亲曾把救过自己性命的降落伞带回美国，伞布改成了孩子们的睡衣，至今她还珍藏着。

邦德的四个孩子，都是六七十岁的老人了。2015 年，在中国纪念抗战胜利70 周年之际，当他们得知 12 月 13 日是南京大屠杀死难者国家公祭日时，每人撰写了一篇追忆父亲在华抗战的文章，并附上了若干珍贵的历史照片和家庭影像。尤为感人的是，二女儿辛迪，在刚接受癌症手术、麻醉副作用还没有消退的情况下，就撰写了生动而温馨的回忆文字……

邦德的子女珍藏着来自中国的有关父亲的报道。长女贝姬擅画花卉和风景，特地创作了一幅油画《和平之菊》。此前，我向她介绍中国文化，曾告诉她中国人热爱菊花的高洁隐逸，也用菊花表示追思之情。她说自己从未见过菊花，但想创作一幅菊花图，表达对中国人民的问候。于是，她在网上搜索了大量菊花的照片，并让我选择最有代表性的花色。我请教了画画的孩子，选出了黄、白、紫三种颜色。她还想在花瓶上写上一个汉字"平"，问我这个字的含义，我详告她"平"有"和平、平静、公平"等多重褒义。她欣然接受了。

邦德少将的长女贝姬和小狗"顶好"

7

右起：援华飞虎队王牌飞行员、少将查尔斯·邦德，次女辛迪，妻子桃丽丝和长女贝姬（1947）

她在创作平生第一幅菊花图期间，因沉疴复发，有时不得不停下画笔，一再表示歉意。所以，数月后，当一幅典雅细腻、寓意美好而深远的画作《和平之菊》出现在我眼前时，我的心情久难平静。

邦德少将的长女、画家、创伤治疗师贝姬·邦德创作《和平之菊》，表达对中国人民的问候

四、搏击创伤后遗症，准备捐赠

贝姬表示，愿意向南京抗日航空烈士纪念馆签赠父亲的《飞虎日记》。对于这座致力收藏海内外抗战文物的纪念馆来说，这不啻是一份甚有历史意义的珍贵礼物。我转告了馆长邀请她和家人来馆参观的诚意，也盼望她来华看看父辈战斗过的地方……她还从未来过中国。

然而，这位空军虎将之后却坦言相告："我不旅行，不坐飞机，因为有飞行恐惧。不仅难以去中国，就是开车去我家乡达拉斯，都是头疼的问题。"而且，她用到了"创伤后紧张紊乱症"（Post – Traumatic Stress Disorder，PTSD）一词。这是一种受过可怕创伤的后遗症，会导致大脑神经紧张，使人沉溺于创伤回忆，出现易怒、暴力、失控等言行，无法完全康复。

这让我想起了邦德将军的战友、飞虎队优秀飞行员路易斯·毕晓普，我曾经翻译过他的回忆录《地狱逃亡》。他在华抗战期间，摧毁 5.2 架日机，跳伞后被日军俘房三年，受尽了折磨，1945 年伺机逃离了从上海北行的战俘火车……此后他就罹患了"创伤后紧张紊乱症"，并因病早逝。该症在"二战"老兵、越南战争老兵中相当普遍。

邦德将军其实也遭受过该症之苦。但作为声名赫赫的抗战英雄和将领，他拒绝接受这一事实。他爱家人，有时却无法控制地对他们言语粗暴，表现出子女所说的"糙边硬角"，给他们的童年留下了阴影。邦德将军在和家人电话结束时，总是说"10 – 4"，从来不说"再见"。"10 – 4"是无线电通信用语，表示"收到、知道、立即执行"。这也是他参战留下的习惯。长女贝姬说："直到父亲去世，他都在驾驶舱里和敌人作战。这是他的创伤，他永远无法走出他的 P – 40 战斗机。"他在同是空军飞行员的弟弟杰克·邦德面前，也显现过紧张紊乱，只是弟弟永远把他当作英雄来崇拜。

由于父亲带来的创伤经历，邦德的四个孩子极少参加飞虎老兵的纪念活动。美国飞虎队协会主办的老兵团聚迄今已近 80 届了，贝姬只参加过一次。1996年，在得克萨斯州达拉斯，那次团聚由她的父亲组织。她和丈夫开车几千里，到达拉斯第一天，就想赶快回家。活动诱发了贝姬的创伤记忆，她以"地狱的噩梦"来形容。她甚至没有通读过自己父亲的畅销名著《飞虎日记》，仅仅是出于澄清时间和地点之必要，才读了一些段落。最近，美国学者山姆·克莱纳（Sam Kleiner）出了一本新书《飞虎》，必须得到邦德子女的许可，在书中放入他们父亲的老照片。贝姬等子女无疑都同意。她也有这本新书，却回避读它……因为会诱发严重的 PTSD 反应。

1967年，陈纳德遗孀陈香梅（中）、飞虎队两名王牌飞行员查尔斯·邦德（左，击落日机9.5架）和鲍勃·尼尔（右，击落日机13架）合影

2004年3月，飞虎老兵在昆明重聚

左起：美国空军退役准将、前美国国防部驻中国空军武官雷诺兹，飞虎队王牌飞行员、美国空军少将查尔斯·邦德，美国大使馆新闻文化参赞裴孝贤，美中航空历史遗产基金会主席杰夫·格林，中国空军英烈高志航的女儿高丽良，坐者为"驼峰天使"、护士黄欢笑

所以，中国是邦德及其家人的心中之爱，但因为战争，又难免有深切之痛。邦德将军 2014 年在华播出的大型纪录片《飞虎传奇》中曾说："我那时爱中国人民，现在仍然爱。"从他的忆述、开怀大笑和军服上的许多勋章，丝毫看不出他多年忍受着战争创伤的后遗症，也看不出他的家人为此付出了代价。贝姬说："创伤记忆会永远印在大脑，伴随着恐惧，足以改变人的一生。学习管理症状成为生活的首要任务，目标是尽量健康生活，而非 100% 治愈。"

作为邦德将军的长女，贝姬对中国和南京别有情愫。她在网上流连于南京的山水人文美景，向去过南京、治疗 PTSD 症的医生打听情况，并积极准备将珍稀的飞虎史料捐赠给南京抗日航空烈士纪念馆。她还告诉我一件稀巧事儿：就在她准备捐赠品时，她收到了今年 9 月的公益图册，封面上的照片美得摄人心魄，拍的是四川九寨沟。她对九寨沟一无所知，但惊叹中国就这么突如其来地来到了自己身边。

援华飞虎队王牌飞行员、美国空军少将查尔斯·邦德（1915—2009）

五、珍贵捐赠在中华大地安家

贝姬寄出捐赠品后，立刻电邮告知投递单号，追踪"宝贝"的行程。杰克也时不时问她寄到了没有。如焚的等待持续了一个多月，一个沉甸甸的包裹，终于从佛罗里达州的海滨名城彭萨科拉（部分飞虎队员来华前在此受训），安全抵达了被血与火洗礼多次的古都南京。里面是邦德少将四个子女签赠的《飞虎日记》，以及邦德弟弟杰克捐赠的《二战中缅印战区坠机和失踪人员搜寻》光碟五片。

邦德少将终身保持着写日记的习惯。他的《飞虎日记》收入了他"二战"援华期间的日记，包括加入飞虎队、从美国出发、在缅甸受训、来华空战、返美的全部经过。"飞虎"每天的生活和战斗、对中国军民的感情、对"老头儿"陈纳德将军的敬佩、对女友和家人的思念等，事无巨细，均跃然纸上。美国《军事评论》（*Military Review*）载唐·伊·艾尔伯茨（Don E. Alberts）的文章，评价该书"揭开了神话的帷幕，展示了飞虎队飞行员、技师、护士和陈纳德本人活生生的人的形象，瑕瑜互见，但丝毫不减其光荣"①。该书甚为畅销，自1984年首版后，累计出版已超过十次。

邦德在日记中写道，他在昆明飞虎队宿舍一住下，就在墙上挂上女友的玉照，战后，他们终成眷属。1941年12月20日，他参加飞虎队首场对日实战，向敌机射击时竟然打不出子弹，他咒骂着，原来他因为紧张，反复开关发射器，居然在射击时没把它打开。1942年5月4日，他在云南保山独斗多架日机，被击落烧伤，自起外号"深紫"。一个多月后，在6月12日桂林空战中，他再次被击落，头部受伤，大难不死，被大家戏称为"金刚幸运儿邦德"。他每次被击落，都受到及时救助，对中国人深怀感激、钦佩和同情。

《二战中缅印战区坠机和失踪人员搜寻》光碟，为美国搜寻专家克莱顿·库里斯（Clyton Kuhles）组织的历年搜寻纪实。在南京抗日航空烈士纪念馆的英烈碑上，镌刻有4296名中外航空烈士的英名，仅美国军人就占2590位，其中1500多名死于驼峰运输航线（1942—1945）。在飞行驼峰航线的2100架美国飞机中，有1400多架坠毁，失事率近70%。至今，还有一些中美飞行员长眠在喜马拉雅山的雪峰和原始森林中。

---

① 注：这段评语见于2008年出版的《飞虎日记》（第9版）封底。原文为"…draws aside the curtain of mythology and shows the AVG members—pilots, mechanics, nurses and Chennault himself—as recognizable humans with a full spectrum of virtues and faults. Yet the glory remains undiminished…"。

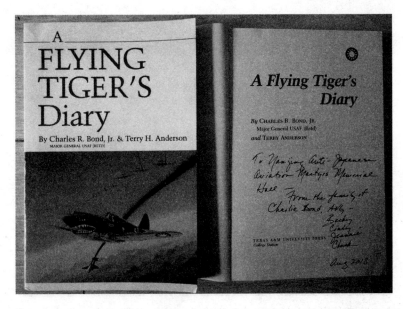

邦德少将子女签赠父亲的《飞虎日记》，送给南京抗日航空烈士纪念馆

从2003年起，库里斯先生筹募资金，搜索驼峰坠机，护送英烈遗骸回家。迄今已经在中国、缅甸、印度的荒无人烟之处，搜寻到了近30处坠机遗址，确认了200多名遇难者的身份，被誉为"一个人的'寻找大兵瑞恩'"。他的网站www. miarecovery. org有多幅照片，记录着他和当地人（包括中国百姓）负着重重的行囊在雪山荒野里跋涉，飞机的残骸、断裂的人骨、破碎的遗物……无声地诉说着一个个鲜活生命的惨死，实在触目惊心。

捐赠的这五片光碟，完整摄录了每次搜寻的艰辛过程，由库里斯亲自解说。其历史价值、国际人道主义精神，堪与日月同辉……

2018年11月8日早晨，钟山龙蟠，石城虎踞，雨中的南京抗日航空烈士纪念馆显得格外宁静肃穆。徐海兵馆长、武齐全副馆长、程薇薇研究员、讲解员、其他工作人员、南京航空联谊会茆发林秘书长、媒体记者，一起迎候着来自大洋彼岸的珍贵捐赠。虽然邦德家人因为年迈体弱不能亲来捐赠，但大家通过实物、PPT和微纪录片等多种形式，深切了解了他们的美好心意，每个人的热血都被邦德及其队友在华浴血空战的英勇事迹、驼峰航线的悲壮激荡着……负责摄影的姑娘，眼睛湿湿的。

关于捐赠，邦德家人认为："这是中美人民友谊和博爱的重要体现，我感到十分荣幸，能为此略尽绵薄之力。"馆方也表示十分感动，不仅为邦德家人准备

南京抗日航空烈士纪念馆馆长徐海兵（左）接受杰克·邦德委托笔者（右）捐赠的《二战中缅印战区坠机和失踪人员搜寻》光碟

了捐赠证书和感谢函，而且表示将继续加大对抗日航空烈士史料的征集力度，帮助人们永远铭记那段不容忘却的历史。

捐赠活动结束后，连日的阴雨竟然收了，秋阳重新普照大地。

纪念馆当天就发出了邦德家人捐赠珍贵史料的图文报道。《南京日报》《现代快报》、新华报业集团等多家媒体也都在第一时间专文报道，表达了中国人民对美国抗战英雄的尊敬，进一步推动着抗战史的传承。

在此，由衷祈愿中外抗战老兵的故事能永驻青史，祈愿有更多的抗战文物和史料得到妥善展示、收藏和研究，传诸后人，昭示着这段史无前例的人类之殇，自觉维护来之不易的和平生活。

（若无特殊说明，本文图照由查尔斯·邦德将军的家人提供。）

生不用封万户侯，但愿一识曹苏州

一、从二甲镇走出的经师和人师

曹惠民教授，笔名秋梵，江苏南通二甲镇人氏。兄弟五人，姊妹两人。年少时，家境寒微而和睦。母亲善良勤劳，父亲有儒士之风，分别为五子二女起名为泽民、福民、拯民、寿民、惠民和慕兰、慕玉。曹父擅长颜体，常代书对联，亦热心教育公益，办过小学，广受邻里乡人敬重。

曹惠民教授在台湾东吴大学

曹师自幼敦敏好读，小学成绩数一数二，却因家庭成分被划为"富农"，在1958年考初中时，被拒在当地最好的二甲中学门外，全家三代还被撵入一个10多平方米的小屋居住。1961年，形势缓和，曹师终于能进二甲中学读高中。还没开学，他就溜进校园转了一圈，兴奋地赞道："校园好大好开阔啊！"教室成排，操场平旷，花草蓊郁，学校中央的大礼堂是全镇最高大的建筑之一……"能进这样好的学校读书，真是太好、太让我满足了！"

三年后，曹师考进北京师范大学，成为二甲中学第一位考入首都名校的毕业生。接到录取通知书后的那些天，父亲大人几乎天天在街上走动，春风满面。曹师后来成为大学者、大教授，欣慰地自忖，考入北师大也许是他做过的最让父亲开心的事。

1964—1972年，曹师在北师大中文系求学，和沉静、厚朴的华侨子弟涂乃贤（笔名陶然，后成为著名作家、《香港文学》总编）同窗，相知相助相惜。"文革"后期，学校分配延迟，两人和郭芹纳（后为陕西师大博导）日夜偷读当时被称为"封资修"的中外文学名著，缔结了长达半个多世纪的兄弟情、同道情，传为文坛学界的佳话。他们的大学老同学、诗人右安居士戏曰："阳春白雪馨香远，陶然秋梵并蒂莲。不是兄弟胜兄弟，登高望远傲云天。"

曹惠民（后排左起第五位）高中毕业合影（1964年，南通二甲中学）

硕士生导师许杰、钱谷融（前排右二、三），曹惠民（前排右一）
和同门（1980 年 5 月，浙江绍兴）

从北师大毕业后，曹师回到老家南通，执教鞭十年，于 1979 年考进华东师
范大学攻读研究生，师从钱谷融教授和"五四"老人、东南亚华文文学的先驱
许杰教授，以中国现代文学为治学方向。在范伯群先生任苏州大学中文系主任
期间，他作为优秀人才被调入该校中文系，成为广受学生欢迎的经师和人师。

1988 年，曹师正值学术盛年，在犁青主编的香港《文学世界》上发表了自
己有关香港文学的第一篇评论——《他依然在星光下憧憬：我看陶然散文》。

自那以后，他不仅多有台港澳地区与海外华文文学的评论见诸报刊，而且
出版了多种带有开放视野、令人耳目一新的论著、编著和教材。比如，他著有
《多元共生的现代中华文学》（中国华侨出版社，1997）、《他者的声音》（江苏
人民出版社，2005）、《出走的夏娃》（台北秀威公司，2010）、《边缘的寻觅》
（花城出版社，2014）、《台湾文学研究 35 年》（江苏大学出版社，2015）等，

主编了《1898—1999 百年中华文学史论》（华东师范大学出版社，1999）、《阅读陶然》（北京师范大学出版社，2000）、《台港澳文学教程》（上海汉语大词典出版社，2000）、《台港澳文学教程新编》（复旦大学出版社，2013），在海内外学界引起了广泛的反响和好评。

江苏省台港暨海外华文文学研究会年会（2009 年 10 月）

左起：庄若江（江南大学）、曹惠民（苏州大学）、汤淑敏（江苏社科院）、方忠（江苏师大）、刘红林（江苏社科院）、赵庆庆（南京大学）

　　却顾所来径，曹师自云："一以贯之、念念不忘的学术理念和研究视角，我用八个字加以概括，就是：'整合两岸，兼容雅俗。'"①他进一步将其解释为"兼容严肃文学和通俗文学，整合祖国内地和台湾、港澳地区的文学为一体"②。结合这几十年的华人文坛、评论界和学界的多元化气象，"整合两岸，兼容雅俗"的

---

① 曹惠民. 却顾所来径，苍苍横翠微：我与台港华文文学 ［M］// 他者的声音：曹惠民台港华文文学论集. 南京：江苏人民出版社，2005：6.

② 陈辽，曹惠民. 1898—1999 百年中华文学史论 ［M］. 上海：华东师范大学出版社，1999：5.

"八字真言"细解来，我觉得，至少包括如下三层含义。

1. 海峡"两岸"拓宽了中国文学的研究空间，将一度因政治、历史原因而搁置的台港澳地区文学（后推及中国以外的华文文学）重新纳入中华文学的大谱系，显示了先立足大陆，放眼台港澳地区；继而立足中国，放眼世界的开阔视野。

2. 在海峡"两岸"暨香港、澳门的空间框架内，"雅俗"的统观比照丰富了中国文学的研究对象，反映了海峡"两岸"暨香港、澳门雅文学和俗文学并存、对峙，此消彼长，复又共荣互动的历史面目，紧扣时代脉搏，在研究领域恢复了文学的"半壁江山"。

3. "整合、兼容"提供了明晰有效、切中膝理的研究方法，在传统的知人论世和审美的文学批评手法上，跨越地域分界，围绕基本话题，采取宏观和微观双重视角，比较得出海峡"两岸"暨香港、澳门文学的同中有异、异中有同，从而揭示了中华文学的嬗变规律。

曹惠民教授在加拿大、美国边境的尼亚加拉大瀑布（2010 年）

学术理念开放先进，功力扎实深厚，曹师众望所归，当上了苏州大学文学院教授、中国现当代文学博士生导师、世界华文文学研究中心主任，先后兼任江苏省台港暨海外华文文学研究会副会长、会长，中国世界华文文学学会学术委员会主任委员、中国世界华文文学学会副会长、中国现代文学馆特约研究员等职。三度赴韩国、中国台湾地区担任客座教授，多次赴中国港澳台地区和新、马、泰、文（莱）、美、加访问、讲学、开会，在海内外辛勤播撒了文化、学术和友谊的种子。

二、学术探险缘于导师、同窗、学生三重情

曹师阅读中国台湾和中国境外的华文文学作品的经历，可以追溯到40多年前——1979年。那时他刚进华东师范大学，师从许杰、钱谷融先生攻读研究生，专业是现代文学，方向是做"五四"文学流派。当年在北京《当代》和上海《收获》上发表的《永远的尹雪艳》（白先勇）、《谭教授的一天》（李黎）是大陆最先刊载的境外作品，也是最早进入他阅读视野的台湾—海外的华文文学作品。初读之下，他不禁暗自惊讶：台湾—海外原来竟有如此高水平的作品！不由慢慢地将之纳入了自己的专业阅读范围。导师许杰先生（华东师范大学中文系第一任系主任）是五四时期文学研究会的元老，50年多前就在吉隆坡主编华文报纸的文学副刊。曹师跟随许杰先生读研时，常听他讲起南洋往事。上海一位名记者谷苇采访复出后的许先生，曾说许先生不仅是"五四"老人，也是20世纪20年代在吉隆坡主编《益群日报》及其文艺副刊《枯岛》、在东南亚最早播下华文文学种子的先行者之一，还说如果许先生几个研究生中，有一个人研究海外华文文学，那多好！这话，大家当时听过也就罢了，并没往心里去。想不到若干年后，谷苇这话竟一语成真。许先生的学生中，竟真"有一个人"做起华文文学研究来了。此人就是曹师。

或许这真要归结为一个缘字了。曹师与华文文学结缘，最早大约应该追溯到这份师生情缘。

毕业后，曹师到苏州教书，对中国台湾和中国境外的华文文学的阅读习惯虽持续着，却未动念把它引进研究和教学范畴。又是老同学和新学生的双重因缘，再次将他和华文文学连接了起来：北师大同窗、侨生涂乃贤多年前变身为香港作家、《香港文学》总编"陶然"，两人重又恢复联络，其不断寄来作品；1986年的一天晚上，中文系几个学生拜访曹宅，海阔天空的闲聊中，她们异口同声地向他推荐三毛，说："老师，您看过三毛吗？没有书的话，我们那里就有啊，什么时候借给您看。"她们告知了同学们当下阅读的热点，说不少女生成了"金（庸）迷"，说来说去，最终目的就是希望他能开设有关的选修课。

曹师回忆道："1988年，我终于下决心在苏州大学开讲有关的课程，把学术

视野拓至境外海外，就主观方面而言，确是缘于导师、同窗、学生的三重情。"

古人云："学然后知不足，教然后知困。"如此地既读又教，研究逐渐显必要。很自然地，曹师写出了一篇篇有关台湾、香港地区和海外华文文学的论文，陆续出版了几种专著。

身处江南，研究台港—海外华文文学，并无地缘之利，若要写史，似无可行性。倘若不能遍读第一手原始史料，爬梳剔抉，岂可轻言写史？所以，在谨慎问津文学史书写之前，曹师所作以研读作家文本、观察文学现象为主，兼及对研究方法的思考，自道"有所感有所得，便写点东西，长短不论，务必要有心得（或新得）。为学谨以'四不一没有'自励：不哗众取宠，不人云亦云，不信口开河，不故步自封；没有感悟、心得绝不动笔。几十年来大陆的风风雨雨曾经亲历，'文革'中的闭门读禁书，仍自历历在目，在南北两所最好的师范大学曾亲闻謦欬的师长（如北京师大的穆木天、李长之、陆宗达、启功、俞敏等，华东师大的许杰、施蛰存、徐中玉、王元化、钱谷融等）几乎都曾遭遇过不公平批判和非人磨难的经历，给我的问学之路、治学之思刻下了浓重的印记：任何时候都要有自己的坚守，趋时附势不为，批判文章不写，敬畏学术，把文学的还给文学，与其被意识形态所左右，莫如为情造文"。

在"陶然创作40年研讨会"期间参观徐州楚王陵（2013年9月）
右起：袁勇麟（福建师大）、陶然（《香港文学》总编）、朵拉（马来西亚作家）、陆士清（复旦大学）、曹惠民（苏州大学）、赵稀方（中国社科院）、司方维（许昌学院）、赵庆庆（南京大学）

　　自从阅读了境外海外的文学作品，曹师对那些地方平生出一份亲近，令他自己也暗自称奇。后来因缘际会，结识了不少台港地区及海外的朋友——多是学界中人，彼此相处甚洽；四赴台湾，六抵香港，多次出访亚洲和美加诸国，读、行、观、思，相激相荡，互动并进。曹师和台港海外华文文学之间的情分，不妨用他喜欢的几句古诗形容："我看青山多妩媚，料青山见我应如是。"（辛弃疾）"相看两不厌，只有敬亭山。"（李白）

　　如今的曹师，择居于姑苏城东南隅的觅渡桥畔，日常仍埋首于诗文翰墨，常作如此之想：即使今天，海外华文文学研究在大陆仍被视作边缘之学，他照旧甘居边缘，乐此不疲，寻寻觅觅渡渡，勉力在海内外架设着学术和心灵的虹桥。

左起：朴宰雨（韩国外国语大学教授）、蒋述卓（暨南大学党委书记、中国世界华文文学学会顾问）、曹惠民（苏州大学教授），参加在广州召开的首届世界华文文学大会（2014 年 11 月）

左起：刘俊（南京大学）、朵拉（马来西亚）、陶然（《香港文学》总编）、朱蕊（《解放日报》）、曹惠民（苏州大学）、陈瑞琳（美国）、樊洛平（郑州大学）、赵稀方（中国社科院）（2014 年 11 月，南昌）

三、润物无声，桃李有言

我永远忘不了——初拜曹师的那个秋天，那届年会。

2003 年，我完成了加拿大的研究生学业，回南京大学外语部任教，继续加拿大华人文学的课题，也发表了一些小文。同校文学院的刘俊教授擅治台港文学和白先勇研究，任江苏省台港暨海外华文文学研究会的副会长。2008 年 9 月，他热情邀请我到苏州参加该会的年会。曹师时任会长，在苏州大学主办那一年的年会。这是我第一次走入江苏的华文文学学者中间，有点兴奋，还夹杂着紧张，拜会了与会的江苏社科院汤淑敏、刘红林、李良，复旦大学陆士清，江南大学庄若江，江苏师范大学方忠、王艳芳，中国矿业大学朱云霞，江苏教育出版社章俊第等前辈和同侪。

曹会长恪尽地主之谊，不仅将会议组织得有声有色，还在古典和现代兼美的苏州工业园区安排佳馔，尽秀舌尖上的故苏之韵。

老街杨柳依依，拂过大巴的车顶。刘红林老师带着我穿小巷，过石桥，言语诙谐，似乎连我旗袍上的荷花也听得露出了笑靥。到了李公堤，晚宴处傍水，灯彩明漾。曹会长西装翩翩，发丝柔亮，笑迎嘉宾，并招呼我和他坐在一桌，挨着新加坡著名写作人、企业家蓉子女士。这颇让我"受宠若惊"，有点少年王勃随父参加滕王阁盛会时所感："勃，三尺微命，一介书生……非谢家之宝树，接孟氏之芳邻。"

研讨会结束后，我回宁授课，电邮曹会长，"此次拜晤，收获颇丰，谢公雅意，小诗志之，请笑纳教正"，内附了七绝二首：

姑苏记会

东吴胜地幸初逢，碧水白桥柳月风。

高论红楼今洗耳，文心四海倍觉通。

记逢——赠曹惠民教授

千载姑苏揖拜迟，风流儒雅亦吾师。

李公堤绿羽觞暖，文梦天涯共此时。

未料，曹教授不久就修书回复："来邮收悉。拜读一过，颇感动于君对加华文学不遗余力推展之心，又获赠诗二首，情真意挚，溢于言表，大慰老怀，此番得识，喜甚幸甚……华文文学研究，用武之地辽阔，努力正未有穷期，想以我等之诚，当得上苍之垂顾。"

文辞之间，不无他对后学的殷殷真情和勖勉，令我莫名感动。

由此，开始了曹师和我之间 E - mail（他的神翻译为"意妙"）往来、微信联系，传递着编外师生的情谊。

认识曹师的人都知道，他关爱年轻学者，慧眼识才，不管是否是他的弟子，他都会采用多种方式，如写书评、写序、大会发言、当面交流、引荐发表等，为他们走上学术正途"保驾护航"。他为研究生弟子计红芳的《跨界书写》、陈丽军的《幸福开花的地方》、司方维的《认同与解构》等新书热诚赐序；不是门生的，如在中国社科院文研所拿到博士学位的赵稀方、曾在华南师范大学读博的凌逾、武汉大学写日华文学的博士生张益伟、鲁东大学写《台湾当代散文艺术流变史》的张清芳，等等，只要他觉得研之有论、有据、有创新，他就会大力推荐、宣传。如今，这些当年青涩的学人，都已成为台港澳地区和海外华文文学研究领域的主力军。

而我，未曾曹门立雪，在一步步走进华人文学界时，也得到了曹师的引荐。

他非常"耐烦"（沈从文先生自评用语），甘做"推手"，介绍我认识圈内的大家名士，推荐拙文发表，为拙书赐序，做科研项目鉴定，完成我当小编时的邀稿……

曹惠民教授为与会的关门弟子司方维拍照（2013年9月，徐州云龙湖，笔者摄）

2014年11月，由国务院侨办和暨南大学合办的首届世界华文文学国际研讨会在广州召开，来自世界各地的与会者多达数百人。在主会场，我看到了久别的曹师正和一位鹤发童颜的长者讲话，遂载欣载奔。他介绍："庆庆，这就是曾敏之先生。"曾老和蔼地问了我工作和学习的情况。过后，曹师特地给我"补课"，说曾老是香港作家联会的创会会长，德高望重，有著作近40种。1946年他29岁，在《大公报》当记者，以一篇《十年谈判老了周恩来》（与周公长谈两晚后作）名闻天下……会后第二年，曾老就仙逝了。我有幸和曾老短谈，亲感其长者风范，真乃拜曹师之赐。

还有一次，他把我寄赠的即兴小诗传给北师大的同门大师兄李元洛先生，让他看看怎么样。他怕我不知李先生大名，就又耐心地给我"补课"："他是湖南作协名誉主席，诗论大家。诗评界有'南李（湖南李元洛）北谢（北京谢冕）'，你知道吗？能得到他肯定可不容易哦……"电话里，曹师兴奋得像个小孩子，可把我听得战战兢兢。怎么捅到那么大的"大牛"那里了？那些涂鸦还不给批得体无完肤！还好没有——年过八旬的李元洛先生兴致勃勃地通过微信，给我开起了诗词小灶。

最不能忘记的，是有缘结识陶然先生。数次拜会，分别是在 2013 年 9 月徐州的"陶然创作 40 年研讨会"、2014 年 11 月广州的世界华文文学国际研讨会、2016 年 11 月北京的第二届世界华文文学大会。陶然先生讷于言，安详含笑，谦谦君子也。因仗着过硬的曹陶之交，我在执编《世界日报》《华章》版时，顺利约到了陶总编自叙文学之路的娓娓随笔《契诃夫的话》，登在 2015 年 1 月 23 日那期的"名家谈华人文学之我见"栏目。2018 年圣诞前夕，我赴港参加香港归侨史料丛书新书发布会，临行前告诉曹教授，问询他的"乃贤老兄"可否拨冗赐见。结果，当然是喜出望外。陶然先生居然在香港有名的怡保酒店请喝午后咖啡，在他熟悉的"闽港小厨"请吃晚餐。席间，他询问我《香港文学》的稿费拿到没有，解答在哪里可以将人民币兑换成港元，签赠其书，合影，还聊了他的最新创作、《香港文学》的发展动向，等等。不知不觉，半天辰光悠然流逝。在鲗鱼涌地铁站，我目送他清癯的身影消失在滚滚人流，不知怎地，一阵黯然，自责浪费了他的宝贵光阴，还让他如此破费。

次年 3 月 9 日，惊闻陶然先生猝然病逝，实如晴天霹雳！几个月前，他还一切如常，怎么就……还有，曹师怎么受得了！

陶然先生（右）签赠其书《旺角岁月》给笔者（2018 年 12 月 20 日，香港怡保酒店，庄志霞摄）

后来，每每读到曹师含泪的缅怀文字，都觉得心痛，我不知道怎么才能安慰他。

曹师曾经为两本拙书赐序。一本是《枫语心香：加拿大华裔作家访谈录》(2010)，一本是《加拿大华人文学史论：多元和整合》(2019)。前者是海内外首部加拿大华裔作家访谈录，34 万字，得到了加拿大外交和国际贸易部的资助；后者是首部加拿大华人文学史论，40 万字，基于我主持的中国教育部人文社科项目。我两次恳请曹师赐序时，他都慨然应允。在为第二本书赐序时，曹师其实处在手术后的康复期，但还是认认真真通读全书，认认真真地撰写。其解味之语让我心有戚戚焉，并深感任重而道远，须得继续上下求索。

要做好一个访谈，其实并不容易，不是问几个无关痛痒的问题就能成功的，更遑论文不对题、隔靴搔痒之类。庆庆的访谈之所以成功，被访者之所以愿意侃侃而谈，定是有种如遇知音之感，而那后面，该有多少研读文本、搜罗资料、设计提问、导引话题的案头功夫！①

《加拿大华人文学史论：多元和整合》是一个充满创意的新课题，国内还没有相近的研究课题和成果，在中外文学比较和世界华人文学的研究领域具有明显的开创性。承担者堪称立足前沿，采用了新颖的研究方法，在纵向和横向的结合上，对加拿大华人的汉语、英语、法语和双语书写进行了具有突破性的既全面又深入的研究，显示了很高的学术水准。整体构想明晰，思路展开从容，在宏观视角下的多角度论述又不失周全细腻……②

嘉勉多多，令我分外感动而惶恐。赐序还不算，曹师还在国际新移民华文作家笔会上做主旨发言，评介拙书。当时，我心情十分矛盾，既腼腆地低着头，希望众人不识，又环顾会场，期待多听听大家的意见。

学其书，辨其言，我钦佩曹师的"四不一没有"，即不哗众取宠、不人云亦云、不信口开河、不故步自封，没有感悟心得绝不动笔。他的恩师——现当代

---

① 曹惠民. 序［M］//赵庆庆. 枫语心香：加拿大华裔作家访谈录. 南京：南京大学出版社，2011：2.

② 曹惠民. 一部丰美、扎实的拓荒力作［M］//赵庆庆. 加拿大华人文学史论：多元和整合. 北京：中国国际广播出版社，2019：1－5.

文艺理论家钱谷融先生赞赏道，"惠民的为人为文一直都在追求一个'真'字，他是做到了的""我们的学术研究需要这样的学者"。记得曹师在一次会上发言，大意是今天相聚切磋，回去后做研究，留给家人的又将是背影。说得真对啊！

除了在埋首学问时留给家人背影，曹师更多的是把爱和欢乐带给每一位家庭成员。他与端庄大方的师母偕行、参会、旅游；在家中，上得厅堂，下得厨房；为了接送可爱的外孙女上幼儿园，还学会了开车（但可能不怎么敢开）……

第六届国际新移民华文作家笔会暨"新移民文学研究"国际学术研讨会（2019年11月，浙江越秀外国语学院）

左起：庄志霞（中国青年出版社）、王澄霞（扬州大学）、吕红（《红杉林》杂志社）、戴瑶琴（大连理工大学）、任茹文（越秀外国语学院）、周洁茹（《香港文学》杂志社）、曹惠民（苏州大学）、江少川（华中师范大学）、张娟（东南大学）、赵庆庆（南京大学）

曹师，李元洛先生雅称"曹公子"，诗云和他"夜话联床相见晚，舌花灿烂烛花红"。曾敏之先生赏曰："纵笔勤探两岸潮，知珠识璞艺评高。潜心绛帐栽桃李，远播神州树坐标。"上海师大以快诗见长的杨剑龙博导则点赞："您有京派的厚重，您有海派的先锋，您在边缘的寻觅，您听他者的声音。南通是您的故里，苏州是您的新梦。您继承了许杰钱谷融，您整合两岸雅俗兼容……您把中装穿得如此现代，您将西装穿得这般传统……"会上，文人自娱，闹曹师，曹师一曲电影老歌《送战友》，四座动容：

送战友，踏征程，默默无语两眼泪，耳边响起驼铃声。路漫漫，雾蒙蒙，革命生涯常分手，一样分别两样情。战友啊战友，亲爱的弟兄，当心夜半北风寒，一路多保重。

送战友，踏征程，任重道远多艰辛，洒下一路驼铃声。山叠嶂，水纵横，顶风逆水雄心在，不负人民养育情。战友啊战友，亲爱的弟兄，待到春风传佳讯，我们再相逢。

曹惠民教授的散文集
《蓝花楹》

2020 年 5 月，曹师的散文集《蓝花楹》问世。怀尊念旧，记游思学，行文沉稳，感情真挚，属于让人温暖、大度和睿智的学者散文。亲摄于洛杉矶的蓝花楹（别名蓝雾树）彩照，做了散文集的封面，稠密的蓝花如浓雾晕染，"静谧、清凉、开阔""在绝望中等待爱情"的花语，悄悄透露出作者真纯、浪漫的情怀……

谨以此篇小作和一首小诗遥贺，并致绵绵的思念和感激之情：

空庭月伴花间语，立夏风读案上书。
旧事藏珍如乍历，君心三世玉壶初。

（若无特殊说明，本文图照由曹惠民教授提供。）

李文俊：译径人杳，静轩情深

　　李文俊，著名外国文学专家、翻译家、散文家，中国福克纳翻译第一人。祖籍广东中山，1930年生于上海，1952年毕业于复旦大学新闻系。多年在《译文》与《世界文学》编辑部工作，曾任《世界文学》主编。社科院荣誉学部委员、外文所编审，中国译协副会长兼文艺翻译委员会主任、中国作协中外文学交流会委员。

　　译有诺贝尔奖得主福克纳的《喧嚣与骚动》《我弥留之际》《去吧，摩西》《押沙龙，押沙龙！》等数书，以及美、英、加、澳等国文学作品多部，出版两本福克纳平传和一本画传。编撰《美国文学简史》《世界反法西斯文学书系·英

"胸中不正，则眸子眊焉。"
——《孟子》
漫画像作者　高　莽
（文俊自题）

李文俊漫画像，高莽作

美卷》《世界经典散文新编·北美洲卷》《外国文学插图精鉴》等。著有《妇女画廊》《纵浪大化集》《寻找与寻见》《天凉好个秋》《西窗看花漫笔》等散文随笔集。

获中国作协中美文学交流奖、中国译协终身成就奖、全国外文图书奖等多项荣誉。

一、序曲

英国浪漫主义大诗人华兹华斯有一名句："儿童是成人之父。"（The child is father of the man.）俗解可为"三岁看大，七岁看老"。这话，搁在今年90岁的翻译家李文俊那里，除有一点没应验外，其他大抵说得靠谱。

"我小时候很淘气，毛手毛脚，一刻儿也安定不下来，还常常打破东西，与现在喜欢收藏瓷器的我判若两人。"带着旧式黑框眼镜的老先生，眯缝着眼，坐在潘家园古玩市场对过的家中"静轩"，悠悠回忆道。

顽皮好动，爬树、游泳、玩闹以致手腕骨折，爬上客厅"拜神台"偷吃咳嗽糖浆……均为其儿时所长。上学后，因在课堂做小动作、自笑不停，被老师在脑袋上狠敲了好几记"麻栗子"。妙在如此厉害的老师，乃书画篆刻大家钱君匋先生（1907—1998）。李文俊忆述之文被钱师阅后，钱师还特地题鉴该文，并挥墨书写唐诗相赠。

除了长大好静，和儿时迥异外，童年和少年的李文俊身上潜隐着他成长为外国文学专家，《世界文学》主编，尤其是中国福克纳翻译第一人的伏笔。他雅好古典音乐、钟情淘宝古玩（不计真假），似也可以追溯到他在上海度过的人生首章。

二、上海：童年梦幻曲

李文俊，祖籍广东中山，1930年农历十月二十日生于上海，与他的友人钱锺书先生同一天生日，只是晚生20年。父亲李廷芳（1899—1994），秀挺能干，通英语，在英国人办的怡和洋行任茶叶部经理，曾在香港任职数年。香港被日军占领后，万幸逃回上海，"猫蹲"（李文俊原话，粤语"失业"）了几年，屈才在药房做小店员。闲闷时，便给七八岁的文俊开英语小灶，后用英语给他写信，介绍他看好莱坞文艺片，如《乱世佳人》，教他读商务版英译的梅特林克《青鸟》……岂料几十年后，李文俊竟然亲译梅特林克的剧本《圣安东显灵记》，还被收入外国文学老前辈施蛰存编的《外国短剧选》。

母亲梁冠英（1907—1987），李文俊心目中"最老最纯的小资"，为苏州闺秀。她从教会中学毕业后，考取了苏州艺术专科学校，工水彩风景静物画。书写遒丽，作文必须落墨于印有蓝线的正规道林信笺上，略作沉吟，一挥而就，文白相间，生动老练，在"文革"中哀叹时局，仍会用上"夫复何言"之类的雅词。李母会唱京戏，亦教儿女，并能在钢琴上弹唱英文歌，如《西班牙骑士》（*A Spanish Cavalier*）、《我的邦妮在海洋》（*My Bonnie is Over the Ocean*）……上音专的大姐歌喉婉转，时邀乐友来家演练。小文俊在弦歌声中入睡，享受着最早的文艺启蒙。李母开朗爱笑，遇小人也不动怒，只是从嘴角吐出一声"法利赛人！"她疏于理财，买菜不还价，菜场小贩称其为"快活大小姐"。李文俊的外公善经商，开过苏州第一家照相馆"兴昌照相馆"，以及在全国设有分号的"兴昌大药房"。李文俊从小就欣赏过当时十分稀罕的加色照片，他日后的编著，特别是那部让人爱不释手的《外国文学插图精鉴》（含2000余幅插图，涉及200多部外国文学经典），以图照考究、珍稀为特色，与童年之熏陶不无关系。

李文俊的父母　　　　　　　李文俊主编的《外国文学插图精鉴》

在六个兄弟姐妹中，李文俊排行第三，邻里称之"李家三弟"。一大家人住在上海霞飞路（今淮海中路）与拉都路（今襄阳南路）交口的一个弄堂内，华洋杂居，既贴近西洋风尚，又能感受到文艺气息。以法国军事家约瑟夫·霞飞（Joseph Joffre）命名的霞飞路在20世纪二三十年代，堪称时尚之源，名店林立，不少是俄法老店，尤以西餐、西点、西服和日用百货最具特色。附近的弄堂里住着白穆、孙景璐、石挥、王丹凤等演艺界人士，李文俊曾被隔壁的孩子领着从后门进去，爬上扶梯，到王丹凤的居处陪同讨要签名——尽管他当时不喜欢也不敢这么做。

而李文俊最喜欢、迄今乐此不疲的美事之一，当数逛书店。在他少年脚力和零花钱允许的范围内，吕班路（今重庆南路）上的生活书店、海格路（今华山路）上专卖西书的旧书店、迈尔西爱路（今茂名南路）上专售时代出版社书籍的VOKS（苏联对外文协）办事处、辣斐德路（今复兴中路）上的中文旧书店……还有若干无名的旧书摊，都留下了他孜孜好读的小小身影。他对生活书店（三联书店前身）的感情尤其深厚。这里，中外图书极其丰富，店员和蔼可亲，钱囊羞涩的大小读者尽可随意翻阅而毋庸担心被扰。少年文俊在此阅读和购买了不少翻译小说，俄国、法国、英国和美国的都有，译本出自巴金、丽尼、耿济之、董秋斯、罗稷南、蒋天佐、汝龙、傅雷等名家之手。他们也成了他踏上翻译之途的私淑老师。也是在生活书店，他尝读了美国左翼作家如杰克·伦敦、斯坦贝克、考德威尔的作品，感受了现代美国文学的明快、直率与力度，为他后来大力译介、研究美国文学早早打下了基础。果不其然，他在中学时就翻译美国影讯，在《上海晚报》上发表，"从未出那么多汗"，揣私章，转公交，从报馆领到了平生第一笔稿费——虽然"仅够买一个小三角包花生米"。①

李文俊在《挟宝而归》一文中回忆："搭乘一路叮当作响有轨电车，到拉都路口下车，走到家便不太远了。此时，晚霞渐暗，天色发黑，霞飞路两边的霓虹灯开始闪烁着红绿黄蓝的各色光束。我臂弯中挟着几本刚淘得的宝贝书，心中感到无比的满足与欢欣。"②

家庭和都市中西合璧的艺文氛围，滋润着少年心中爱好文艺、翻译和写作的幼芽，在中学和大学诸位良师的培育下，这株幼芽茁壮成长。李文俊就读的位育中学，为陶行知的高足、教育家和社会活动家李楚材所创建，其亲任校长，

---

① 李文俊. 从未出那么多汗［M］//纵浪大化集. 北京：九州图书出版社，1997：16.
② 李文俊. 挟宝而归［M］//天凉好个秋. 上海：上海书店出版社，2017：117.

延请了一批具有真才实学的好老师。教英语的朱耀坤老师，沪江大学毕业，年轻温婉，小文俊对她有好感，就卖力地学习英语。

20世纪30年代，李文俊（左一）和兄弟姐妹在上海

"记得有一次举办英语演讲比赛，我满以为自己可以得到最佳成绩的，结果是只拿到三。我伤心得大哭起来。朱老师把我揽在身边，温柔地安慰我，还带笑地说，得第三名不是蛮好了吗，快别哭了。这是我从老师们那里得到的最温情的待遇。"

高中的英语老师陆福遐，中央大学外文系毕业，是比较文学大师范存忠的弟子，幽默可亲。他会用浅显的英语慢吞吞地介绍自己："Dear students, my name is Abraham Loh."在讲课中穿插笑话，李文俊至今记得他说过"Don't you see?"（你们明白吗?），听上去像上海的骂人话"大屈死"。全班大笑，个个听得津津有味。

几位语文老师各有所长。从大夏大学（今华东师范大学）毕业的鲍文希老师，能把中国历朝历代的兴废分合讲得倍儿清爽，能随时背诵宋词，让"帘外雨潺潺，春意阑珊"的清幽笼在少年心头。他还请其大学老师赵景深来校演讲，让中学生一领大学教授的神采。陈老师的《孟子》虽然只讲了半部，但其论辩中的浩然之气已让文俊折服，以至于日后他对中外不以理服人，乱扣"帽子"的骂作一律鄙之，远之。余老师则藏有多部世界文学经典，文俊借出后，挤出时间，一边吃饭一边看书，免不了在书页上留下菜汤米粒："现在想想，真是对不起这位文静清秀的余老师了。"

中学时的李文俊

报考大学那阵子，李文俊仰慕萧乾在欧洲做战地记者，便考取了复旦大学的新闻系。知名业师有清华毕业、做过路透社记者的赵敏恒，文艺学和美学名家蒋孔阳。因打小就有外国文艺情结，李文俊不满足新闻系的英语课，常到外文系蹭课，且不辍译笔。大三时，即和中学老同窗（蔡慧、陈松雪）合译，出版了美国进步作家霍华德·法斯特的两部历史小说《最后的边疆》（1952）与《没有被征服的人》（1953），在译界初露尖尖角。多年后，他成了大翻译家和名编，复旦大学外文系陆谷孙先生曾托人邀请他传经，他仍自谦非外文科班出身，婉辞了登堂授学。

三、北京：事业进行曲

1952 年，22 岁的李文俊以优异的成绩从复旦毕业，风华正茂，北上进京工作。从此就在首都扎根，兢兢业业地做编辑、写评介、编典籍，献身翻译，见证了中国现当代翻译文学曲折的发展史。

他先被分配到作家协会的《人民文学》编辑部工作数月，陈涌、严文井为领导，和沈从文的夫人张兆和同过办公室。为了继承鲁迅 30 年代创办《译文》的传统，作协决定恢复《译文》杂志。于是，1953 年 4 月，李文俊被调到了《译文》筹办处，跨过了草厂胡同《译文》办公室那道凹陷的木门槛，他见到了刊物的负责人陈冰夷，编辑大将朱海观、庄寿慈、方土人、张孟恢和杨仲德，还有曾经点燃自己记者之梦的偶像——萧乾。

"半个世纪过去了，那时的情景历历在目，宛如昨日呢。例如，我一闭上眼睛，就仿佛见到胖胖的庄寿慈先生，穿了件汗背心，坐在窗前办公桌前，时不时拿起一只纱铁丝拍（那种有红布边框的），挥打窗玻璃前乱窜的苍蝇。"李文俊在《五十年琐忆》中漫笔青葱岁月。①

《译文》1953 年 7 月创刊号

年轻、矫健、勤快、好学，初出道的李文俊负责通联，不是到京城各路译家或作家的府上组稿，就是在编辑部蹲班加点，处理来自全国各地的稿件。

他由弥勒佛般笑眯眯的萧乾领着，骑自行车去拜访冰心，恭听两位世交谈论老辈的人事，既新鲜，又常感如坠云雾。他也跟着萧乾，骑车拜访入了中国籍的美国专家沙博里，在聊沙博里作品时用了英文"criticism"一词，萧乾以为他要展开"批评"，颇为不安。而沙博里却大度地说"criticism"也有"评论"之意，还包含褒评呢，顿让两位编辑释然而感激。李文俊诙谐地称沙博里为"华籍美人"。

---

① 李文俊. 五十年琐忆［M］//行人寥落的小径. 北京：人民文学出版社，2008：16.

20 世纪 50 年代的《译文》同人

前排左起：黄绮静、凌山、陈霞如、沈宁、张佩芬、李文俊

后排左起：李玉荣、李芒、庄寿慈、方土人、张孟恢、苏杭、杨仲

德、邵殿生、陈敬容

李文俊见识了越来越多的译坛名家和学者，直接领略了有学问、有个性的人的风采，不仅受到了潜移默化的熏染，而且积累了不少风趣独门的文化掌故，可资钩沉、追思，亦可回味。比如，他为选登《吉尔·布拉斯》拜访过钱锺书、杨绛，那时他们住中关村平房，面积仄仄，不到顶的隔墙上供着一尊鎏金铜佛。最后，钱先生说："还是李同志说得清楚。"杨先生说："奈没我好白相嘞。"他拜访过金克木（求他译《云使》，他太太发话他才答应）、赵萝蕤（可惜未见到其夫君陈梦家的明代家具）、吴兴华（他的夫人握手时仅伸出两只纤指）。他拜访过译坛伉俪——《红楼梦》英译者杨宪益和英国太太戴乃迭（Gladys B. Tayler）。杨先生说："搞翻译不能太老实。"Gladys 从门外进来，只听见最后几个字，眉毛一扬，问："干吗要不老实？"他拜访过王佐良、周珏良，他们和他挤332 路公交，请他在动物园对面的广东饭馆打牙祭。他还到北京大学东大地 22号拜访过诗人和翻译家冯至。他说，歌德不好算作浪漫主义诗人，接着很有权威性地笑一笑。北大的杨周翰两眼炯炯有神，说的英语却带点苏州腔。荒芜每次刚交译稿，便要预支稿费。张友松每次来信，除了有编号，还显出用复写纸留有副件的痕迹……

李文俊对待译家和学者，不管其境遇变好变坏，都能平等待之，对落难者甚至还更好些。1970—1972 年，他随社科院的大部队下放河南农村，盖房子、挖井、做木工，对一起下放的钱锺书和杨绛，仍然尊称"钱先生"和"杨先生"。他悄悄把夹带下乡的《大卫·科波菲尔》英文书借给他们解闷，帮杨先生拧干洗净的床单，而妻子总将母亲从上海寄来的太妃糖与杨先生分享，杨先生又会留下几颗，给钱先生吃。冯至、袁可嘉、董乐山、冯亦代等被打成"右派"后，李文俊还是向其约稿，并未"划清界限"。高瑛与艾青结婚时，大遭批判，李文俊和妻子想不出有什么可说的，就没有发言。改革开放后，高瑛见到他们，总是笑着打招呼。

尽管外界风云诡谲，李文俊依旧珍藏着一些著译者的手迹，周作人、傅雷、朱光潜、钱锺书、金克木、赵家璧、萧乾、张谷若、方平、刘白羽、余光中……斯人多长逝，在纸笔渐渐远去的电子书写时代，这些个性化的龙飞凤舞，泛黄的纸片，带着历史的痕迹，就越发稀贵了。

"我不懂政治，仅仅是觉得不要那么势利眼。"李文俊从容地解释。

复刊后的《译文》（1959 年后更名为《世界文学》），绝非一般的翻译文学杂志。它不仅拥有 80 多年的傲人历史，而且一直到"文革"前，都是新中国唯一一份译介外国文学的期刊，一期能发行 30 万册，迄今已译介近 120 个国家和地区的文学作品，居于全国外国文学杂志之冠。历任主编皆为我国文化界享有盛名的人物，继茅盾之后，分别为曹靖华、冯至、陈冰夷、叶水夫、高莽、李文俊、金志平、余中先和高兴。编委会力量雄厚，由一批外国文学专家、作家和翻译家组成，茅盾、郑振铎、洪深、姜椿芳、董秋斯、曹靖华、萧乾、丽尼、萧三、冯至、庄寿慈、朱海观、邹荻帆、楼适夷、包文棣、孙绳武、李芒、杨周翰、张羽、苏杭、唐月梅、王佐良、林一安、罗大冈、戈宝权、卞之琳、李文俊、叶水夫、申慧辉、吕同六、许铎、余中先、李政文、陈冰夷、张黎、严永兴、季羡林、金志平、高莽、黄宝生等，都曾在这块广袤丰美的外国文学园地留下耕耘的足迹。李文俊的夫人张佩芬，比他略晚些进入编辑部，娟秀娴静，南京大学德文专业毕业，是德语文学翻译家，其随笔优美而隽永。两人是一对怎么看都好看的译坛双璧。

李文俊自 1953 年参与筹创《译文》，从助理编辑、编辑、副主编，一直干到主编，在 1993 年退休，数年前还为其译稿，与杂志风雨同舟近 70 载，可谓是几朝元老了。他虚心向上级、同级乃至下级学习，向供稿的专家和一般读者学习，编辑和翻译技艺日渐炉火纯青，为他翻译多文类作品，攻克公认难译的福克纳，奠定了坚实的基础。他回忆道："前辈如萧乾、朱海观、罗书肆在我改过的稿子上再加工，使我知道哪些地方改错了，哪些地方本可不改，哪些地方应该改我却没看出来。这对我都是上课，在做作业。当然，外面的译者更是我的老师了。"经他发稿的译者的名字，几乎能构成一部现当代翻译史，周作人、傅雷、邵洵美、董秋斯、叶君健、丽尼、卞之琳、杨周翰、王佐良、周珏良、赵萝蕤、吴兴华、杨宪益、冯亦代、杨绛、李赋宁、屠岸、绿原……实在难以一一胪列。而他自己呢，其实也已经以千百万字的一流译作留名译史。美国诺奖得主福克纳的数本鸿篇巨制，加拿大诺奖得主艾丽丝·门罗的小说集《逃离》，英国奥斯汀精致的世态小说《爱玛》，艾略特艰深的宗教哲理剧《大教堂凶杀案》，海明威、塞林格、麦卡勒斯、贝内特、米尔恩等以及上百位外国诗人的代表作，被他译得精湛、灵动而准确，确实当得上他自评的"踢了几个好球！"

众多的大小读者，包括一些作家，都从他的译述中得窥西方文学殿堂奥妙，满足了好奇和向学之心，汲取了灵感。20世纪80年代初，尚在念中学的苏童用零花钱买下生平第一本有价值的书——李文俊参编的《美国当代小说选》，被他翻译的年轻女作家麦卡勒斯的小说《伤心咖啡馆之歌》所深深打动。李文俊闻之，动情地说："想到我得到的几百元稿费中，有几分钱是来自一个高中生瘪塌塌的钱包，我的眼角湿润了。"莫言从福克纳虚构的约克纳帕塔法县那块"邮票大小的地方"，受到启发，创造了自己流溢着原始生命力和奇想的"高密东北乡"。甚至有农村读者写信劝李文俊辞去工作，专事福克纳翻译。信里说，若干年后，又有谁知道"你老"是××刊物的主编呢？另外，他译的那几乎妇孺皆知的美国欧·亨利（和法国莫泊桑、俄罗斯契诃夫并称世界短篇小说之王）的《警察与赞美诗》，被收入中学语文课本（虽然照例有意漏署译者姓名），其中的妙译竟被设计成了思考题，引导孩子们体会欧·亨利匠心独运的语言艺术。

诸如描写穷小子苏比进的小餐馆，"Its cookery and atmosphere were thick; its soup and napery thin."（那儿的盘盏和气氛都粗里粗气，那儿的菜汤和餐巾都稀得透光），译法既传递了 thick（"厚，浓；粗大"）和 thin（"薄，淡；瘦细"）这对头韵词的比应，而且居然想出了"稀得透光"这一四字词语，可以同时修饰"菜汤"和"餐巾"，又与前面的"粗里粗气"呼应对仗。描写苏比吃完付不起账，坦白："the minutest coin and himself were strangers."（他无缘结识钱大爷，钱大爷也与他素昧平生）就比译成"他一个子儿也没有"地道有味。

李文俊在北京顶银胡同陈白尘家的门前

左：1958 年，李文俊，北京多福巷

中：1955 年 12 月，李文俊和张佩芬，在北京王府井拍的结婚照

右：1960 年，李文俊、张佩芬伉俪，北京民族文化宫

四、美国："福大爷"交响曲

在翻译史上，提起经典文学名著，总会随同浮现对应的一些大翻译家，仿佛他们是天作之合，双子星座，时间、地域、审美嬗变，无一能削弱他们交互的光辉。希伯来语的《圣经》由希腊七十子翻译后，成为《圣经》被译成各种

语言的圭臬。希腊语的《荷马史诗》经乔治·查普曼（1559—1634）迻译成英文后，鲜有其他英译本超出其右。在19—20世纪，英国读者只认定康斯坦斯·加尼特女士（1862—1946）翻译的70卷俄罗斯文学名著，包括陀思妥耶夫斯基、托尔斯泰、屠格涅夫、契诃夫、果戈理等的几乎全部作品。在中国，佛经翻译和玄奘、莎士比亚和朱生豪、拜伦和查良铮、哈代和张谷若、巴尔扎克和傅雷、普希金和戈宝权、日本文学和叶渭渠、意大利文学和吕同六、西班牙文学和孙家孟等都已成为公认的黄金搭档。对于李文俊而言，他的名字，则永远和美国南方文学的巨擘福克纳一齐闪耀。他是中国福克纳翻译当之无愧的"大咖"。

福克纳到底有多"牛"呢？简单地说，他荣膺1949年诺贝尔文学奖，在《大西洋月刊》的美国百位历史名人排行榜上，位居第六。美国当代著名文学教授与批评家哈罗德·布鲁姆（Harold Bloom）在其主编的《威廉·福克纳：现代批评观点》一书中道："批评家和普通读者都普遍认为，福克纳被视为20世纪最强有力的美国小说家，明显地超越海明威、菲茨杰拉德，而且在包括霍桑、梅尔维尔、马克·吐温与亨利·詹姆斯（有些评论家也许会把德莱塞也算进去）在内的名家序列中占据一个与他们不相上下的位置。"[1]美国发行福克纳邮票，举办福克纳写作模仿大赛，出版专门的《福克纳学刊》。世界上每年都有关于福克纳的图书问世，俨然形成了颇具规模的"福学"。

福克纳（1897—1962）出生于美国南方没落的望族，一生共创作19部长篇小说和一百来篇小说，其中15部长篇和短篇小说都发生在虚构的密西西比州约克纳帕塔法县。这套"世系"的主要脉络是该县县政府所在地杰弗生镇及邻近乡野不同阶层若干家族几代人的故事，时间大致从1800年起，直到第二次世界大战结束。"世系"中有名有姓的人物600多个，其中一半是镇上和附近种植园的白人，大约100个是黑人，其他则为白人农民和少量印第安人。这些人物在长短小说中穿插交替出现，此书之事和彼书之事多少瓜葛丝连。每部作品既是独立的故事，又与整套"世系"息息相关。福克纳采用了丰富多彩的文学手段，诸如多元叙事、跳跃的意识流、复杂的基督教隐喻、繁密晦涩、不加标点长达几页的超级长句，等等，精心描绘了整个美国南方发展和变迁的历史，塑造了康普生太太、失足小姐凯蒂、恶人杰生、白痴班吉、黑人保姆迪尔西、暴发户

---

① Harold Bloom. Modern Critical Review：William Faulkner［M］. New York：Chelsea House Publishers，1986：1.

萨尔本、少年猎手艾萨克、森林老熊班等一系列震撼人心的角色，并寓言式地揭示出人类在苦难中忍耐、搏斗的悲剧性命运。

康拉德·艾肯在《论威廉·福克纳小说的形式》中赞叹："何等的文体啊！当时杰姆·欧罗巴的爵士乐队经常散发的那种热带的充溢的喧闹，好比蔓草丛生、野花怒放的丛林展现在你眼前，壮丽而无尽地纠缠在一起，闪闪发光，似蛇般蜿蜒蠕动，滑溜着一圈圈打盘，而叶和花又永远幻术般地交替变化——这一切无限的旺盛繁荣也未必比福克纳的文体更叫人头晕目眩。"①做个或许不尽恰当的比较吧，福克纳写出了美国南方的《红楼梦》。

李文俊刚刚收到呕心沥血译出的《喧哗与骚动》新书

李文俊和福克纳，有三天三夜也说不完的爱恨甘苦，他对"福大爷"的用心，在全中国无人能比。他是中国翻译福克纳最多的翻译家，是撰写福克纳专著最多的学者，他藏有的福克纳照片、图文和手迹副本位居中国第一。他甚至和英国的福克纳专家，一起到多伦多一条僻静的街道寻觅福克纳在加拿大飞行学校住过的宿舍楼。

他和福克纳打交道60多载，从少年时期就开始了。那时，他在上海辣斐德路上的旧书店淘到了编辑家和翻译家赵家璧撰写的《新传统》，内有一篇评介福克纳，那是他第一次听说福克纳的大名。留有印象后，他在《译文》工作期间，

---

① 转引李文俊. 福克纳语言艺术举隅 [M] //寻找与寻见. 武汉：湖北教育出版社，2002：255.

于 20 世纪 60 年代就评介福克纳，刊登其短篇小说。80 年代初，他参加《中国大百科全书·外国文学卷》的编纂（"文革"后我国外国文学界首项最重要的集体工程，除了在"文革"中辞世的学者外，几乎所有的老先生参与其中），撰写福克纳等条目，接着，编写《美国文学简史》的福克纳章节，出版了《福克纳评论集》。但此时，中国连一部福克纳长篇小说的译本都尚付阙如——其艰涩浩繁让译者生畏。年过半百的李文俊抱着"我不下地狱，谁下地狱"的气概，开始翻译《喧哗与骚动》，啃上了福克纳这块硬骨头。

"这是我所从事工作中最最艰难的一件……《喧哗与骚动》与《尤利西斯》一样，以艰深著称。"

"译此书是件苦事。每天仅得数百言。"

《押沙龙，押沙龙！》是福克纳最难译的长篇。法国的福克纳译家莫里斯·库安德鲁翻译了福氏的多部长篇，独留下这部没译，当他暮年有意为之，已感到力不从心。李文俊在年逾六旬时，偏向虎山行，挑战《押》书："我的翻译进展极慢，每日仅得数百字。光是开头第一句，就费了好几天工夫才把它'摆平'……在书中，这样的长句比比皆是。因此过了好长的一段日子，才译到第二章（全书共九章）。每天都在苦熬（endure，这正是福克纳爱用的一个词）中度过。"①

且看《押沙龙，押沙龙！》的开篇第一句：

From a little after two o'clock until almost sundown of the long still hot weary dead September afternoon they sat in what Miss Coldfield still called the office because her father had called it that——a dim hot airless room with the blinds all closed and fastened for forty – three summers because when she was a girl someone had believed that light and moving air carried heat and that dark was always cooler, and which (as the sun shone fuller and fuller on that side of the house) became latticed with yellow slashes full of dust motes which Quentin thought of as being flecks of the dead old dried paint itself blown inward from the scaling blinds as wind might have blown them.

英文原句共有十个从句，其中包括五个状语从句、两个宾语从句、两个定语从句和一个表语从句，整个长句只有一个破折号、一个逗号、一对括号和一个句号。李文俊苦思冥想出的译句广被征引：

① 李文俊. 从名家怀旧说起 [M] //寻找与寻见. 武汉：湖北教育出版社，2002：181 – 183.

在那个漫长安静炎热令人困倦死气沉沉的九月下午从两点刚过一直到太阳下山他们一直坐在科德菲尔德小姐仍然称之为办公室的那个房间里因为当初她父亲就是那样叫的——那是个昏暗炎热不通风的房间四十三个夏季以来几扇百叶窗都是关紧插上的因为她是小姑娘时有人说光照和流通的空气会把热气带进来幽暗却总是比较凉快,这房间里(随着房屋这一边太阳越晒越厉害)显现出一道道从百叶窗缝里漏进来的黄色光束其中充满了微尘在昆丁看来这是年久干枯的油漆本身的碎屑是从起了鳞片的百叶窗上刮进来的就好像是风把它们吹进来似的。

而福克纳之所以采用这种风格,是为了表现美国南方农村生活那种令人绝望的静止和压抑。

这句话仅仅是福克纳风格的一个写照,远不是他最难的句子,更不是他最长的句子。他最长的句子是中篇小说《熊》第四章的最后一句,竟有六页之多,被誉为"要人命的句子"(life sentence)。这个有名的说法实质是一个双关语,life 表示"生命,生活",sentence 除了表示"句子"外,还表示"宣判"。言下之意,福克纳的长句犹如生命一样漫长,要想读完,就像给判了在监狱终生服刑。可想,对于翻译家来说,从阅读、理解,到欣赏、翻译,并且要在另外一种语言中保持"原作的丰姿"(鲁迅语),该需怎样的真功夫,乃至毅力!

当钱锺书得知李文俊开译福克纳,不禁复函感叹:"翻译福克纳恐怕吃力不讨好,你的勇气和耐心值得上帝保佑。"

三年译完《喧哗与骚动》,并加了几百条注解,1984 年由上海译文出版社推出,后屡屡再版。李文俊犹如从一次次鏖战中孤胆突围的英雄,"抚摩着自己的创伤,体会到了血战一场后的愉悦"①。

又用了三年译完了最难的《押沙龙,押沙龙!》,"那活儿真不是人干的!"李文俊清晰地记得,1998 年 2 月 9 日,"那天下午四时四十五分,我将圆珠笔一掷,身子朝后一仰,长长地叹了口气:总算是完成了。这是我译的第四部福著,我对得起这位大师。今后我再也不钻这座自寻的围城了"②。

2000 年,千禧年,也是李文俊的"奇迹之年"。农历岁尾,他突发急病,

---

① 李文俊. 《喧哗与骚动》译余断想 [M] //妇女画廊. 重庆:重庆出版社,1992:160.
② 李文俊. 有史以来最好的美国小说 [M] //寻找与寻见. 武汉:湖北教育出版社,2002:202;李文俊.《押沙龙,押沙龙!》译序 [M] //行人寥落的小径. 北京:人民文学出版社,2008:231.

被 120 一路啸叫着送进了急救中心，光病危通知就发出过五次，幸亏主任医生处置得法，一万多元的一针打进去，硬是把他从鬼门关拽了回来。在监护室，几天被捆住胳膊，不许翻身，打点滴、做检查、吃药，在急救中心过了春节后，才算病情稳定。同年，李文俊收到差不多是用生命换来的《福克纳评传》和《押沙龙，押沙龙！》样书，手捧二书拍下了渡尽劫波英雄笑的照片。

2000 年出院后，收到《福克纳评传》和《押沙龙，押沙龙！》中译本

出院后，李文俊再不敢打摧耗身心的福克纳的主意，转译了一些难度较低之作。那就好比庖丁解牛、关公舞刀，他唰唰译好了伯纳特夫人的畅销少儿小说《小公主》《小爵爷》和《秘密花园》、美国前总统里根的情书集《我爱你，罗尼》、美国麦卡勒斯和塞林格的短篇小说集、海明威的《老人与海》和《忆巴黎》，还再次和中学老友蔡慧联袂，复译了奥斯汀的代表作《爱玛》，过了一把翻译英伦顶尖小说的雅瘾。间或，他也在电脑上敲敲性情随笔，发表了数百篇，亲切、幽默、博雅、行止自如，为学者散文之佳品。

然而，出版社认定他是福克纳的中文代言人，依然请他继续译、继续写。上海译文出版社的赵武平编辑也是一位"福迷"，游说李文俊：读者只认"老字号"。结果，从 20 世纪 80 年代初至今，在上班编辑、下班打理俗务，包括到市场买菜之余，李文俊共翻译了六部福著——《喧哗与骚动》《我弥留之际》《去吧，摩西》《押沙龙，押沙龙！》《福克纳随笔》和《大森林》，出版了两本福克纳评传和一本独一无二的画传。《喧哗与骚动》中译本的封面还被美国《福克纳学刊》（1990 年秋季号）用作了封面装帧。

《喧哗与骚动》中译本的封面，被美国《福克纳学刊》（1990 年秋季号）用作封面装帧

五、加拿大：门罗奏鸣曲

加拿大毗邻美国。由于历史原因，美国作家在中国就连小学生都能报出几个，什么马克·吐温、欧·亨利、海明威、海伦·凯勒……而能报出加拿大作家名号的，恐怕只有少数专业人士了。李文俊即在这少数之列，并且是把加拿大文学译介到中国的开山功臣之一。而他与加拿大文学的结缘，少说也有 60 多年的历史了。

他兴致勃勃地回忆道，自己十来岁时曾在上海龙门书店里见过加拿大儿童名著《绿山墙的安妮》的盗印本。在《寻访露西·莫德·蒙哥马利》一文中，他也写道："本人就见过中国出版的一种'海盗'影印本，上面没有任何说明。从版式、纸张、封面推测，大约是 20 世纪 40 年代上海印制的。"[①] 1989 年 6 月，李文俊在多伦多访学期间，乘长途车，复渡海，跨越几千里，到加拿大东陲的爱德华王子岛，寻访蒙哥马利的故居，并赠送了马爱农中译本的《绿山墙的安妮》，使蒙氏故居收藏的该书译本增加到 37 种。

---

① 李文俊. 寻访露西·莫德·蒙哥马利［M］//寻找与寻见. 武汉：湖北教育出版社，2002：43. 注：根据《民国时期总书目 1912—1949》（外国文学卷）和《中国新文学大系 1927—1937》第 20 集史料索引二记载，上海商务印书馆 1937 年 7 月出版过李葆贞的译本，译名为《绿庐小孤女》。

1989 年 6 月，李文俊向加拿大蒙哥马利故居赠送《绿山墙的安妮》中译本

　　早在 1957 年，《世界文学》首发萧乾翻译的加拿大幽默作家里柯克的小品时，李文俊即当责任编辑。20 世纪 80 年代初，他参加组建了中国加拿大研究会，任副会长，三次受邀访问加拿大。除翻译和评论过加拿大几位最有名女作家露西·蒙哥马利、玛格丽特·阿特伍德、艾丽丝·门罗外，李文俊还合译出版了一本加拿大文学的重要选集《比眼泪更美：加拿大现代诗选》（上海译文出版社，1992 年）。该书是中国第一本收录加拿大现代诗的译诗选，共收录了加拿大 25 位诗人的近百首英语和法语名诗。

　　李文俊是中国大陆翻译加拿大诺奖女作家艾丽丝·门罗的第一人。门罗以短篇小说闻名全球，入选《时代周刊》"世界 100 名最有影响力的人物"，被誉为"加拿大的契诃夫"。其作以农村和小镇为背景，表面上一切平静安详，但暗含冲突和危机，对现代女性分析得丝丝入扣。1981 年，门罗随加拿大作家代表团来华，在丁玲的北京家中做客，在广州参加 50 岁惊喜生日晚会，并将中国行写成了题为《透过玉帘》（"Through the Jade Curtain"）的游记。国内所有的加拿大短篇小说集，逢门罗必收，但中国大陆首部门罗小说集《逃离》却是出自李文俊笔下。译家以炉火纯青的译笔，出色传递了门罗小说诗意的简洁、精准，以及凡人琐事中隐隐相随无处不在的悲剧感。

　　李文俊笑曰："也许是前几十年译福克纳的纠结长句译怕了，我真的是很喜欢浸沉在门罗那种老太太絮絮叨叨聊家常的叙事风格里呢。翻译她的作品时，我一点都不觉得累。"

2013年，当82岁的门罗成为首位荣膺诺奖的加拿大作家时，比她年长一岁的李文俊亦成为热点。他翻译的《逃离》一时间洛阳纸贵，连夜加印70万册，街头书摊上还出现了盗印本。李宅多年安静的电话叮铃铃响个不停，采访者、约稿者络绎不绝，连他从未归去过的老家广东中山市，也特派两位女记者赴京登门抢新闻。归隐的李文俊被迫火了一把。《世界文学》请老将出山，翻译在诺奖颁奖典礼上的门罗视频，加拿大报刊请他著文发表高见。

李文俊淡然待之，深知门罗旋风不久就会消停，果不其然，一切复归平静。他说，家中鸡蛋快断档了，他得拎上购物袋外出采购。

笔者在加拿大访学时，曾从多伦多横越几千里，到加拿大西端岛上的维多利亚市朝圣门罗书店（门罗曾在该店工作），觅到该店的书签和明信片，放在贴身的包里带回，献送李府，喜得老先生和夫人又带着笔者上了附近的餐馆……

右起：中国社科院研究员陈骏涛，翻译家李文俊、张佩芬伉俪，笔者（2015年10月，北京）

六、生活：淘宝诙谐曲

英语有句俗话，"All work and no play makes Jack a dull boy"，意即"只工作不玩耍，孩子会变傻"。这句话对成年人亦适用，除非此人是工作狂，或视工作为娱乐。李文俊自然不例外，其嗜好动静结合，包括跳舞（舞伴是老伴）、游泳、骑自行车、听古典音乐、淘古玩和旧书。

他的小学生读者送了他一幅漫画：一只戴黑框眼镜的猫咪，笑眯眯地骑着自行车，沿着写着福克纳英文名字的小道，向着密林前进……这幅画还有个题目，化用了李文俊的散文集名《行人寥落的小径》（源于美国大诗人弗罗斯特的名作"The Road Not Taken"），叫《行猫寥落的小径》。接近米寿的李文俊看后，大乐，让当建筑设计师的儿子赶紧代笔回电邮：很高兴看到画中我讨人喜欢的模样。我现在已是老态龙钟，不过车还能骑——十分钟距离之内。

小读者送给李文俊的漫画《行猫寥落的小径》

说起淘旧书，李文俊绝对火眼金睛，斩获的真品大概在其收藏中最多。他用两三元一本配齐了英国"侦探女王"詹姆斯（P. D. James）的达吉什（Dalgliesh）系列；用几块钱就换到了英国历史小说巨匠司各特的英文原书，而且是法国出的1853年版；他也在地摊上捡到了日中友好协会会长、大画家平山郁夫赠送给中国一位知名导演的画册，居然被其遗弃，不禁令人心寒……在"名人手迹"摊位，他看到了要价不菲的自己手迹。在全国最大的旧书网"孔夫子"上，他签赠的《纵浪大化集》（原价12元）卖到了800元一本。李文俊也时不时代觅师友的旧书，买回相赠。他帮"武哥"（梅绍武，梅兰芳之子，著名翻译家、评论家）淘到后者翻译而却无收藏的《特罗洛普中短篇小说选》。他看到钤有"谷若藏书"章的旧籍，揣摩书主极可能是以翻译哈代而倍受敬重的老学者——张谷若，便立刻买回，请书主女儿张玲代为转交鉴定。张老激动地在书前题了一大段话，连书回赠李文俊：

无可奈何花落去，似曾相识燕归来。

"文革"中半生藏书，失散过半，流水落花，只有慨叹。今岭南李君文俊，示以此书，绝望之物失而复见，其喜可知。李君专研美国文学，且执译界文坛权衡，东壁图书，满目琳琅，吾所失书得以厕身其间，虽不成双，谓之栖身玳梁，有何不可。小女张玲，以旧人词句提示，颇可道出此番因缘，因谨题赠，以博一笑。

八十九叟张谷若①

李文俊伉俪，像中国多数知识分子一样，长住蜗居，不过都与文人雅士为邻。1955 年结婚时，分配住在芳草地作协与文联的"三无"集体宿舍（无厨房、无卫生间、无暖气），只有十来平方的一间，窗玻璃以高丽纸代之。"听私房话，

李文俊在"静轩"

---

① 李文俊. 真假古董［M］//纵浪大化集. 北京：九州图书出版社，1997：67.

就跟听首长报告一样，一点儿困难都没有。"高邻有作家赵树理、翻译家屠岸、教授王景山夫妇等。后来，挪到顶银胡同四合院的一间，能听到萧乾的留声机在播放西洋乐，看到戏剧家陈白尘伏在红木书桌上（现藏于中国现代文学馆）奋笔创作。再后来，有20年，四口之家挤在一小套，儿子从小猫那么点大长成半大小子，都和母亲挤睡在一张床上。夏日炎炎，如入蒸笼。到了1986年，"积分"渐多，好不容易分到紫竹院的一套小三居，偏又邻近大路，昼夜交通嘈杂，李文俊大声播放音乐，以盖过车辆的怒吼。不得已攒钱，贴钱，换到了现在较为僻静宽敞的居处。

其实，那也是寻常住宅楼上寻常的三室两厅，一百多平方，餐厅和客厅相连，有幽深感，尽头是明亮的大玻璃窗。两厅四壁摆设着主人淘来的几百件真假古董，诗词枕、青铜镜、紫檀框、竹笔筒、玉扳指、石榴尊等，以及古典声乐碟片和旧书，繁丽而古雅。一张当年花了400元巨款从隆福寺淘来的花梨木大理石面大书桌（现价为五位数）置放于客厅中心靠墙处，桌上放着电脑、词典和书。"这桌现在归我用了，"李文俊介绍道，"哦，不过佩芬会在上面叠衣服。"书桌上方，挂着淘来的郑板桥隶书拓片——"静轩"，引为新居别名也。置身静轩，如入山洞，令人沉静忘俗。自从搬来后，李文俊就特别喜欢坐在餐厅深处，聆听西崎崇子演奏的莫扎特小提琴协奏曲，让甘泉般的琴声淙淙流过识尽愁滋味的心田，窗外，天凉好个秋……

七、终曲

《圣经·创世纪》记载巴别塔的故事：人类欲建通天之塔，上帝为惩戒人类的虚妄之心，混淆其语言，使其无法沟通，遂放弃建塔，流散各地。从此，操不同语言的族裔和文化之间要想彼此理解，必得通过翻译。《礼记·王制》则录："五方之民，言语不通，嗜欲不同。达其志，通其欲；东方曰寄，南方曰象，西方曰狄鞮，北方曰译。"

因此，无论在西方，还是在中国，翻译都是一项极其必需、极其古老的活动。因为神意，更因为不同语言的特性和内涵，完全对等的翻译庶几不可能。翻译家知其不可为而为之，要在不可能处搭建理解的虹桥，兼具信达雅，不啻是一项惊天动地的壮举。更何况，翻译促成了世界各国各民族之间的政治、经济、文化、科技等全方位的交流，推动了人类的共同进步，善莫大焉。试想，如果没有鸠摩罗什、道安、玄奘等高僧翻译家的佛经翻译，中国大概不会形成儒释道一体的传统文化。没有清末民初严复、鲁迅、梁启超等，以及新文化运动中一大批仁人志士对西方书籍的翻译，没有共和国各领域翻译人才的奋斗，中国也不太可能摆脱贫弱，实现现代化，走向世界！

回首自己长达 70 载的翻译生涯，那些孤独持久的寻找，那些矢志把各国英语文学精华展现给国人的种种努力，李文俊寄语道：

> 每一个有抱负的译者，都应该译一些名著，哪怕仅仅一部……译名著艰难费力，但是也过瘾，有发挥的余地，它能调动一个人的各种潜能，做一次 tour de force（精彩表演）……找到你认为是非此莫属的最最恰当的译法，这几个字，在中文里甚至比原文里的更有神韵，这更是可遇不可求的"创造性的劳动"了。此时，小人物般一向卑躬屈膝的你，形容卑琐从不引人注意的你，顿时气势如虹，昂首而立，成为一个伟岸的大英雄，一个睥睨四海傲对八荒的征服者。此刻，你在历史这本大书上也许仅仅是写下了一竖一画，但是，你的精神，你的灵魂得到了升华。在你耳边，响起了万众欢腾的《欢乐颂》大合唱。①

尽管曾被福克纳的苦译折磨得身心交瘁，乃至送进医院急救，李文俊并不后悔选择了这条行人寂寥的小径，独自跋涉多年，更不后悔一辈子钻进字眼，和中西文字打交道，创造出经得起时间考验的译著和作品，甘做世界文学和文化之间的摆渡人。他说："只要有人喊 Encore！（再来一个！），我就心满意足。"那么，他一版再版的译著和选集，不正是最好的喝彩吗？

（若无特殊说明，本文图照由李文俊、张佩芬伉俪及其子李勤先生提供。）

---

① 李文俊. 挽弓当挽强［M］//行人寥落的小径. 北京：人民文学出版社，2008：168.

明师梁丽芳教授

一、比较文学系的研究生需有东亚系的教授参加指导学位论文

在加拿大艾伯塔大学，比较文学系的研究生需有一位东亚系的教授参加指导学位论文。

我锁定了东亚系的梁丽芳教授。

梁老师出生在著名的侨乡——广东台山，自小在香港受教育，移民加拿大后，在卡尔加里大学获得了文学士学位，后又在不列颠哥伦比亚大学攻读了文学硕士和哲学博士。1987年参与创立了加拿大最为活跃的华人文学社团——加

梁丽芳教授在庐山（2009年秋）

拿大华裔作家协会，历任副会长、会长，较早提出了将"海外华文文学"研究扩大为"海外华人文学"研究的洞见，主张将海外华人的华文文学作品和非华文文学作品打通研究。她本人除评述加拿大华人的英文作品，如发表《打破百年沉默：加拿大华人英文小说初探》（《世界文学》1998年第4期）和《人名、地名的翻译与方言：从加拿大几本华裔英语小说的中译说起》（《华文文学》2015年第4期），亦分析加拿大华文作家陈浩泉、葛逸凡等的中文小说，探佚加拿大早期华文文学，率先发表了《黄遵宪、康有为、梁启超与加拿大华人文学》（《华文文学》2013年第3期）、《加拿大华文小说第一波：港台作家们的开拓角色》（《华文文学》2013年第3期）等填补加拿大华文文学研究空白的论文。她也是中国现当代文学专家，是海外最早研究知青文学的学者之一。

我的论文专攻加拿大华裔文学，如能拜在她门下，该是何等幸事啊！

然而，梁老师压根不认识我。我写好电邮，斟酌再三，才诚惶诚恐地发出去。没想到，次日就有了回音，梁老师不仅一口答应指导我论文，还约了面谈时间。

深吸一口气，我踏进了梁老师的办公室。满室的书香阳光中，坐着一位端雅的女士——卷发披肩，目如点漆，海蓝色的中领毛衣，衬着珊瑚珠和松绿石镶嵌的藏式项链。梁老师和蔼地示意我坐。我挨着椅边坐下，心里的石头不禁卸下了一半。接着，她询问我写什么主题、重点在哪位作家、采用什么理论，等等，还提供了参考书目。她的话音柔美，毫无架子，甚至带有一种商量的口吻。我心里那悬着的石头又往地上落了一点。

初见印象不错，我不禁窃喜。梁老师开列的书目，令我获益甚多。我一有读后感，就与她电邮沟通。基本上，次日就得回复，言多嘉许，大振士气。我花了半年时间阅读思考，详做笔记。但我只花了一天工夫便拟出了论文大纲，两周之内写毕了全部初稿。这就好比阿戈号上的水手，幸得女神美狄亚的符咒，战胜了火牛和毒龙，夺取了金羊毛。因为蒙得梁老师指点，我离我的"金羊毛"也越来越近了。

答辩！梁老师在现场，一如平时，怡怡兮，洽洽兮。我像见到了殷勤为探看的青鸟和象征好运的四叶苜蓿，顿时神清气爽，轻松通关。

答辩后不久，梁老师邀我在大学附近的日本料理餐馆吃午餐。我颇爱吃寿司，就在我笑逐颜开，把抹了绿色山葵糊的生鱼片往嘴里送时，梁老师又给了我一个惊喜：

"我把你的散文，写大草原的那篇，登在《加华作家》上了。"

我不敢相信！

《加华作家》是加拿大华裔作家协会的会刊，中英文兼有，是一本纯文学杂志，给其撰稿的都是洛夫、卢因、刘慧琴、申慧辉、林婷婷、陈浩泉这些驰骋文坛的老将。梁老师能看中门生小作，颇让我喜出望外，觉得那天的寿司实在堪为加拿大第一珍馐。

说来有趣，那篇幸运的散文，是我附在学位论文后交给梁老师的。原因是为了给梁老师解解乏，让她在读我一本正经的"洋八股"外，能有点情趣文字醒脑提神。这种取悦贵人的做法，非我独创，早在唐朝就风行了。当时，诗是正宗，可偏门旁道的小说、征奇话异，也为士大夫所好了。才子文人，如大诗人白居易之弟白行简、诗人元稹、李公佐、沈既济等，便一手写诗，一手写传奇小说，以求上层人士的赏识。唐代传奇小说于是大炽，出现了像《任氏传》《枕中记》《南柯太守传》《霍小玉传》《莺莺传》等一大批让今人也能神魂颠倒的杰作，大大推动了小说的发展和文学的俗化进程。我当然不指望自己的涂鸦之作能如此登堂入室，但博导师莞尔，了解弟子日习洋文也不敢数典忘祖，就绝对称心如意了。受励于梁老师的那次知遇，我练笔不辍，后来居然成了加拿大《环球华报》和《星岛日报》文艺专栏的撰稿人。

梁丽芳教授（右）和笔者（左）在母校艾伯塔大学的文科楼内（2004年）

二、著而述，述而著，在梁老师身上显然是完美结合的

其实，梁老师本人就是中英文俱绝的。

读研究生时，她师从加拿大皇家院士、诗词大家叶嘉莹，撰写英文硕士论文《柳永及其词之研究》，亲译的中文本，1985 年由香港三联书店出版。她独辟蹊径，精研了柳永的"慢词"，为中国不少柳词专家激赏借鉴，还作为特邀嘉宾出席了在福建武夷山举行的首届柳永国际研讨会。梁老师也精通中国现当代文学。其博士论文探析知青作家，发他人之未发、之未敢发，是海外最早关于"知青小说"的英文博士论文。后来，她往返中、加，采访多位中国作家，集成了第一部介绍知青作家的英文专著《早上的太阳：失落一代中国作家对谈录》（*Morning Sun：Interviews with Chinese Witers of the Lost Generation*），1994 年由美国波士顿的 M. E. Sharpe 出版社出版。我在西方求学，能倾听到梁晓声、老鬼、叶兆言、苏童、王安忆、王小鹰、张抗抗、陆星儿等作家，以赤子心声向世界再现了中国当代史上的十年，甚为触动。梁老师的英文书，构筑了东方和西方、历史和现实交通的桥梁，而且饱含着自古就流淌在中国知识分子血管里的良知，上承屈原、司马迁、杜甫、白居易、柳宗元、苏轼、陆游等古人之风骨，下怀白先勇、聂华苓、刘再复、陈若曦、叶嘉莹、洛夫、痖弦等当今移民作家之胸襟，很让我肃然起敬。

梁老师在中文编著领域，同样学养深淇，令人钦佩。她曾为中国大陆编写了首套台湾文学丛书，为《台湾小说选》《台湾散文选》《台湾新诗选》，由人民文学出版社出版后，一时洛阳纸贵，享誉大陆。可当时正值"文革"结束不久，这三本具有历史意义的好书并没有印上梁老师的名字，仅说感谢海外侨胞鼎力相助而已。梁老师为编写这套丛书，放弃了假期，足足泡了两个月的图书馆，结果连"提名"的份儿都豁了。此后，东亚系进行科研统计，梁老师只好请人民出版社开证明以明正身。梁老师叙忆此中曲折时，一颦一笑，很有点"古今多少事，都付笑谈中"的味道。

梁老师的文笔清畅多姿，情理相契，如溪涧潺潺，汇聚了海外生活的点点滴滴，吟哦出作家的灵心妙运和学者的沉思。在其散文集《开花结果在海外》中，她写加拿大特有的寒冬——

> 严寒可以使高高低低的楼房，一下子像听了谁的指挥，在房顶同
> 时吐出一缕缕白烟，冉冉上升。此时若然来了微风，这些上升的白烟

便齐齐在空中婀娜起舞，一会儿向左，一会儿向右回旋，跳出北国冷的旋律。如果温度再下降，白烟便凝结在半空，形成一个有节奏的圆形，怎样也散不开。①

她写开设武侠小说课"爆棚"的热闹景象——

整个教室都坐满了人，还有几个学生没有桌子，坐在靠近窗口的椅子上。我说，很抱歉，这个班已经满了，他们还不走。下课的时候，他们拿了增加科目的表格，把我围拢起来，要我签名。我最怕学生求情，心中一软，好吧，就去秘书那里扩大了限额。②

她写西方大学的"儒林外史"和"围城"——

大学是个小社会。大社会的千奇百怪，小社会当然也有，只不过比较隐蔽而已。社会上有草根阶层和上流社会的区别，来自不同社会阶层的大学教员之间，也会存在隔阂的暗流。我说是暗流，是因为这是个敏感和不能明指的存在。若加上性别和种族的因素，这个问题就更复杂和纠缠不清。③

她写发生在中国茅盾故居里的历史反思——

有一块红色布板引向左边的展览厅，上面用大字写着："茅盾所走的方向，是一切中国优秀知识分子所应该走的方向。"

什么？我相信如果茅盾泉下有知，也不会完全赞同。诚然，茅盾二三十年代以现实主义手法写了不少名著。在一九四九年以后，他成为文化官僚，放弃了卓有成就的小说创作。他内心是一种什么样的感受，只有他自己知道。他所走的方向，是否是"一切"中国优秀知识

---

① 梁丽芳. 冷的旋律［M］// 开花结果在海外. 温哥华：加拿大华裔作家协会，2006：47.
② 梁丽芳. 武侠小说课程［M］// 开花结果在海外. 温哥华：加拿大华裔作家协会，2006：149.
③ 梁丽芳. 隔阂的暗流［M］// 开花结果在海外. 温哥华：加拿大华裔作家协会，2006：124.

分子所"应该"走的方向呢？此话未必。

　　不过，如果从反讽方面来说，茅盾的确走了一条路，这条路是一九四九年后许多文人没有办法不走的路。①

著而述，述而著，在梁老师身上显然是完美结合的。

　　梁丽芳教授（右）和老师叶嘉莹教授（左）（2010 年，不列颠哥伦比亚大学亚洲图书馆）

　　而对于学生，言传身教的魅力永远高于书本和机器。梁老师恰是一位春风化雨的好老师。无论是对她课后指导的研究生，还是对上她课的本科生，她都平易近人，尽心尽责。我认识她的一个中文学生，是加拿大人，叫马修，有严

---

① 梁丽芳. 到乌镇［M］// 开花结果在海外. 温哥华：加拿大华裔作家协会，2006：30.

重视障，看书、看黑板，都要用一个特别的放大仪，但勤奋出色，还拿到了奖学金到中国深造。马修说，梁老师对他特别照顾，作业也批改得格外仔细，"她就像我妈妈一样！"在西方，学生对老师敬而疏之，马修能如此动感情地褒奖老师，实在难得！

我写论文，不必上梁老师的课，可当我表示有意旁听时，她爽快地答应了。课上，梁老师神采奕奕，把中文的精妙讲得深入浅出，洋学生们个个投入，争相发言。她的高足中，有的研究中国文学，有的任职到加拿大驻华大使馆，有的甚至给加拿大前首相克里蒂安和美国前总统布什做翻译。窗外，白雪皑皑，酷寒袭人；窗内，暖气融融，春光满室。讲台上的梁老师，宛如煦阳惠风，呵护着一颗颗热爱华夏文化的心灵。

三、首次在国内讲课，面对的都是黄皮肤黑眼睛的学生，"非常兴奋，很有满足感"

答辩完论文，我就毕业了。第二年暑假，我到温哥华探望梁老师。彼时，她一如既往，敢为天下学术之先，正在用英文著述，系统地评传中国当代小说家。此书一出，大可解西人欲知当代中国文学之急，意义之大，不言而喻。

尽管需要闭门著书，梁老师仍亲到机场接我这个昔日学生。一件棕榈色的縠纹连衣裙，上印古埃及象形文字的图案，一双橘黄色的浅口凉鞋，为她素有的温文儒雅平添了几分女学者的靓丽。梁老师留我家中小住，并且开车带我四处转悠，到旖旎的太平洋海滨，到世界第二大的唐人街，到我向往的不列颠哥伦比亚大学，到我爱去的寿司店。天热，她找来漂亮的太阳帽给我戴，那是她的作家好友陆星儿留下的馈赠；没时间做饭，她向我演示微波炉荷包蛋的一分钟煮法，还特地买了一个微波煮蛋器送我；没有人切磋中华文学，她请来了文友们让我结识，在挺有名的富大海鲜酒家共尝广东茶餐。于是，我拜见了加拿大华裔作家协会的创会会长卢因先生，历任会长陈浩泉、刘慧琴和林婷婷，他们写作、评述、翻译、编文集、为专栏撰稿，组织文学雅聚，张罗国际会议，欢迎从世界各地来温哥华的同道……让一度清冷的加拿大华文文坛充满了生机。

师情如此，岂不铭心？临别前，温哥华天朗气清，我的行李箱里装着梁老师的赠书和煮蛋器，心里却飘起了伤感的小雨，唉，真是举手长劳劳，别情满依依。

别后几年，梁老师通过电邮继续阅读拙稿，给拙书赐序，为我的职称申请填写推荐信，支持我在比较文学和华人文学的道路上继续寻找"金羊毛"。我亦

前排右起：加拿大华裔作协理事刘慧琴、创会会长卢因、笔者；后排右起：加拿大华裔作协创会副会长梁丽芳、历任会长陈浩泉（2004 年，温哥华富大海鲜酒家）

尽己所能，探佚研读，帮助梁老师搜集国内对毕飞宇、王朔等当代作家的评论，同时向中国介绍加拿大华人文学的多彩风貌。乐事之一，是我有幸为《华文文学》"加拿大华文文学研究专号"和《世界华文文学论坛》"加拿大华文文学研究专辑"组稿，这两本期刊可谓国内华文文学研究的两大重镇。当我告诉梁老师这一喜讯时，她不仅慨然赐稿，还在带洋学生到杭州学习时特地来南京看望我，住在吾小窝，并到我执教的南京大学做了讲座。梁老师透露，这是她首次在国内讲课，面对的都是黄皮肤黑眼睛的学生，"非常兴奋，很有满足感"。在南京，我还陪梁老师拜见了老作家梅汝恺，他为我们亲自泡上最好的"碧螺春"，带我们到最好的"大牌档"，也承蒙江苏作协的热情安排，见到了黄蓓佳、毕飞宇、叶兆言这些优秀而勤勉的"笔杆子"们……看到梁老师细品香茗，盛赞烤鸭包，和她在加拿大评读的中国作家面晤一室之内，思接八荒之外，我再次感到了好老师、好学者、好作家的永久魅力。

梁老师曾加盟南京大学钱林森和厦门大学周宁二教授主编的国家出版基金项目《中外文学交流史》丛书，负责中国—加拿大卷，由她、马佳、张裕禾和

梁丽芳教授首次在中国大学授课（2007 年 6 月，南京大学，笔者摄）

蒲雅竹四位学者合撰。该卷 2014 年出版，皇皇近 60 万字，筚路蓝缕，钩沉索隐，建构了中国和加拿大之间一百多年的文学交流史，内含对加拿大华人汉语文学、英语文学和法语文学的分语种评介，具有高度的资料价值和学术价值，荣获第四届中国出版政府奖图书奖。梁老师因亲历过中加文学交流的一些大事，写来就别开生面，驾驭娴熟。比如，她 1976 年率领加拿大青年学生访问团来华寻根，1979 年参与接待中国京剧团访加巡演，都成了该巨著的有趣插曲。自1987 年合创加拿大华裔作协后至今，她陆续接待过刘恒、陈建功、陆星儿、陈忠实、阿城、池莉、苏童、张炜、余华、铁凝、项小米、刘庆邦、刘震云、格非、凌鼎年、陈若曦、白先勇、余光中、黄维樑、葛亮、黄郁兰、寒山碧等作家或学者；严家炎、陈骏涛、陈公仲、牛玉秋、王仲生、庞进、袁良骏、何镇邦、张炜、肖克凡、白烨、吴泰昌、龙彼德、吴义勤、刘俊等评论家。群贤毕至，雅士云集，在梁老师的笔下汇成璀璨的文学星河，令人不禁叹为一观。

四、"尽量让学生了解当代中国文学，这是我的兴趣，也是责任"

梁老师在艾伯塔大学执教多年，主要用英语教授中国文学。在她教过的文学课中，只有两门课用中文授课，一是"中国白话小说"，一是"中国现当代文学"，余者皆纯英文教学，比如"'文革'回忆录"（Memoirs on the Cultural Revolution）、"后毛泽东时期的中国小说"（Post - Mao Fiction），等等。

在谈及后两门课时，她颇多爱国知识分子的感慨，却又不失局外人的冷静。

一个晴朗的温哥华午后，茶香袅袅，海风剪剪，她在家中娓娓道来为"'文革'回忆录"课程开列的英文书籍……

在梁老师看来，海外用英文书写的"文革"回忆录把非常时期中国人民的生活、心态、家庭和荒诞都展示出来，具有历史价值。由于作者的家庭、背景、教养不尽相同，感情的深度和批判的程度也就不一样，因此回忆录的水平有高有低，深浅不一，需要甄别对待。

1988 年，梁丽芳教授（右）访问莫言（左），参观郭沫若纪念馆

梁老师开设"'文革'回忆录"课程，注重文本细读，讨论辨析。有些书

学生课后自己阅读，有些则在课堂上分组阅读。比如讲《上海生死劫》，班里20个人，于是两三个人一组，每组分析两三章，第二节课，另外一组接着分析下去。其他同学加入谈论，由她做总结。每学期细读四本左右，外加泛读书单上的其他回忆录，做两篇论文，一篇谈论一本回忆录，另一篇比较两本回忆录，学生也可以自选主题撰写论文。

由于梁老师上课深入浅出，形式活泼，这门课颇受洋学生的欢迎。他们在"课程评价"（course evaluation）中用英语写道：这是我读过的最扣人心弦的章节（The most gripping chapter I have ever read.）。也有这样的评语：我进大学读了那么多英语叙事作品（English narrative），这个课程最激动人心、最有趣味和吸引力（This course is the most exciting, interesting, and gripping.）。

在谈及教授"后毛泽东时期的中国小说"这门课时，梁老师笑曰："在教小说之前，我先让学生读毛泽东的《在延安文艺座谈会上的讲话》。"

梁丽芳教授（左）在加拿大不列颠哥伦比亚大学接待美国知名华裔作家哈金（右）

然后，她让学生阅读毛泽东时期的几个典型短篇故事，之后才看后毛泽东时期的小说——有对比，才有认识。同时，她会播放由公共广播公司（Public

Broadcasting Service，PBS）拍摄的纪录片《革命中的中国》（*China in Revolution*），让学生对中国近百年来的历史形成初步印象，有助于其理解所读小说的大背景、大语境。后毛泽东时期的优秀作品层出不穷，可惜多未英译，梁老师只能选择有英译本的来教。她每教一学期，都会更新内容，及时添加新作品，尽量让学生了解中国当代文学全貌。她采用了行之有效的主题分类教学，比如讲述政治批判，就选择伤痕小说；讲述流放与回归，就选一些右派和知青的作品；讲述新的社会现实，就选择"新写实"的作品；在手法创新方面，则选用"先锋"作品；等等。每教授一篇小说，她都会采用文本细读的方法，鞭辟入里，而不是削足适履，套用某种理论。

"总之，我尽量让学生了解当代中国文学，这是我的兴趣，也是责任。"梁老师总结的声音不大，却掷地有声，令我不由为之凛然。

暮色四合，茶水早已凉了。梁老师打开灯，到厨房张罗做晚饭。

五、英语宏著《中国当代小说家评传》终于付梓问世

2016 年 11 月，第二届世界华文文学研讨会在北京召开，近 400 人的盛会，几十个国家的华人嘉宾。我和梁老师欢逢。也是在这年，凝聚着她多年心血的英语宏著《中国当代小说家评传》（*Contemporary Chinese Fiction Writers：Biography，Bibliography and Critical Assessment*）终于付梓问世，出版社——英国的劳特里奇（Routledge）在国际人文领域享有盛誉。这可是填补空白之作啊，西方已熟知莫言、哈金，而这部书将让中国当代更多的小说家集体步入国际视野：阿城、阿来、白桦、北村、毕飞宇、陈建功、陈忠实、池莉、迟子建、戴厚英、邓友梅、方方、冯骥才、高晓声、韩少功、贾平凹、梁晓声、刘恒、刘绍棠、刘心武、刘震云、陆天明、陆星儿、卢新华、路遥、史铁生、苏童、铁凝、王安忆、王蒙、阎连科、叶广芩、叶辛、余华、张承志、张抗抗、张炜、宗璞……共有整整 80 位。梁老师春风满面，可眼里布满红丝，她告诉我有点头晕。我不禁心疼，也不知怎么就想到了她家"泛滥"的中英书，盈积每室，放不下就把车库改成图书室，车子宁可停放室外。"车库图书室"书架林立，排放着自购的《当代》《收获》《十月》等多种文学杂志，数千本，有的甚至可以追到 20 世纪 80 年代……从加拿大到中国，她为了访谈作家，到社科院查阅资料，曾经忙到在酷暑的北京晕倒。

对于青年学人而言，在学术泡沫汹涌的当下，有什么比严谨治学更让人起敬？有什么比受明师亲炙更幸运？又有什么比有师若镜更可贵？

BOOK LAUNCH: CONTEMPORARY CHINESE FICTION WRITERS : BIOGRAPHY, BIBLIOGRAPHY, AND CRITICAL ASSESSMENT

ADULTS

FRIDAY, JUNE 23
7:00 - 9:00 PM

Brighouse Branch
Kwok-Chu Lee Living Room
(100-7700 Minoru Gate, Richmond)

Registration required

Contemporary Chinese Fiction Writers : Biography, Bibliography, and Critical Assessment is the first comprehensive book on contemporary Chinese fiction writers. It provides detailed information on the lives and works of eighty of the most important writers from the Rightist, Red Guard and Post-Cultural Revolution generations in China. Join the author, Professor Emerita Laifong Leung, a pioneer scholar in the field of contemporary Chinese literature, at the launch of this new book. She will discuss her inspiration for writing this book, highlight a few of the featured writers, delve briefly into some of the stories within the book and read excerpts.

For more details, visit yourlibrary.ca/events, call 604.231.6413 or talk to a staff member.

梁丽芳教授的英文专著《中国当代小说家评传》（*Contemporary Chinese Fiction Writers*：*Biography*，*Bibliography and Critical Assessment*）发布会海报

　　因为要准备加拿大华裔作家协会成立 30 周年的大庆，梁老师开完北京大会就飞回温哥华了。

如今，天海相隔，我不能面见明师，回想起她让人如沐春风的谈话，拜读她独树风标的新书，我独坐秋灯，思之怅怅，念之深深。

（若无特殊说明，本文图照由梁丽芳教授和笔者提供。）

辞典刘纯豹："拿斧头劈都劈不下来"

南京大学外语部的刘纯豹教授是研究和编纂辞典的知名学者，拥有 40 多年编纂英汉类辞典的经验，主审和主编大中型辞典十余部，荣获国家奖四次，省部级奖项两次，如《英语搭配大辞典》1990 年荣获国家图书奖，《英语委婉语辞典》1995 年荣获首届国家辞书奖二等奖，《综合英汉文科大辞典》1999 年荣获国家辞书奖。2014 年，其主编的《全功能英语辞典》荣膺中国出版界的最高荣誉——中国出版政府奖的提名奖，是该校外语类成果中唯一获此殊荣的出版物。他的研究不仅填补了中国外语类辞书的空白，而且为该领域的传承、发展和创新做出了重大的贡献。

尽管刘教授是大教授，"刘老师"却是同事们对他的日常称呼。在某种程度上，"老师""先生"之称，虽然比"教授"显得朴素，却似乎更有传统内蕴，温和地散发出不朽的光辉。

一、"拿斧头劈都劈不下来"

英语老师，大抵是要和辞典结缘的。从收词 2 万左右的《英汉小词典》（商务印书馆），到收词在 5 万~10 万的中型词典，如《现代英汉词典》（外研社），再到收词在 20 万以上的大型词典，如《英汉大词典》（上海译文出版社），多半样样有一本，还可能一样有数本。这是就综合类词典而言。那些具有专门用途的词典，如习语词典、口语词典、委婉语词典、语法词典、惯用法词典、词语搭配词典、英语文化词典、正误辨析词典等，英语老师可能也需要准备二三。外国出版社的英英词典，或和中国合作出版的英汉双解词典，像英国牛津、朗曼、钱伯斯和柯林斯出的词典，美国韦氏和兰登出的词典，其中，肯定有让英语老师爱不释手的。为了解国内外英语水平测试，大学英语四、六级词典，TOEFL、IELTS、GRE、GMAT 词汇大全，也会有所涉猎。前些年风行电子英汉词典，如快译通、文曲星、诺亚舟；近些年时尚网络和手机词典，如有道、百度、谷歌，等等，英语老师同样得与时俱进，活学活用。

英语词典，蔚为大观矣。因为工作关系，英语老师不仅要勤用词典，而且可能还要参编词典。词典用着舒服自在，放在书柜上，也颇能装点门面，可真正要把它从人脑里、从电脑里搬到这个世界上，就远非田园牧歌，也绝不是游戏之举了。

要穷尽国内外资料，看即出的这本词典能否有所创新，填补空白；

要在学术功利化的潮流中，站得高，行得正，坐得住；

要能经得起一稿、二稿、三稿……一校、二校、三校……六校的折磨；

要连续多日，甘啖盒饭、方便面或快餐粉丝。

英语辞典界的鼻祖约翰逊博士自嘲曰，编词典是"无偿劳作，虽成无荣"（success without applause, diligence without reward），编词典的人是"无害的苦工"（harmless drudges）、"不幸的噍类"（unhappy mortals）。远在英国的这位词典老前辈如是感慨，实在道出了个中三昧。

"要认真，认真，再认真，词典印出去了，白纸黑字，上面的错误，拿斧头劈都劈不下来。"近在身边的词典主编刘老师，反反复复这样强调。

几十位参与《英汉文科大词典》编纂的老师，从讲师到教授，从正值青春的到华发已生的，挤在堆满了词典、词典卡片、打印草稿、样稿的办公室里，再一次开例会，听刘老师敲警钟，上发条。

《英汉全功能词典》获中国出版政府奖提名

二、刘老师的秘籍

不知道刘老师从何时开始矢志编词典，反正他编的基本上都是别人没编过的。他忘情词典，以填补学术空白为乐，颇有"请君莫奏前朝曲，听唱新翻杨柳枝"之风。他是国内主编《英语委婉语词典》的第一人，也是国内编制《综合英汉文科大词典》的第一人。该书甫一出版，就抱回了"国家辞书奖"。他还是国内编纂英语文化系列词典的第一人，主持教育部 985 工程创新特别项目，主编英语语言文化系列辞典，共有《英语人名比喻辞典》《英语地名比喻辞典》《英语体育比喻辞典》《英语动物比喻辞典》《世界著名品牌辞典》等十本，将由商务印书馆陆续出齐，为中国英汉辞书界再增添创新的浓墨重彩的一笔。

这当中，有什么成功的学术秘籍呢？

首先，刘老师善于选题，不落俗套，其所编辞典多开国内同类辞典之先河，为使用者和研究者带来了莫大的方便。比如，他编写的《英语委婉语词典》自1993 年出版，20 多年来已被境内外三家出版社先后印刷过七次，甚至被台湾某出版社全书盗版，成为国内委婉语研究方面不可或缺的参考书，引用或评论该词典的硕博论文迄今已约 400 篇，论文超过 500 篇之多。该词典也为社会语言学、历史语言学、文化语言学等课题的研究提供了大量经典的例证和甚有价值的参考资料。

其次，刘老师编纂辞典十分重视读者的使用便利和需求。以译林 2010 年初版的获奖之作《全功能英语辞典》为例，该辞典运用"词汇法"理论，参考了国外语料库和国内英语教学大纲的词表，兼顾了高级测试（如 PETS、TOEFL、IELTS、GRE 等），收录新词新义，包括稳定的网络词语。全书有 20 个词语附录、100 多个同义词新辨图表、400 多条文化说明、近 1500 处用法说明和学习提示。一个完整的词条可提供 17 个方面的信息，除有拼写、发音、词形变化、释义、例证等常见项外，还有习惯搭配、用法说明、关联词语、同义词新辨、构词常识、文化含义乃至学习技巧等特色项。整部辞典可查、可学、可读、可赏，在国内众多的英汉类辞典独树一帜，赢得了普通读者和专业学者的广泛好评。

最后，刘老师治学严谨，富有精神感召力。他总是反复强调："要认真，认真，再认真，词典印出去了，白纸黑字，上面的错误，拿斧头劈都劈不下来。"40 多个春秋，上万个寒暑，除授课、开会、看病外，他基本上每天都到辞典组办公室工作，有时连周末和节假日也不例外。他不厌其烦地改稿、易稿、校稿、审稿，力求尽善尽美，像《综合英汉文科大词典》，洋洋600万字，易稿多达八次。《全功能英语辞典》400万字，费时十年，同样八易其稿。正是在他既温且厉的教导下，在他唯学术生命是瞻的精神感召下，他的同事，尤其是年轻老师，除了给学生上课外，工作日早中晚，乃至节假日，都会留守辞典组办公室，充当他戏称的"长工"，和他一起搏击辞海——只为了创造出对得起学术良知的精品。

国内首套《英语语言文化系列辞典》（商务印书馆）

三、爱好，也是为词典服务

刘老师乐和辞典相亲。除了爱妻外，大小同事常开他玩笑："You're married to dictionaries."（您和辞典定下终身了。）每个学期，一周五天，甚至周末或假期，都扑在他心爱的词典上。早出晚归，中饭也寸步不离办公室，常以方便面或粉丝应对肚子里的空城计。醒了编词典，困了枕词典。若在办公室打盹，要么是面对电脑，坐于高背椅小睡；要么是在堆书的长沙发上，以大型辞典为枕，执卷而卧，翻着花了大几十美金从网上亚马逊书店淘来的最新词典专著。他自道：在家睡觉，看辞典样稿，看着看着就迷糊了，"哐啷"掉了地，能把太太吵醒。可见，刘老师的确青眼常向辞书横。

刘老师的办公室，在外语部楼层的走廊尽头，不大，十几见方，无花无草，无字无画，唯多书。柜里、桌上、椅上、地上、门后、门外……各式大小辞典、校样、草稿、笔记之类，堆积如垒。大家乍进书阵，无不小心回旋，以免"书崩"。客人来了，放一杯茶，也得悠着点，因为桌上可能摊着刚到的洋书。怪哉！刘老师这样的山东大汉，在蜗室书堆内居然来去自如，取物不用目遇，宛若京剧行家秦稚芳能在杂物四陈的条案上，行云流水地打拳。

像不少饱学之士一样，刘老师望之俨然，接之也温，聊之也洽。大家到他的办公室，除了请教英语问题，也向他借笔、橡皮、猴皮筋、塑料袋、绳子等杂物。他总会停下阅稿，飞速找给你。若碰巧在饭点去，他还会招呼：

"方便面、粉丝，吃吧？还有老干妈辣酱！"

"不能吃辣?！不能干革命呀……"

"别请我吃饭局，糖尿病，一吃血糖就高。"

刘老师的工作午餐，多少年了，都以方便面或粉丝为主。有好事者算过：把他吃的方便面和粉丝连起来，能绕南京城墙一圈，可以申请吉尼斯——世界上吃方便面最多的教授。惜乎，没有厂家找他做代言人，不然，他的辞典就家喻户晓，泽被更多大众了。

刘老师有爱好吗？爱好，也是为词典服务。

一爱超级辣。顿顿有辣，一碗面，半碗辣，嚼过最辣的墨西哥辣椒，嚼完，气血旺盛编词典。

二爱特浓茶。一杯茶，叶满杯，水无影，饮完，精神抖擞编词典。

三爱图书馆。无论到国外哪所大学去讲学，他都把人家的图书馆逛个遍，探到底。现在，图书馆和学术数据库网络化了，刘老师就安坐在他的办公室里，一边吃超辣方便面，一边喝酽酽浓茶，一边用两台电脑畅游全球辞海，其目光之专注，其用力之勤勉，其神情之可爱，独步天下矣。20 世纪 90 年代初，中国几乎所有的英语老师还不知电邮为何物，刘老师已经利用 OCLC（On – line Computer Library Catalogue，全球图书联网目录）为编写《英语委婉语词典》和《综合英汉文科大词典》收录了大量的素材。2000 年以后，中国高校陆续购买了国外著名数据库 Blackwell、JStore、EBSCO、ProQuest 等的使用权，很多英语老师背靠"金山"却不知取用，刘老师立刻向同事开设讲座，告知密码，一步一步告诉文献检索的要点，为研究型的英语老师指点了一条康庄大道。因为刘老师对图书馆太熟，借书太多，他曾被南京大学图书馆评为"最佳读者"，同事求借不到的书，他都愿出马相助。

刘老师网上学术检索能力超强，可他总开玩笑，说自己还不会发电邮呢。这大概是大家名流的一种特色：高深的学问不在话下，日常小事却未必胜任——辜鸿铭写汉字常常少一笔，多一笔；钱锺书不分左右；陈景润教不了中学生数学；爱因斯坦做不出中学的物理题等等。

外语部的小字辈，很多都和刘老师共事，聆听过他恩威并重的教诲，接受过他分配的词典任务。有时工作紧张，年轻的老师难免心猿意马，刘老师还会让他们立下"军令状"——保证在何月何日交稿，否则罚款若干云云。但大部分时候，刘老师会苦口婆心地说"革命远未成功，同志拼命努力"。然后检查进度，提醒小同事什么时候该交稿了，说完，还会把右手的食指举到眉边，一顿，神色庄重，以示拜托。

这时，恨不得立刻加班加点，把一个个词条编写得漂亮严谨，毫无差错。因为是词典，典范之品，所以一词一字，乃至一个标点符号，都要力求正确无误。若是一篇文章，还可拍胸脯，说百分之百正确，可对于一部 600 万字 2000 多页的大型词典，要做到白璧无瑕，那真是"比骆驼穿过针眼"还难啊。在盛行炒股、倒汇、盗版、发诈骗微信、买卖论文、往猪肉灌水等的这个时代，许多人钻进了"钱眼"，但词典编纂者却不得不钻"字眼"，倾其所学，希望将每一个英文例证选好，将每一个汉语释义译好，字字要精当，要熨帖，要让读者用得放心舒心。至于刘老师，他则能从小小字眼里看出气象万千来，看出英汉殊同、文化比较、语言演变、政治形势、历史背景，甚至人生百态来。这种以小见大的功夫，年轻的英语老师喟叹之，神往之，知道自己手头每一个不起眼的词条，每一个字词的校对，其实都是绝对的基本功，是刘老师给后学指出的一条专业之路——最不能讨巧，同时又最能惠及一生的学术研究。

受益于刘老师的言传身教，其团队成员不少都取得了科研成果，在激烈的职称评审中拿出了"硬核"，促进了外语部由以教学为主转型到教研并重，实现了其科研水平的整体稳步提升。他本人也众望所归，获得了"南京大学外语部终身成就奖"。

四、只想着给后人留些好书

2014 年是马年，也是刘老师的年。

年前，想按旧俗送刘老师一点红配饰，又念他看得淡，就没造次。不久，得知刘老师主编的《英汉全功能辞典》获中国政府图书奖提名了，中国出版界的最高奖项，莫大的荣耀，便立刻寄了贺简，红红的字，应着过年的喜气，想着刘老师看后呵呵一笑，接着照旧跋涉于书山辞海。

刘老师说，上了他这个年岁，不在乎什么奖了，只想着给后人留些好书。也是，一匹老骥，在辞界奋步多年，感尽人事沧桑，编的辞典大家看了，用了，叫好了，推荐给同道后学了，对编家而言，就是至乐至善之境。至于披红挂彩、锣鼓开道、赐游禁城之类，有无，都不影响骐骥远行的。乌骓、绝影、赤兔、的卢、黄门四骏、昭陵六骏……大抵不是因贵人赏识才有良马之质，乃是其本身善千里，且喜千里也。

辞典之道漫而艰，属马的刘老师踏走 40 多个春秋了。虽已年逾古稀，饱受数病缠身、住院治疗之苦，但依旧老骥伏枥，志在千里，不待扬鞭自奋蹄，充满了学术热情和激情。他潜心研究，甘守寂寞，继续和同道日日奋进，力争创造出更多经得起时间和学术考验的辞书精品。

如果你想一睹刘老师的尊容，也不难。他有山东大汉般的体型，骑一辆高大的老式 28 杠自行车，常拎一只装满书或词典的布袋，行路又重又稳无风，言谈能俗能雅有味。着装上，以男性永远流行的白衬衫为主，如系上领带，则表明要给研究生上课或开会发言。他以教授"研究生词汇学"闻名，也以拖堂著称。如果你看到南京大学哪个教室，中午 12 点的下课铃打了老半天了，还有一位老先生侃侃而谈，那多半就找对人了。或者，找来刘老师主编的一本词典，案头赏读，他便会引领你漫游辞海，进入一个无边光景一时新的语言奇境。

五、附录

筚路蓝缕，泽被后学
——刘纯豹主编的《英语委婉语词典》评介

赵庆庆

　　所谓委婉语，就是用婉转或隐指的语言来表达令人尴尬、不悦或恐怖的事物。英文的委婉语一词"euphemism"源自希腊语，词头"eu"表示"好"，词干"phemism"意为"言语"，因此，整个字面意思就是"吉言"或"好的说法"。古希腊人祭祀时需讲吉利话，对神祇不能直呼其名，于是就产生了各种婉言。随着古希腊文化在欧美的流播，这种出于宗教考虑而形成的委婉表达，也同样出现在英语中。加之受礼仪规范、阶级特权、感情好恶、交际需要和避俗就雅等因素影响，英语委婉语层出不穷，涉及繁多，从古到今一直活跃在英语交际领域，而且呈现出日益流行的迹象。

中国首本《英语委婉语词典》
（商务印书馆）

知名的美国语言学家约翰·M. 斯韦尔斯（John M. Swales）教授曾在 1993 年 10 月的《英语教学杂志》（*ELT Journal*）著文指出"在过去 25 年，英语有四大显著变化"，其中第二大变化就是"委婉语再度时兴"。美国学者休·罗森（Hugh Rawson）也说："我们极少有人——包括那些以直言不讳为荣的——能在哪一天不使用委婉语。"然而，英语委婉语词典的编纂却大大滞后于英语委婉语长期而广泛的使用。据 *Oxford Dictionary of Euphemisms*（《牛津委婉语词典》）的作者霍德（R. W. Holder）介绍，他在 1977 年开始收集资料时，全世界还没有一部英语委婉语词典。到 1987 年其书问世时，英语委婉语词典也才只有两部。

而在我国辞书界，英语委婉语词典的编纂却出现了"一枝先报天下春"的可喜局面。早在 1984 年，也就是在西方学者着手编纂英语委婉语辞典之时，辞典学家、南京大学的刘纯豹教授就开始收集整理，在十几年广收博采的基础上，用了整整六年时间，查核了两百多本专著，去粗存精，最后筛选出委婉语词条 8000 条，成书 70 万字，和同事陈海教授合作，于 1993 年 5 月出版了我国第一部系统、全面的委婉语辞典——《英语委婉语词典》。1994 年 1 月，《中国日报》（*China Daily*）以一篇题为"Good Speech"（《良言吉语》）的专评向海外介绍这本词典。该书面世后，反映良好，三年中连续印刷三次，并在 1995 年 7 月，荣获了国家新闻出版广电总局颁发的首届"国家辞书奖"二等奖。因为该词典是开拓性的科研成果，既具有高度的学术价值，又具有普及英语语言文化的大众阅读功能，获奖仅三月后，就被台湾某出版社全书盗用，改头换面以《最新英语委婉字语大典》出版。该出版社删去原编著者之名，而替之以另外二人的名字。在这起恶意侵犯著作权案以刘纯豹教授胜诉后不久，《英语委婉语词典》的新版，即在 2001 年由闻名中外的商务印书馆推出，继续给广大读者和学者提供了解、探析和研究英语委婉语的津梁之便，也弥补了我国英语教学中对委婉语普遍重视不够的遗憾。

《英语委婉语词典》是我国首部融英美语言文化为一体的语文知识性词典。它首次全面、系统、客观地评价了流行的英语委婉说法，集学术性、实用性、知识性和趣味性于一体。它以如下四个鲜明的特点独步辞坛，倍受广大使用者的青睐：

1. 强调委婉词义，弥补综合性语文词典之不足

尽管委婉语在英语中数量惊人，比如表示排泄生理现象的婉言有一百多种，表示死亡和醉酒的分别有几百种，表示人体禁忌部位的竟多达千种，但在众多

的中外辞书中，委婉语不是鲜有收录，就是语焉不详。例如，表示人体隐私部位的 charm，在国内外许多词典中都没有将其委婉意义解释清楚：

①《韦氏新世界词典》(*Webster's New World Dictionary*) charm：the ability to fascinate, allure, or please greatly.

②《韦氏新大学词典》(*Webster's New Collegiate Dictionary*) charm：a physical grace or attraction—used in pl.

③《简明牛津流行英语词典》(*The Concise Oxford Dictionary of Current English*)（usu. in pl.）an attractive or enticing quality.

④《英汉大词典》charm：[常作 ~s]美貌，妩媚：The dancer revealed her charms. 那个舞蹈演员显出了她的妖冶。

上述四本词典都未交代"charm"一词作为委婉语的用法，而《英语委婉语词典》则指出：

charms [**mammary charms**]（本义）迷人之处（委婉义）乳房

She flashes around her charms. 她到处炫耀自己美丽的胸脯。//a dancer revealing her charms 一个袒胸露怀的舞女 // In the world of fashion, décolleté was yet another useful term, indicating, without saying as much, that **mammary charms** were on display.（J. Lawrence, "Unmentionable and Other Euphemisms"）在时装界，décolleté（袒胸露肩的）是另一个很有用的字眼，它不言自明，表示一抹酥胸已经展现出来。

［说明］该委婉语自 18 世纪以来一直屡用未衰，一般多见于文学作品中。①

对于同一词语 a dancer revealing her charms 的解释，《英汉大词典》受其综合性的限制，只给出 charm 的一般含义；而《英语委婉语词典》则说明了其本义和委婉义，并采用后者来翻译英文例证，尤显地道细致，加强了读者对英文原意的把握，而引用英国委婉语专家 J. Lawrence 的例句，则更加令人信服。

2. 根据婉指内容分类，周全实用

英语委婉语数量浩繁，内容庞杂。该词典则按委婉语表示的内容将其分为

———————

① 刘纯豹. 英语委婉语词典 [M]. 北京：商务印书馆，2001：71.

十二大类，每类 1 章，全书共 12 章。这十二大类为：

①世人与职业；

②人体部位和器官——禁忌部分；

③人体部位和器官——中性部分；

④疾病和残废；

⑤死亡和殡葬；

⑥分泌物和排泄物；

⑦缺点与错误；

⑧性爱与生育；

⑨犯罪和惩罚；

⑩政治与战争；

⑪神明与魔鬼；

⑫誓言和咒语。

每一大类又按话题细分成若干小类，如在"世人与职业"大类中，分老人、黑人与犹太人、穷人与富人、男人与女人、丈夫和妻子、私生子、脑力工作者、白领工作者、商人、顾客与店员、服务员、厨师、理发师、工人、警察、特务等二十一小类。每一小类即为一小节。在每一个小类项下，罗列出一系列相关的委婉语词条。如在"老人"小类项下，按字母顺序，列有 adult，advanced in age，caducity，distinguished gentleman 等近 30 个表示"老人"的委婉说法。在"黑人与犹太人"小类项下，对于久遭种族歧视的黑人种族，该词典列出对其的婉称或礼貌称谓，不仅有 Afro-American，black，colored，native，Negro，non-white 等 11 个之多，而且详细说明了这些委婉称谓的历史背景、流行年代、感情色彩，以及针对中国学生的使用建议，等等。

由于该词典按照十二大类婉指的内容编列词条，书末附有按字母顺序排列的所有词条的索引，所以，检索起来特别方便。归类编排，也大大方便了读者了解同一概念的多种委婉用法。精心撰写的"文化—语用说明"对同义或近义委婉说法做了比较，有效地提高了读者对其的正确理解和运用能力。

3. 探本求源，例证丰富

该词典的每条委婉语都探本求源，分别注上本义和委婉义。多数条目还佐以摘自名人名篇、权威辞书和权威报刊的例句，并译成中文。约半数以上的委婉语都附有说明，介绍该词语产生的文化背景、流行年代、使用范围、文体色彩以及语音和语法特点等，使得词典具有高度的可读性和实用性。

以表示"死亡"的两个委婉语词条为例，该词典如是解释：

join the Great majority, to（本义）加入大多数，跻身于多数之列（委婉义）死去

Mr. Middleton has gone to join the great majority. 米德尔顿先生已经死了。

［说明］该委婉语自19世纪末叶以来一直屡用不衰，有时又作 **to join the ever increasingly majority**（加入那不断增长的多数之列）和 **to join the silent majority**（加入沉默无语的大多数）。Great 一词也可小写。

join ［be among］ the immortals, to（本义）加入不朽者之列，跻身于仙人之中，成仙（委婉义）死去

She thought she saw her husband in a place of Bliss **among many Immortals.**（John Bunyan, *Pilgrim's Progress*, 1678）她认为自己看见丈夫在极乐世界里与诸神同在。

［说明］这一说法最初是源于古代的希腊和罗马。那时，immortal 一词是用来指"神"，后来也兼指神化了的凡人——仙人、圣人。①

这两个词条除包含本义和委婉义外，还有历史背景、近义表达、选自著名英国作家约翰·班扬（John Banyan）代表作《天路历程》（*Pilgrim's Progress*）的例证和词源说明，可查可学，可读可赏，颇能显示该词典集知识性、可读性和实用性于一体的特色。

更让人拍案叫绝的是，该词典选用的一些例证生动形象，幽默警策，令读者在莞尔之时，不知不觉就把查阅词典当成了愉悦的阅读享受。

如第一章"世人与职业"的第三小节"穷人与富人"中就有一个颇为幽默又发人深省的例子：I used to think that I was poor. Then they told me I wasn't poor. I was **needy.** Then they told me it was self‑defeating to think of myself as **needy.** I was **deprived**, then they told me **deprived** was a bad phrase, bad image. I was **un-**

---

① 刘纯豹. 英语委婉语词典［M］. 北京：商务印书馆，2001：179.

derprivileged. Then they told me **underprivileged** was overused. I was **disadvantaged**. The social worker told me I belong to the **low – income brackets**. I still don't have dime but I have a great vocabulary. ①

说话人是个穷人,可社会福利工作者指代穷人时却尽量避免直接用"穷"这个字眼,而依次改用 needy, deprived, underprivileged, disadvantaged, low – income brackets 等各种委婉表达,言辞虽越变越动听,穷人兜里没钱的事实却没变。例句中的穷人于是自嘲道:"如今我仍是一文不名,可我却得到了一大堆词语。"词典选择了这一略带黑色幽默的例证,不仅向读者巧妙展示了"穷"的诸多委婉说法,也揭示了美言背后微妙的人际心理和西方国家的社会顽症。

4. 导言精准,深入浅出

主编刘纯豹教授撰写的导言,可以说是《英语委婉语词典》的最大亮点。它高屋建瓴,深入浅出地论述了委婉语的方方面面,界定了委婉语的含义和成因,尤以对委婉语类别、规律和构成的分析最有见地。

在给委婉语分类方面,导言指出,英语委婉语可以根据不同的标准,划分成不同的类型。根据所述事物的禁忌与否,可分为传统委婉语和文体委婉语;根据其本义遗忘与否,可分为无意委婉语和有意委婉语;根据流行时间长短,又可分为瞬时性和持续性的两种;根据流行年代,则可分成中世纪委婉语、维多利亚委婉语、20 世纪委婉语、当代委婉语等;以使用范围为标准,委婉语还可分为英国委婉语、美国委婉语、澳洲委婉语等,警察委婉语、罪犯委婉语、士兵委婉语、学生委婉语、医护委婉语等,甚至男子委婉语和女子委婉语等;最后,根据所婉指的内容划分,委婉语还可以分为死亡委婉语、性爱委婉语、战争委婉语、职业委婉语,等等。如此严谨、不厌其烦地对委婉语梳理归类,体现了编者对委婉语现象的熟稔和深思,折射出人文研究中难能可贵的科学光芒,也令读者通过导言迅速得知英语委婉语的确是一片有待了解、有待深究的语言文化奇境。

导言还从委婉语的产生、发展和衰亡中得出了委婉语演变的两条规律:一是格氏定律(Gresham's Law),二是更新定律(the Law of Succession)。前者原是金融学术语,表示面值相同而成色不同的两种银币同时流通,成色不足的会将成色足的挤出流通领域。同样,当一个词具有褒义和贬义,或者中性和贬义

---

① 刘纯豹. 英语委婉语词典 [M]. 北京:商务印书馆,2001:13.

时，贬义会排斥褒义和中性意思而为人们所独用。如 intercourse 成为"交媾"委婉语后，其表示"往来，交流"的中性含义已被弃用；gay 表示"同性恋者"后，其表示"欢乐的"本义也鲜少再用。"更新定律"是指某些委婉语在使用一段时间后，其委婉效果丧失，导致新的委婉表达产生，而当新委婉语成为明日黄花后，又有更新的表达出现，或者旧词复活再用。导言形象而深刻地揭示了委婉语的演变规律，极大地帮助读者以一驭万，从宏观上把握了委婉语的发展原理，而在微观上，则做到了正确辨析词义，避免在交流中出现尴尬和误解。

导言对委婉语构成方式的剖析，也令人刮目相看。在丰富多彩的委婉手法中，编者综合考虑了构词、语音、拼写、词汇、语法和修辞手段，归纳出合词、反成、首字母组合、截短、曲读异拼、押韵替代、逆拼、首字母异拼、标点符号、同义替代、借词、模糊词语、儿语、反面着笔、比喻、借代、低调、迂回、首字母曲解这 19 种委婉构成法。而且，编者还切中肯綮地指出，这些五花八门的委婉法大抵贯穿了若即若离和美好中听的原则，由此，读者既了解了委婉语构成令人目眩的"万殊"，也能抓住了其中的"一本"，很快便能活学活用。

该词典的导言，是编者多年委婉语研究的精华所在，代表了国际英语委婉语研究的前沿成果，堪称我国英语委婉语研究的开山之作，它在学术上的开拓意义和对后起委婉语研究者的参考价值无疑是十分巨大的。

自《英语委婉语词典》1993 年问世迄今已经 20 多年了。其间，英语委婉语的研究在中国从无到有，从少到多，逐渐开展起来了，相关的期刊论文逐年递增，上海外国语大学、华东师范大学、哈尔滨工业大学、河北大学、安徽大学、湘潭大学等多所高校都有以英语委婉语为课题的硕士或博士论文。然而，他们无一例外都表示了对该词典的倚重。比如，上海外国语大学邵军航在其博士论文《委婉语研究》中特地指出，刘纯豹主编的《英语委婉语词典》是其主要的参考文献。在中国知网（CNKI）上，以"英语委婉语词典"为检索词进行跨库检索，则可见该词典被引用的次数一直呈上升趋势。据不完全统计，截至 2003 年，即该词典出版十年后，它被引用次数为 109 次；截至 2013 年，该词典出版 20 年后，它被引用次数跃至 482 次。截至 2019 年年底，该词典被引累计达 543 次，其中，被中国优秀硕士论文引用 107 次，被博士论文引用 17 次，被中国期刊引用 405 次。鉴于此，该词典广受学界关注，给中国越来越多的委婉语研究者带来了福音，已成不争的事实。而且，在今后较长一段时间内，中国倘若没有同类的词典问世，该词典独一无二的学术意义和参考价值将会更加凸显出来。

总之，《英语委婉语词典》是一部超越了修辞范围、融英美语言文化为一体，集高度学术性、实用性、知识性和趣味性于一身的学术著作。该书体例新颖，例证丰赡，索引齐全，译笔流畅，可查可读，不仅对阅读理解、翻译写作和教学备课十分有用，对丰富汉语的表达方式和开展汉语言的相关研究也有参考价值。它的问世，引领了我国在语言词典编纂上将语言纳入文化、历史、社会之维的最新探索，同时也是对一度弥漫于我国辞书界浮躁之风的有力反驳。

（若无特殊说明，本文图照由笔者提供。）

刘慧琴：丹心永存的文化大使

　　刘慧琴（Lily Liu）1932 年出生，笔名阿木，资深编辑、作家、翻译家。自幼好文，多次荣获奖学金。大学一年级就创作出英文小说处女作，刊于上海出版的著名英文刊物《密勒氏评论》（*Miller's Review*）。1956 年毕业于北京大学西语系，同年 9 月入中国作家协会《世界文学》任编辑，10 月担任以茅盾为团长，老舍、周扬为副团长的中国作家代表团译员，出席在印度新德里召开的亚洲国家会议。1964 年入中国社会科学院外国文学研究所工作。

　　1977 年，刘慧琴移居加拿大，先后任加拿大华裔作家协会理事、副会长、会长，温哥华中华文化中心理事。现为加拿大华人文学学会发起人之一兼委员、大华笔会和加华笔会顾问，海外华文女作家协会、夏威夷华文作家协会会员。

刘慧琴（左）访百岁文化大家杨绛（2010 年 3 月，北京杨绛家）

出版《胡蝶回忆录》、文集《寻梦的人》和《被遗忘的角落》，译有《在路上》（凯鲁亚克著，合译）及《早晨的洪流》（韩素音著，合译）及影视剧本《白求恩》《宋庆龄的儿童》《中国迈向 21 世纪》等。其中，《宋庆龄的儿童》1986 年在温哥华世界博览会首映，获奥斯卡纪录片奖提名。曾为温哥华《明报》《星岛日报》、多伦多《现代日报》专栏作者，作品被收入海内外多种文集。主编和编辑《北美华人移民纪实》《北美华文作家小说精选》《北美华文作家散文精选》《枫雪篇——加拿大华裔作家协会会员作品集》、"世界华人女作家丛书"（《漂鸟：加拿大华文女作家选集》《归雁：东南亚华文女作家选集》《芳草萋萋：世界华文女作家选集》和《翔鹭：欧洲暨纽澳华文女作家文集》）等多种文集。

一、北美穷苦华工的后代

刘慧琴出生在华侨世家。外祖父是 19 世纪下半叶由中国广东台山自卖来北美的华工，先在美国加州开矿，后到加拿大来修铁路，外祖母是被人贩子拐卖到北美的贫农之女，所以刘慧琴母亲的兄弟姐妹有一半出生在美国，一半出生在加拿大。刘慧琴的一位舅舅是芝加哥伊利诺伊大学的医学博士，曾是上海的名医；另一位舅舅毕业于美国航空学校，曾是中国航空公司第一位中国人航空正驾驶员。他们虽是生长在美国，学成后都相继回华服务。外祖父后来让外祖母带着年幼的子女随着运送先侨遗骨回乡的船回到台山乡下，独自和年长的儿子们在异国打工谋生，他后来病重，自知将不起，便摒挡一切，用全部积蓄，买了一张三等舱船票回到故乡，完成了他落叶归根的愿望。

刘慧琴的父亲是医生，祖父是家乡有名的中医，母亲少年时回国，因为祖父医好了姨妈的病而结为亲家，又因为舅舅在上海做医生，父母就到了上海安家。刘父 43 岁因心脏病去世，他和祖父一样是个疏财仗义、施医施药的医生，家无恒产，更无积蓄。父亲和舅舅同一年相继去世，使这个小康之家一下子面临灭顶之灾，孩子们面临失学的命运。刘母没有接受本家的建议回到乡下，不甘心在命运面前倒退回去，便在她 44 岁那年，变卖家产换了一张船票，回到了她的出生地加拿大，为了子女的"求知"开始了移民第二代人的拼搏。

刘慧琴目睹了侨眷辛酸艰苦的日子，也看到了大多数老华侨在"金山客"衣锦还乡背后隐藏的悲凉、二等侨民的屈辱岁月。1952 年，即在她 20 岁那年，她毅然放弃了在香港等待了两年的加拿大护照，凭着青年人的豪情回到祖国，考入北京大学西语系。

　　"文革"中，因为被卷入子虚乌有的"5·16"集团，加之有海外关系，她屡遭批判，子女也不能上大学。作为华侨第三代的母亲，她没能逃过历史的宿命，被迫选择前辈走过的道路，移民北美。1977年11月11日，45岁的她带着三个未成年的子女离开祖国。在被访时，她说："这一天是加拿大的'国殇日'，却是我的'心殇日'。九年后，我接受了加拿大公民的证书，在入籍的仪式上，伤心的泪水夺眶而出，连接我和祖国母亲的脐带断了。"

幼稚园时的刘慧琴　　　　在北京大学西语系当学生时的刘慧琴

　　刘慧琴大学毕业后的首项工作，是担任中国作家代表团译员
　　右起：茅盾、周扬、老舍、刘慧琴、余冠英（在刘慧琴身后）、杨朔、叶圣陶、萧三（1956年12月，印度泰姬陵）

刘慧琴（前排中）重访中国社会科学院外国文学研究所（2010 年 5 月 19 日，北京）

前排左起：唐梅（《外国文学动态》前主编）、赵庆庆（笔者）、沈宁（翻译家）、刘慧琴、林婷婷（加拿大华人作家）、朱虹（英美文学专家）、苏杭（俄罗斯文学专家）

后排左起：庄嘉宁（《世界文学》副编审）、高兴（东欧文学专家）、邵明瑞（翻译家）、邹海仑（《世界文学》编审）、叶廷芳（德语文学专家）、高莽（俄罗斯文学专家）、李文俊（《世界文学》前主编）、金志平（《世界文学》前主编）、余中先（《世界文学》时任主编）、张佩芬（德语文学专家）

初到加拿大，刘慧琴只有 50 美元，和三个孩子每人只有一身替换的衣服。投亲不成，反成陌路。幸得素昧平生朋友的襄助，刘慧琴得以渡过最初的难关。私校的白人校长，免费收她的两个女儿入学，在她感到无以为报的时候，他对她说："将来你有能力时，帮助有需要的人就是对我最好的回报。"邻居，一位穷苦的爱尔兰裔退伍军人，帮忙照顾她五岁的儿子，却不收报酬。

刘慧琴则同时打三份工以维持全家生计：

凌晨	12 时至清晨 6 时	温哥华市中心乔治亚旅馆清洁工
上午	9 时至下午 5 时	温哥华中侨互助会社工
下午	6 时至晚上 10 时	温哥华一家中文报馆的排字工

那是一种背水一战、毫无退路的困境。孩子们都很懂事，知道生活的艰辛，和她一路相依相扶。大女儿哭着要退学去打工，分担家庭的重荷，将求学的可能留给弟弟妹妹。刘慧琴不敢放松，也不肯让孩子们在求学的路上有任何退缩。至于睡眠、为工作用于来回交通的时间、给孩子辅导功课等等，就需要从打工

余下的六个小时中去找了。她在有限的休息时间内，在文学的空间稍作逗留，留下一鳞半爪，直到不打夜工了，清晨5—7点是她的"爬格子"时间，《白求恩》《宋庆龄的儿童》等影视剧本的翻译，《胡蝶回忆录》的撰写都是这样攒出来的。来到北美才真正感到"文学"是一项奢侈的爱好。生活稍好后，她记录下与各族裔交往思考而产生的点点滴滴，发往北美报刊专栏，若干年后汇成了气度宏阔而又文质兼备的新移民文集《寻梦的人》和《被遗忘的角落》。

刘慧琴在南极和企鹅对话（2010年1月）

二、与影后胡蝶成为挚友，撰写《胡蝶回忆录》

胡蝶是20世纪30年代风靡神州、东南亚的影后。1966年，应著名导演李翰祥之邀去台湾，在《明月几时圆》和《塔里的女人》两片中客串母亲的角色，此后永久息影。

胡蝶曾在香港、台北、东京三地居住。1975年移民加拿大后，她谢绝了各种社交应酬，过起了平凡老人的生活。当年在温哥华，香港移民占了华人移民的大多数，其中不乏她的影迷。她曾多次在公共汽车上被影迷跟踪。一次，一位老太太跟着她上了车，在她身旁就座，笑着和她打招呼。胡蝶也就和她寒暄起来，但总也想不起她是谁，又不好意思问，就这样坐到胡蝶下车，她也跟着下车。直到这时，这位老太太才解开谜团："很高兴和你同坐一辆车，你一点大明星的架子都没有。我从小就仰慕你，看你的电影，没想到会在温哥华见到你。我是从你的眼神里认出了你，跟你上了车。其实我回家是该坐相反的路线的。"这样的不期而遇，对胡蝶来说时有发生。

刘慧琴认识胡蝶是 1978 年的事。当时，她在温哥华的中侨互助会负责华侨妇女的英语学习。她注意到班里有一位年约半百的中年妇女，衣着打扮朴素中见雍容华贵，举止优雅，谈吐温婉，颇有大家风度。班里的妇女敬称她"大家姊"，而她却很谦虚和蔼。点名时，刘慧琴知道她叫"潘宝娟"，也惊喜地知道了她的真实身份，后来与她相知相交，竟成挚友。

胡蝶住在滨海大厦高层的一居室套间，面积不大，但精致舒适。客厅墙上挂着她年轻时的大幅剧照，穿着民国初期的淑女装，昳丽而矜持。和客厅相连的小餐厅里，一张四方餐桌兼当麻将桌。卧室里摆放着她年轻时和潘有声的合影。胡蝶不以名人自居，晚年交了一班过去觉得她可望而不可即的老姐妹，每周搓搓小麻将，分享各自带来的食物，或者到唐人街 AA 制吃饭。她常说："老人金是政府照顾老人给的，我们该知足惜福。"胡蝶生活很有规律，早睡早起，天气好时，带爆米花下楼沿海边散步，与围在身边的鸽子、松鼠同乐。

刘慧琴在胡蝶家数次见过一位叫"阿权"的 60 多岁男子，帮她购买食物、用品，他的妻子帮忙打扫卫生。他们对胡蝶甚是恭敬，总称道"潘先生和少奶待人和善"。原来，阿权夫妇是胡蝶在香港居住时的司机和女佣，十几年的主仆成了朋友。潘有声去世后，家道中落，胡蝶遣散了所有仆人，对潘有声从福建老家带出来的阿权夫妇总有些不忍，就资助他们在香港开了家汽车修理店，阿权儿子长大接过生意，带着父母移民加拿大。

对于名人，世人对于他们的一切，都有种种传说、猜测、推理，久而久之竟成了事实，以致当事人百口莫辩。对于胡蝶，更不例外。

1986 年，刘慧琴开始写胡蝶回忆录时，就和她核实了诸多传言。兹举数例如下：

1. 有传言说胡蝶是满族，东北人。事实上，胡蝶亲生母亲是汉人，胡蝶是地地道道的广东女子，但她的庶母（胡蝶父亲的妾）却是满族旗人。庶母的母亲，胡蝶尊称为姥姥，在胡蝶从影后，常跟在胡蝶身边照应。胡蝶一口几可乱真的京白也是跟姥姥学的。也许这是她被误解为满族的原因吧。

2. 和张学良跳舞，当年曾传得沸沸扬扬，以至于无人不晓"赵四风流朱五狂，翩翩胡蝶正当行。温柔乡是英雄冢，哪管东师入沈阳。"事后证明这完全是捕风捉影，是日本通讯社造谣中伤张学良，以引起国人对他的愤恨，转移目标。当时胡蝶正在北平拍外景，由于拍摄时间紧迫，外景队吃住都在一起，根本没有个人活动的时间。后来明星影片公司及演职员曾联名登报声明，此事早已澄清。受舆论伤害的张学良和胡蝶，虽然曾在同一个城市住过，却终其一生从未谋面。

3. 谣传最多的她和戴笠的绯闻，源起于中统特务沈醉的文章，时至今日，这样的谣传仍然在各种已出版的传记、回忆文章乃至影视片中出现，虽然有学者探讨，以历史佐证，但以讹传讹，真相竟无以大白。刘慧琴亲自向胡蝶求证。胡蝶承认和戴笠有一般的交往，但并没有谣传的种种情事。沈醉在回忆录里面，还写过戴笠跟电影演员白杨的所谓"风流韵事"。为此白杨蒙不白之冤，在"文革"中被关押八年，被折磨得死去活来。刘慧琴庆幸胡蝶在"文革"时没在中国，否则这段谣诼足以使她陷入万劫不复之地。

刘慧琴为胡蝶抱不平，胡蝶总笑着劝她："我向来不太在乎这些空穴来风，如果我对每个传言都那么认真，我也就无法全心全意地从事电影演员的工作了。"她还说："关于（重庆）这一段生活，也有很多传言，而且以讹传讹，成了有确凿之据的事实。现在我已年近八十，心如止水，以我的年龄也算得上高寿了，但仍感到人的一生其实是很短暂的。对于个人生活琐事，虽有讹传，也不必过于计较，紧要的是在民族大义的问题上不要含糊就可以了。"

撰写《胡蝶回忆录》时，刘慧琴和胡蝶达成共识，就是忠于历史事实，还历史本来面貌，希望这本书能经得起历史的考验，为两岸读者所接受。她尽可能地查阅了能收集到的中英文数据，也查阅了美、英、德、法等国的电影史料，将胡蝶的经历放在世界电影发展的大环境下去叙述，让读者了解到当时中国和世界电影发展的关联及简况。书成后，胡蝶希望能在中国大陆出版，但当时中国大陆对她没有定评，刘慧琴也不熟悉大陆的出版社。时任《世界日报》副刊主编的著名诗人痖弦通过驻温哥华的《世界日报》总编徐新汉和她联系，

《胡蝶回忆录》简体版封面

很快就签约在《世界日报》独家连载出版。该书连载后，1986年12月在中国台湾出版，后来中国文艺出版社、新华出版社、浙江人民出版社等诸多出版社都

有简体版出版。刘慧琴认为有的失之偏颇，有的出于臆想，更有的为了追求市场效应不惜无中生有而失真。

在温哥华，刘慧琴（左）和过生日的胡蝶共庆《胡蝶回忆录》出版（1987）

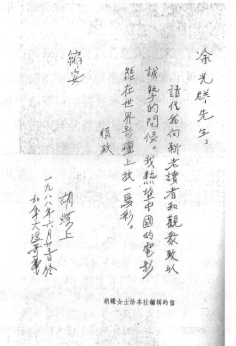

胡蝶女士给本社编辑的信

胡蝶致函涂光群编辑

刘慧琴和胡蝶忘年相交逾十载，一度同住一条街，一个月总能见上几次面。她们最后一次通电话是在 1989 年 3 月 22 日晚，胡蝶像往常一样，银铃般的声音，充满欢乐幽默，相约两天后在经常午叙的餐馆见面。谁知第二天中午，刘慧琴因车祸受伤住院，同日胡蝶在商场跌倒昏迷，也被送入医院，一直联系不上。1989 年 4 月 23 日晚，刘慧琴觉得在梦中听到电话铃声，醒来后，电话铃真的响了！胡蝶的儿子告知他母亲刚刚去世。没想到胡蝶竟以这样的灵犀向她告别！4 月 28 日葬礼上，刘慧琴见到她身着淡紫色的中式上衣，安详地躺在花丛中。

如今，胡蝶飘然飞走已经 30 多年了，为了对挚友有个交代和承诺，刘慧琴正在重写《胡蝶传》，将原来由于种种原因遗漏的史料补充进去，要为胡蝶留下一部完整可靠的传记。

三、洒泪翻译电影剧本《白求恩》

白求恩医生是在中国最家喻户晓的加拿大人，永在中国人民的怀念中。他的生前相识、加拿大作家泰德·阿伦（Ted Allan）写的白求恩传记《手术刀就是武器》（1952）曾畅销全球，他创作的电影剧本《白求恩：一个英雄成长的故事》在 1993 年被搬上银屏①。而翻译这个剧本的人正是刘慧琴。

泰德·阿伦 18 岁时和白求恩相识，一直追随白求恩，成了白求恩和白求恩离婚妻子弗朗西丝的挚友。《白求恩：一个英雄成长的故事》电影剧本初稿写于1979 年，加拿大麦吉尔大学（Mcgill University）的林达光教授推荐刘慧琴替他翻译。这次翻译经历，加上加拿大几十年的生活体验，让刘慧琴觉得白求恩不再是神坛上供奉的可望而不可即的神，而是一个有血有肉的人，是加拿大这块土地的纯朴民风造就了这位为救治伤员可以毫不犹豫地输出自己鲜血、献出自己生命的医生。他想家，想回加拿大想得厉害，几次要求未获批准，但当获准

---

① 注：加拿大比较教育博士 Ruth Hayhoe（中文名为许美德），曾在 1989—1991 年担任驻华外交官，她在回忆录《圆满：一个加拿大学者的中国情愫》（*Full Circle: A Life with Hong Kong and China*）中讲述了中加合拍《白求恩》电影中的分歧。加方本想如实刻画白求恩——他是一个真正的英雄，但有时冷漠，和妻子有过三次婚变，但中方却要竭力维护他在中国人民心中的正面形象。最后，中加双方同意影片在回顾白求恩早年岁月时可以蜻蜓点水地描述一下他的缺点和冷漠，但绝不能破坏他在中国人民心目中的光辉定型。参见该书中文版（周勇译，北京教育科学出版社，2007）第 121 页。

甚至就快登上来接他的汽车时，一听到战斗打响，他马上想到的是伤员，放弃回家赶赴前线，最后因手术时割破手指，受到感染而牺牲在中国的战场上。然而，作者并不回避白求恩人格上的弱点，酗酒、和女人调情、脾气有时很暴躁。

　　白求恩和同一个女人弗朗西丝有过三次婚变，分居、离婚、重婚。第一次是因为他罹患当时的不治之症肺结核，第二次是为了要去西班牙参加保卫共和事业的战争，第三次是远赴中国支援抗战。他离异的妻子对他这种为了信仰去冒险的行为并不赞同，而他的三次婚变都是为了不让妻子为他担忧，为他独守空房，但他直到临终，惦念的仍然是弗朗西丝："我要请求我在加拿大和美国的朋友用我的名义汇寄一些钱给我妻子弗朗西丝。请告诉她我在最后的时刻想到的依然是她。"①弗朗西丝终于理解了白求恩，积极学习护理，准备在他回来度假和筹办医药用品后，和他再婚："我和他自始至终在精神上是一体的，我们打算第三次结婚。"② 当她准备追随白求恩去中国时，白求恩却不幸在华殉职。《白求恩：一个英雄成长的故事》部分内容的来源是白求恩和弗朗西丝的来往书信。白求恩的母亲是一位传教护士，如果没有因感染去世，他还曾打算那次回家后，在返回中国时将他母亲也带到中国做战地护士。

白求恩在安大略省格雷文赫斯特镇的故居，被开辟成白求恩纪念馆（2015 年9 月，笔者摄）

---

① 《白求恩：一个英雄成长的故事》电影剧本第 366 场。
② 引自 1942 年 12 月 20 日弗朗西丝给泰德·阿伦的信。

白求恩本人还是一位画家，时常通过画笔排解苦闷。他曾将家居的部分住处，无偿地用作儿童习画的场所。他还创作诗文，国内《世界文学》1979 年 5 期刊登了他反映中国人民抗日战争的小说《沃田里的野草》（梅绍武译），《白雪天使——加拿大现代英语诗歌选集》（2009）等文学选集登出了他的感人诗作《红月亮》《致小马》《创伤》等。

刘慧琴在翻译泰德·阿伦的《白求恩》电影剧本时，多次洒泪。她说，加拿大人知道白求恩只是近几十来年的事，他们多半认为白求恩是医生，做了应该做的事情，尽了他的职责。

中加两国 1970 年 10 月建交。1972 年，白求恩被加拿大政府命名为"加拿大联邦历史上具有重大意义的人物"。1976 年，白求恩在安大略省格雷文赫斯特镇（Gravenhurst）的故居被开辟成白求恩纪念馆。1990 年，白求恩百年诞辰，中加邮政同时发行设计相同的纪念邮票。1996 年，这个安静的小镇被评为加拿大国家历史名胜，90% 以上的游客都来自中国。2004 年，加拿大广播公司（CBC）评选"最伟大的 100 位加拿大人"，白求恩排名第 26。2012 年 7 月 11

白求恩故居的游客中心（2015 年 9 月，笔者摄）

日，白求恩故居的游客中心落成开业，据加拿大广播公司报道，为修建游客中心，加拿大联邦国库委员会主席克莱门特批250万加元予以资助，还引起了反华议员的强烈不满。①

刘慧琴的译作让中国读者进一步认识了白求恩，在展示真实的同时，依然唤起了国人对这位国际主义白衣战士的敬意和感激。

加拿大白求恩纪念馆中的毛泽东《纪念白求恩》全文（2015年9月，笔者摄）

四、丹心永存的文学大使

在异国背水一战的日子里，刘慧琴从未忘记自己的华夏之根，深深同情遇到困难的海外同胞，她许多篇什的字里行间都流淌着一种过来人的关爱之情。对新移民，哪怕萍水相逢，像在超市卖肉的东北籍桥梁工程师（《移植的辛酸》）、来自国内落寞的书法家（《异乡客》）、漂流纽约的女知识分子（《梦断哈德逊河》）……她都愿意驻足倾听，给他们在异域以一丝心灵的慰藉。散文名篇《一个陌生女人》采用第一人称，以异常沉静的笔调描述了"我"和一位在"文革"中落难女性的异域相逢。"我"在温哥华菲沙河边邂逅一位常坐长椅独

① Tory MP calls Bethune memorial a "bow" to China.（《托利党议员称建白求恩纪念馆是为了讨好中国》）[EB/OL]. 加拿大CBC官网，2012－07－14.

观落日的女性，听她道出：她是学古典音乐的归国侨生，"文革"中，与同是被斗的美术老师相爱。他不堪屈辱，坠楼而死。她独自抚育遗腹子，后给一侨商做续弦三年，因无感情而分手。她在钢琴声中追忆过去，孩子也已长大成为画家。而"我"在倾听时，不时回忆起自己经历的那段炼狱般的岁月，几欲轻生，挚友劝说："再艰难也要活下去，为你年幼的孩子留下一个保姆的生命吧！""我"陷入沉思，不觉她已离开，以后在菲沙河的夕晖中也再未见到她。①作者把故事设在菲沙河边是大有深意和深情的：19世纪下半叶，菲沙河谷是华人淘金之处，也是修建加拿大太平洋铁路的最危险地段，华工伤亡数以千计。因此，菲沙河是连接加拿大华人过去和现在的河流，是历史之河，也是灵魂之河，见证着一代代华人前赴后继跋涉不止的金山梦旅。

在加拿大，她的学历不被承认，刘慧琴一下子掉到了社会底层，加之20世纪70年代大陆移民很少，她多年在以洋人为主的机构工作，因此接触到了很多从未接触过的小人物，有华人、洋人，也有最先在北美居住的民族——原住民。他们质朴、实诚、豪爽，同样有久被歧视的历史，这使她受到莫大的文化和人性的双重冲击，比较反思，并在灵魂深处自我剖析。她也不遗余力地向非华裔群体介绍中国及其历史文化。20世纪80年代，她应温哥华教育局之邀，用英语为洋人讲授题为《中国——土地与人民》的课程。刘慧琴讲课实事求是，对改革开放前中国的落后状况不回避，坚信中国会与时俱进。学生中很多人后来都不止一次地去中国旅行，成了中国人的朋友。

由于她的华侨背景、遭遇以及外语能力，她发现"移植的辛酸"对于任何国家的移民都是普遍的存在，只是程度或表现不同而已，而各国移民在人生遭际上都有相似之处。比如，短篇小说《被遗忘的角落》描写原住民上进青年的沉沦；《丧钟》叙述加拿大士兵在阿富汗的丧生，都跳出了华人的范畴，而把满含关切的反思目光投向了挣扎在生与死边缘的非华裔同胞。作者有意识让不谙英文的读者透过这些故事来了解加拿大其他族裔的生活，探讨各族移民人性和文化，无疑会有利于增进相互之间的了解。

她的散文，也常显出打破藩篱成一家的国际视野，表述了有代表性的"从漂流到飘留"的移民心态转向。寻梦的人，在三十年异域的耕耘后，终于欢欣

---

① 刘慧琴. 一个陌生女人［M］// 吴玲瑶，吕红. 女人的天涯——新世纪海外华文女性文学奖作品精选. 石家庄：河北教育出版社，2008：110–112.

地喊出："这里已是我的家了！"①

　　不知你有没有留意到温哥华的地形，它像一只摊开的右掌，大拇指部位是市中心，而中指的尖端是卑诗大学。这只摊开右掌所指的方向是亚洲，欢迎来自亚洲的朋友。看这个地形，你会不由自主地发出了会心的微笑，也许你会想，怪不得温哥华如此吸引着亚洲移民，地形本身就很友好。②

　　背负着自身族裔文化的人们，在走出国门后与另一种完全不同的文化相碰撞，所产生的火花，所带来的生活感悟，所形成的一种异体互补的嫁接，这才是我们希望看到的。③

刘慧琴的移民梦和文学梦，在超出自我的更大范围营造着。她曾任温哥华中华文化中心理事。在这座有几十年历史、由53个侨团筹款兴建的中华文化中心大楼里，她和先落地的华人移民帮助新移民同胞安家落户，开展各种文化活动，光大中华传统，让移民的后代接受中华文化的熏陶。迄今为止，已有4000多名中小学生课余在此学习中文，加拿大华裔作家协会的十届研讨会，有六次都是在这里举行。

她为数个华人文学社团出谋划策，义务劳作。1990—2007年，在加拿大华

加拿大华人文学学会在温哥华的委员（2010年9月）

左起：林楠、林婷婷、刘慧琴、痖弦、文野长弓

---

① 阿木. 从漂流到飘留［M］// 寻梦的人. 香港：大世界出版公司，2008：35.
② 阿木. 温哥华随想［M］// 寻梦的人. 香港：大世界出版公司，2008：81.
③ 阿木. 茶香咖啡浓［M］// 寻梦的人. 香港：大世界出版公司，2008：126.

裔作家协会服务 18 年，先后任理事、副会长、会长。现为加拿大华人文学学会发起人之一兼委员、大华笔会和加华笔会顾问。她大才不辞当小卒，躬亲无求于名利，参与策划并组织了众多影响广远的人文交流活动，如加拿大华裔作协

温哥华中华文化活动中心（2015 年 8 月，笔者摄）

与两位大诗人痖弦（前排左）、叶嘉莹（前排右）在温哥华欢聚
（2014 年 8 月 28 日）
后排左起：林婷婷、刘慧琴、诺拉

广邀中国、欧美澳作家和学者出席的多届国际性研讨会、加拿大华人文学学会的新书发布会暨加拿大华人文学作品联展、海外华文女作家协会的年会等，主编了海内外移民写作人的十几种文集。

她致力打通华人汉语文学和华人英语（或其他语种）文学、华人文学和世界文学之间的交往渠道。她指出："以华文和英文写作的两部分作家像两条平行的轨道，尚未找到一个交叉点可以对话、沟通。但作为加拿大华人文学的整体，他们都在各自努力、辛勤耕耘。"①为此，她编写报道北美华人和西人作家作品的电子会讯，发往世界各地的作家团体和个人。而且早在1998年，她应中国作协之邀访华时，就通过作协外联部向国内大出版社推荐翻译弗莱德·华、李群英、刘绮芬、崔维新这些加拿大华人英语名家的作品，并写了近万字的介绍，但出版社终因经济效益问题而未予采纳。

五、木立高直，梦寻馨远

在海内外文学同道的心目中，"慧琴大姐"是一个备受爱戴的名字。但她自己却很谦逊低调。问及何以用"阿木"做笔名，她解释说，无才不成材，自己无才，只剩下"木"，故名"阿木"。

事实上，她不仅才华横溢，而且具有北美红杉木那种坚韧、向上、修远的品质。这位贫穷的单身母亲，支撑三个孩子完成了大学教育，找到专业工作。十岁就顶着寒风售卖慈善奖券的小儿子长大后，成了纽约高级律师事务所的律师。为了表示敬意，2008年由北美文化交流基金会、岭南长者学院提名，卑诗省政府"庆祝卑诗省建省150周年：表彰有影响的妇女、耆英及长者项目"拨款，摄制了刘慧琴的英语纪录片《为子女的成长和成就做出奉献》。

杨绛先生在给刘慧琴的信中写道："异域寻梦，数你最出色，我很为你骄傲。在如此艰苦的境地，培育了三个人才，尤其是最吃苦的小儿子。我也很羡慕你。当时的寻梦人，现在是称心适意的人了。"

和刘慧琴共事多年的加拿大华人评论家林楠令人信服地概括道：

> 与众多的跨境域、跨文化，以双重文化身份从事边缘性叙事的华
> 文文学作家及其作品相比，《寻梦的人》是在以一种更加从容、淡定的

---

① 刘慧琴. 多元文化中的一枝奇葩——加拿大华人文学概况［M］// 陈浩泉. 枫华文集
——加华作品选. 温哥华：加拿大华裔作家协会，1999：47.

文化目光，去观察生活、审视生活、叙述生活、赞美生活。或者说作家把一切都赋予多维度的审美意义，欣赏生活本身焕发出的火花和彩霓，从而去书写普通人们都能触摸到、感觉到的身边存在的平凡的美好，包括并不美好。不论她写什么，在阿木作品的字里行间，永远看不出丝毫的飘零、凄怨之感。在作家的笔下，往昔的人生遭际，早已在岁月风涛的砥砺下，内化为奋斗者、寻梦者身上的一种精神养分，融进了对新生活的理解、礼赞，也融进了对人的生命意义的重新思考。①

刘慧琴（中）在温哥华家中招待《世界文学》杂志前常务副主编、欧美文学学者申慧辉（右）和笔者（左）（2009年6月）

刘慧琴的梦，是无数华人移民奋斗梦的缩影。正因为这样的梦生生不息，代代相传，融化在她的工作、文学和翻译事业中，海外华人行吟的原野上才平

---

① 林楠. 精神的质感，情操的亮点——读阿木散文集《寻梦的人》[M] // 含英咀华. 香港：大世界出版公司，2017：297-298.

添了一道道耐看的风景线，而徜徉其间的人可以惊喜地欣赏到一枚枚经霜不凋的红叶，丹心中折射出多元文化交融碰撞的光辉。

林婷婷、刘慧琴合编首部加拿大华文女作家选集
《漂鸟》（繁体版、简体版）2011 年出版

中央电视台报道的《漂鸟》北京首发式（2011 年 3 月 6 日）

（若无特殊说明，本文图照由刘慧琴女士提供。）

千帆之外悼洛夫

一、"在涛声中唤你的名字而你的名字，已在千帆之外"

洛夫（1928—2018），原名莫洛夫，国际著名诗人、世界华语诗坛泰斗。

生于湖南衡阳，1949 年随军赴台湾，行囊里装着艾青的诗集。1954 年，与张默、痖弦共同创办《创世纪》诗刊、与纪弦创办《现代诗》，并任总编 20 余年，开创了台湾文学史上轰轰烈烈的现代主义诗歌时代，对台湾和大陆现代诗的发展影响深远。1959 年，洛夫在金门担任新闻联络官，在嗖嗖炮弹声中写下了具有个人里程碑性质的长诗《石室之死亡》，意象奇崛，哲思深奥，内容庞杂，对潜意识做了痛快的超现实主义展示和释放。该诗不仅标志着"洛夫现代主义诗风的真正形成，也推进了台湾 60 年代的诗注重潜意识探索的倾向"，堪

洛夫在温哥华"雪楼"家中

称独步台湾现代主义诗歌史的扛鼎之作。① 1974 年洛夫创作的《魔歌》被评选为台湾文学经典之一。因其近乎魔幻超现实主义的表现手法，被诗坛誉为"诗魔"。1979 年洛夫访问香港，诗友余光中（1928—2017）陪同他去边界落马洲，用望远镜看内地。洛夫离乡 30 年，近在咫尺却不能过去归家，于是写下了撼人心魂的杰作——《边界望乡》，一诉游子怀乡咫尺天涯的伤痛、落寞和无奈。

> 望远镜中扩大数十倍的乡愁
>
> 乱如风中的散发
>
> 当距离调整到令人心跳的程度
>
> 一座远山迎面飞来
>
> 把我撞成了
>
> 严重的内伤
>
> ……
>
> 故国的泥土，伸手可及
>
> 但我抓回来的仍是一掌冷雾②

1988 年，洛夫阔别大陆 40 年后，第一次回到故乡衡阳，写下《血的再版》和《河畔墓园》，祭奠母亲。此后，经常往返于两岸三地，返乡十来次，和龙彼德、汪静之、冯至、卞之琳、艾青等多位诗人，李元洛、谢冕、袁可嘉等多位评论家广泛交流，并出版了《诗魔之歌》（1990）、《一朵午荷》（1990）、《葬我以雪》（1992）、《我的兽》（1993）等多部诗文新著。

1996 年偕妻移民加拿大后，洛夫创作了多部诗集，如《形而上的游戏》（1999）、《雪落无声》（1999）、《魔歌（书法诗集典藏版）》（1999）、《洛夫诗抄》（2003）、《洛夫禅诗》（2003）、《雨想说的》（2009）、《唐诗解构》（2015）等，以及数部散文集，如《落叶在火中沉思》（1998）、《雪楼随笔》（2000）等。2001 年，洛夫 3000 行长诗《漂木》出版，震惊华语诗坛。同时，深怀文化乡愁的洛夫经常回中国。2009 年，他第六次回衡阳，捐建洛夫文学馆和文化广场，出席盛大的洛夫国际诗歌节，韩国、日本等国家和中国台湾、香港地区近百诗人、中国作协副主席陈建功和谭谈、湖南省政府领导齐聚云集，参加者约

---

① 赵小琪. 洛夫对超现实主义的认同和修正 [J]. 盐城师范学院学报，2008, 28（5）：30.

② 洛夫. 边界望乡 [M] // 洛夫诗选. 北京：九州出版社，2012：55 - 56.

四万人。

除因《漂木》获诺奖提名和被评为台湾十大诗人之首外，洛夫还在2003年获中国文艺协会颁发的终身成就奖、2004年获北京《新诗界》国际诗歌奖"北斗星奖"。2009年，以诗集《雨想说的》获中国首届华侨文学奖。据不完全统计，洛夫已出版了约40部诗集、7部散文集、5部评论集和8部译著。

洛夫，和1995年移民温哥华的痖弦一样，以自身的学养和热情，活跃着加拿大的华文文坛。他创办了"漂木艺术家协会"，连年举办书画展览、诗歌讲座和音乐会。2004年，在温哥华女皇大剧院组织了《因为风的缘故》诗乐盛演，多伦多的著名女高音胡晓平演唱了谢天杰根据洛夫长诗《长恨歌》创作的音乐剧，令数千观众如痴如醉。洛夫还在自家住宅"雪楼"不定期举办"雪楼诗会"，由夫人陈琼芳烹制美食，成为当地华人文坛的兴事。

洛夫推崇中国文化，认为"由台北移居温哥华，不过是换了一间书房"，每天照常读书写作，挥洒翰墨，与庄子、屈原、李白、杜甫、苏东坡等老友神交。他宣称："在此异域，我有何需汇入什么'主流文化'，主流文化就在我雪楼中。"他以积极传播中华文化的姿态和行动实现了"我洛夫在哪里，中国文化便在哪里"的宏愿。①

因始终怀有难解的中华乡愁，加之年事甚高，2016年9月，洛夫伉俪与众多文人墨客惜别，告别温哥华，重返台湾养老。岂料不久因肺癌无治，于2018年3月19日逝于荣总医院，享年90岁。整个华语文坛陷入悲痛之中：洛夫一去，再无"诗魔"。

二、"泪水中浮起漂木"

洛夫曾把1949年匆离大陆到台湾称为"一度流放"，把1996年从台湾迁居温哥华称为"二度流放"。二度流放带来了暮年诗人"在北美的天空下丢了魂"的彷徨无依，即"一种孤绝，一种永远难以治愈的病，一种绝望——在这越来越荒谬的世界里，去寻找一个精神家园而不可得的绝望"。甚至衍生出诗人以漂泊为核心，以穷究生命、人类和宇宙本质为旨归的"天涯美学"。这就使得漂泊的足音回响在洛夫来加后的创作中，最典型者莫过于其来温哥华四年后创作的长诗《漂木》。

其实，《漂木》本身就是一首漂泊之长歌，是漂泊者内容庞杂而发展脉络清

---

① 洛夫. 第二届世界华文文学大会主旨发言［Z］. 北京：钓鱼台国宾馆，2016-11-07.

晰可寻的精神史诗。全诗共四章，分别以漂木、鲑鱼、浮瓶和废墟四个意象统领，其中以漂木为核心意象。四章合则为结构谨严的整体，分亦可独立成篇，分别表达了洛夫形而上的漂泊观、对生命的观照、对时代和历史的质问，以及宗教的终极关怀。

第一章《漂木》开始以屈原离乡流亡的《哀郢》（民离散而相失兮，方仲春而东迁。去故乡而就远兮，遵江夏以流亡。出国门而轸怀兮，甲之朝吾以行。背夏浦而西思兮，哀故都以日远），奠定了全诗漂泊思索的基调，并充满了空瓶、烟云、鞋子、被水冲击的木头、木头烧成灰等多种漂泊离散的意象。在肉体和心灵的双重漂泊中，洛夫，像屈原、杜甫表现了对祖国现状的深切忧虑，他说：

> 黄浦江。脂肪过多而日趋色衰／秦淮河的夜色。赶走了麻雀飞来了苍蝇。
>
> 台风。顽固的癣疥／选举。墙上沾满了带菌的口水／国会的拳头。
> 乌鸦从瞌睡中惊起／两国论。淡水的落日。

第二章《鲑，垂死的逼视》叙述了加拿大鲑鱼回流产卵的历程，借壮烈的自然现象探寻从生到死漂泊的奥义。鲑鱼为洄游鱼，小鱼在河溪孵化成长，入海生活。夏秋产卵期一到，成千上万条鲑鱼便会溯流而上，行程千里，跳跃瀑布堤坝，到达出生地。期间不摄食。在洄游的漫旅中或被熊、鹰猎食，或被巉岩湍流撞昏毙命，能达者筋疲力尽，体色艳红，有的遍体鳞伤，血流不止。在血红拥密的浅溪中，雌鱼以尾挖洞产卵，雄鱼围绕排放鱼精后，雌鱼竭尽残力搅动碎石覆洞，随后偕亡。孵出的鱼苗将重回海洋，再沿着长辈的路线成群洄游，找到出生地，重复同样的悲壮。洛夫在该章附录中称鲑鱼为"伟大的流浪者"，表现了对命定漂泊、向死求生的敬畏。

> 在奔赴死亡的途中
> 不能停，眼睛
> 要紧紧抓住那颗星
> 不能没有明天
> ……
> 河水红着脸

藻草红着脸　鹅卵石
红着脸，苔藓红着脸
浮游生物红着脸
躲在峰顶上偷窥的月亮红着脸
整条亚当河的呼吸是红的

　　第三章《浮瓶中的书札》是漂泊者的使命探索。江海中的漂流瓶是漂泊（者）的象征，它以漂泊为途径替人传书达意，这是漂泊最低层次的使命。诗人往往是精神上的游子，对于海外诗人，尤其如此。因为"时间、生命、神是三位一体，诗人的终极信念，即在扮演三者交通的使者"。所以，诗人注定是更高层次的漂泊者，为传递生命大义和神旨而漂流，而写诗。该章分四部分呈现了漂流者的书札，分别写给母亲、诗人、时间和诸神，寄寓着洛夫对母性、诗性、史性和神性的交融思考。"致母亲"悼念在大陆已过世的母亲：隔着玻璃触及你，／只感到／洪荒的冷／野蛮的冷／冷冷的时间／已把你我压缩成一束白发。"致诗人"是对诗价值的探究，辨析了波德莱尔、蓝波、里尔克、梵乐希、马拉美等西方现代派诗人，也想象了自己和李白、杜甫、王维等中国诗人的浪迹交游。尽管略带自嘲，洛夫坚信诗的神圣感：

诗要具正法眼，悟第一义
诗而入神
才能逼近宇宙的核心
找到自我在万物中的定位
于是我们便开始
神与物游，与
日，月，山，川拥抱
共同呼吸诗行

　　"致时间"是该章最易理解、引发共鸣的。古今中外，无人不感宇宙时间之永恒和俗世生命之短暂间的矛盾。洛夫开篇即引用孔子的"逝者如斯夫"和陈子昂的"念天地之悠悠，独怆然而涕下"，继而用繁杂的意象探讨时间引发的悲凉。比如：

> 弃我去者不仅是昨日还有昨日的骸骨
>
> 伫立江边眼看游鱼一片片衔走了自己的倒影
>
> 不禁与落日同放悲声
>
> 滔滔江水弃我而去，还有昨日
>
> 以及昨日胸中堤坝的突然崩溃

结尾试图以各种手段来阻止时间的行进，但时间"躲进我的骨头里继续滴答、滴答"。

"致诸神"以质疑"神无所不在"和"神在哪里"两种思维的纠结，来推进漂泊的玄思，强化了从母性、诗性和史性向神性这一最高境界的提升。这就自然将全诗引向最后一章，第四章《向废墟致敬》。该章以《金刚经》引文作前言，由一个大家族祖屋的荒废，进入现代人因为精神漂泊虚无而导致礼崩乐坏的废墟，演绎了佛教成、住、坏、空的演变观，蕴含了对人类救赎的思考和终极关怀。废墟既是一堆实在物，亦可能是精神的投射，在"般若实相"的辩证与变化之间——"只见远处一只土拨鼠踮起脚尖/向一片废墟/致敬"，正表明了废墟对于漂泊人生和文明堕落的重大警示意义，和英美大诗人艾略特疾呼西方文明没落的现代长诗《荒原》有异曲同工之妙。所以，该章便成为漂木般人生的最大领悟，最彻底的救赎，而这种与神性共存的状态也成就了时间的终极意义："我来/主要是向时间致敬/它使我自觉地存在自觉地消亡"，表明了诗人或所有历经身心漂泊而达到空明的人，可以"一无所惧地躺在时间里"。

《漂木》从加拿大漂到中国出版后，激起赞评的千浪。著名台湾诗评家简政珍评道："没有这一首长诗，洛夫已攀上中国 20 世纪诗坛的高峰。有了这一首三千行的长诗，他已在'空'境的苍穹眺望'永恒'的向度。"[①]著名诗评家和洛夫传作者龙彼德认为："长诗《漂木》是洛夫一生的总结，是他集古今中外之大成的精品。"[②]就诗艺而言，《漂木》也体现了洛夫一生作诗的数度变法，由 20 世纪六七十年代对现代主义的热切拥抱，到 80 年代对传统文化，尤其是古典诗歌的审视再造，变到 90 年代将现代与传统、西方与中国的诗歌美学，做有机性的整合与交融，再到移居加拿大后，诗风渐趋缓和平实，恬淡内敛，甚至达到

---

① 简政珍. 意象"离心"的向心力——论洛夫的长诗《漂木》[M] // 洛夫. 漂木. 北京：国际文化出版公司，2006：19.

② 龙彼德. 飘升在新高度上的辉煌[M] // 洛夫. 漂木. 台北：联合出版社，2001：284.

了空灵的境界，最终形成以漂泊为核心的天涯美学。

若将洛夫和痖弦——两位晚年几乎同时移居温哥华的大诗家相比，他们都是天才吟人，都是会流泪的赤子，都以写诗自渡和渡人。洛夫更似李白，飘逸雄奇，高蹈超迈，恍恍乎不知所以已，挑战着诗歌语言和读者理解力的极限。痖弦则比杜甫，温和敦厚，诚挚博大，因为多年编辑的投入，乐于成人之美。洛夫命名温哥华的居所为"雪楼"，主基调为白色，和周围雪景融为一体，诉求于宇宙的接纳。痖弦将温哥华的家称为"桥园"，主色调为黄色，以病中的爱妻为名，带有安于人世的满足和幸福。洛夫，似李白，与诗朋文侣偕游四海，挥洒翰墨，胸化长虹，有谪仙人之洋洋神韵。痖弦，修书多封，给妻子、师朋、新秀、乡人……殷殷叮咛，不厌其烦。深夜背妻看病，给陈之藩送去爱吃的窝窝头，为狷介的张爱玲提供资料……犹如杜甫忧国为民，是大地之子。他们是加拿大华人文学天空中超凡绝伦、最为璀璨的双子星，也是当代华语文坛最让人心热、恢宏瑰丽乃至回响寰宇而不绝的对歌。

两大诗人：痖弦（右）向同住温哥华的洛夫伉俪赠送纪念牌（2016年8月29日）（加拿大华人文学学会供照）

三、"每一颗都闪烁着光，闪烁着你的名字"

初读洛夫先生的诗，便百感交集，惊为天人之语。但初拜大诗人本人，感觉却很单纯,那就是怡怡然,洽洽然,觉得他也是"人中人"。

那是在2009年6月,我有幸获得加拿大政府的专项研究奖,客居温哥华,做加华文学课题,拜会了叶嘉莹、梁丽芳、卢因、刘慧琴、申慧辉、陶永强、微言、葛逸凡、曹小莉、谈卫那、黎喜年、王锦儿、王芫、司马长风等不少师长和文友。

我也和加拿大华裔作协陈浩泉会长,一起拜见了洛夫先生,共进茶餐。当时,洛夫先生年逾八旬,发如秋霜,却面似春花,气色真好!不久前,《洛夫诗歌全集》全套四册问世,他返台参加了盛大的新书发布会暨"洛夫创作60周年庆",可谓为自己漫长而多彩的诗歌生涯做了一次巡礼。

洛夫是南京大学的客座教授,自然亲切地问起我供职该校的情况,研究进展怎样,并送了我两本书:龙彼德的《一代诗魔洛夫》和洛夫诗集《给晚霞命名》。前者属于台湾小报人物馆系列,馆长为评论名家丁果,而龙彼德是大陆较早评述洛夫的诗人兼评论家。后者《给晚霞命名》为香港明报月刊和新加坡青年书局联合出版,是丰美的世界当代华文文学精读文库中的一册。

这是我第一次拥有台港版的洛夫之书,书上还有他洒脱的题赠。洛夫先生书法高妙,其墨宝常被当作华人文学赛事的大奖。诗家雅品之佳馈,令我笑从双脸生。

洛夫先生也将《给晚霞命名》题赠给浩泉会长。

"不能让你空手而归哦。"他说。

"礼尚往来,我也不让您空手而归!"浩泉会长说着,便笑眯眯地递上了一本翠绿封皮的新书,是他主编的《枫华正茂:加华文学评论集》,为"加华作家系列"之一。这是国内外首本加拿大华人文学的评论专集。书中有一篇长文,专论洛夫惊世骇俗的3000行长诗《漂木》,此诗为其在古稀之年创作,堪称其少作《石室之死亡》的姊妹篇。而评《漂木》的叶橹教授,亦是在古稀之年,写下此评,细致解读了诗人漂泊的宿命和奥义,令人歆服。

"趁热吃,冷了味道就差了。"洛夫先生见我出神,筷头慢,便招呼道。

圆桌上的茉莉花茶清香雅淡,点心精致可口:水晶虾饺、荷叶糯米、马蹄清糕、酥皮莲蓉包、广东话叫"煎堆"的珍珠麻团……

共有四个金黄的煎堆,拳头大小,甜香糯软。洛夫先生遍尝了其他点心,还吃了两个煎堆。

"胃口这么好哦?!身体也如此康泰!"我暗叹道。是归功于洛夫太太知名的一流厨艺,还是他一直坚持的游泳,抑或写诗可以调性养生?

左起：加拿大华裔作协会长陈浩泉、洛夫、笔者（2009 年 6 月，温哥华）

后来，2015 年 9 月，我因"中加学者交换项目"再赴枫叶之国，旅经温哥华，在紧密的行程中，有缘再拜了当地的同道和师长。参加痖弦先生温馨的庆生宴；在唐人街品尝梁丽芳教授和浩泉会长款待的粤式点心；在大华笔会会长微言的安排下，与文友索菲亚一家偕去海岛拜谒华人墓地……温哥华文学人的情谊令我感念，像那太平洋的碧波煦风，缓解着匆匆驿旅的疲倦。而在洛夫先生家中的午后小聚，不禁让我感到在倦于漂泊时，游子可以"静静地/蜷伏于你那/暖暖的灯火深处"（洛夫《灯火》）。

那日，同去雪楼的，还有《世界文学》原编辑、翻译家刘慧琴，知名华裔作家林婷婷，专栏作家和诗人宇秀。洛夫伉俪早已准备了一桌点心美食，笑容可掬地尽着地主之谊。雅洁的雪楼外，花团锦簇，林木葱茏，桌上的蓝莓和李果就采自绿草如茵的后院。

洛夫先生告知，再过两三月，他又要应邀回国参加诗会和新书出版活动，而南京还将是此行的重要一站。近十年来，洛老几乎每年来宁，多次在南京的文化地标先锋书店以诗会友，读诗，谈诗，评诗。江苏文艺出版社亦成了与其关系最为密切、出版其著最多的出版社之一。我为南京额手称庆，为银发诗翁源源不断的生命力和创作力而绝倒。年近九旬，他的肤色还是那样光洁红润，眼神温亮有神，还有一点点童子般可爱的狡黠。

　　刘慧琴、林婷婷两位前辈和同道在《世界日报》创有《华章》副刊，荟萃加拿大华人佳作，兼登世界各地华语名家之诗文，颇有人气。洛夫先生自然是一支极有号召力的健笔。这次，他的新诗《晚景》在《华章》刊出，样报带来，他一字一句地校读着，并拿出纸笔认真写下所有的刊误之处，丝毫不受女士们叽叽喳喳的打扰……他表示，自己太爱汉语，对文字有高度的洁癖，看不得一点差池。他不带老花镜，依然写得清爽神俊，下笔即成书法。

晚　景

老，是一种境界

无声、无色，无些些杂质

天空的星光不再沸腾

不再知道

云

何时会从胸中升起

那种无可言说的纯粹

鱼子酱和豆腐乳相拥而眠

罐子里冒出异味

宣告秋天即将结束

然后慢节奏地活着

蠕蠕爬行

蜗牛般的口涎书写墙的苍白

溪水清而无力

但很安静，一种不错的选择

一到春天

便匆匆推着落叶与泡沫向遥远的

那个童年

漂去

老，是一道门

将关而未闭

望进去，无人知晓有多深

有多黑

卡夫卡的伤口那么黑？

无人知晓

我试着从门缝窥探

似乎看到自己的背影

在看不见的风中

一闪而逝①

左起：翻译家刘慧琴、诗人宇秀、洛夫夫人陈琼芳、正在认真校读的洛夫（2015年9月，洛夫家中，笔者摄）

洛夫笑言自己晚年的生活"很日常"：读书写字、吃喝玩乐、"拈花惹草"。早上7点前起床，在书房待几个钟头，看书，创作，写信。楼下夫人打开收音机时，他就知道午饭时间到了。午后，或接待访客，或游泳，或侍弄小院中的花花草草，"慢节奏地活着，平静放松"。他和夫人琼芳女士执手到老，已经庆祝过金婚，戏称自己"50年不换届"，并为此深感骄傲。在他的心中，韶华不复的夫人依然是："众荷喧哗／而你是挨我最近／最静，最最温婉的一朵"（洛夫《众荷喧哗》）。

而相濡以沫中的生活琐碎照样入诗，佐证着洛夫伉俪爱情的平易、持久和新鲜，青春的笑语活泼泼地回荡在黄昏的诗句里。

赶快从箱子里找出我那件薄衫子

---

① 洛夫. 晚景 [N]. 世界日报, 2015 – 07 – 24.

赶快对镜梳你那又黑又柔的妩媚

你务必在雏菊尚未全部凋零之前

赶快发怒，或者发笑

然后以整生的爱

点燃一盏灯

赶快从箱子里找出我那件薄衫子

赶快对镜梳你那又黑又柔的妩媚

点燃一盏灯

我是火

随时可能熄灭

因为风的缘故　　（洛夫《因为风的缘故》）

临别前，洛夫先生依然给每位来宾题赠新诗集，夫人依然将美食打包，让我带回享用。晚霞依依，两人并立目送着，如诗也如画……

而今，雪楼空伫，诗会云散，主人离开了温哥华，离开了祖国，甚至离开了这个无比热爱他大千艺术的世界。天下，何人能代之？去岁辞世的余光中带走了华语诗坛的一大片斜晖，洛夫先生今春远走，则又减却了诗坛和人间的无数温暖，乃至华人以中文诗歌扬名国际的奇迹。能扛得起诗坛大纛的大家日渐老去，让人百般吟诵而仍有长久共鸣的经典诗作，似乎越来越少了。洛夫先生的仙逝，令全世界的爱诗人痛悼不已，似乎要好长时间才能醒悟，这是不得不承认的悲哀事实，而他留下的巨大空洞将永远无法弥补。

只能在追忆中读其书，诵其诗，慕其人了。在中华文化和世界文化互相对话的时代里，克服影响的焦虑，用伟大的母语努力而真诚地耕耘着，继续吟诵，追寻，达济天下，一生不悔。这或许是对洛夫先生，也是对纯粹诗歌最好的纪念……

石榴树

洛夫

假若把你的诺言刻在石榴树上

枝桠上悬垂着的就显得更沉重了

我仰卧在树下，星子仰卧在叶丛中
每一株树属于我，我在每一株树中
它们存在，爱便不会把我遗弃

哦！石榴已成熟，这动人的炸裂
每一颗都闪烁着光，闪烁着你的名字①

（若无特殊说明，本文图照由洛夫先生提供。）

---

① 洛夫. 石榴树 ［M］// 洛夫诗选. 北京：九州出版社，2012：1.

百岁马大任：飞虎队译电员的前世和今生

他出身于温州的名门望族，当年，日机轰炸，他的教室和宿舍被毁，悲愤之下他走上了书生报国之路，成为飞虎队的译电员。任胡佛研究所图书馆馆长期间，他说服陈纳德的夫人陈香梅，把将军所有的私人档案交该馆收藏。85 岁高龄时，他提出了向中国捐赠图书的计划，迄今募集捐赠的图书已达几十万本……

他就是马大任先生。数年前，笔者参加飞虎队队员在美国达拉斯市团聚时结识了这位近百岁的老人。他毕业于中央大学（今南京大学）外文系，若干年后笔者也从该系毕业。老少校友相见，自是亲切，乘兴而谈，一直保持联系至今。

马大任，飞虎队译电员、世界知名图书馆馆长（2014 年 9 月，达拉斯，彭建清摄）

陈纳德当年的译电员、斯坦福大学胡佛研究所图书馆馆长马大任（左）接受笔者敬赠的母校书签（2014年9月，达拉斯，彭建清摄）

一、解元府的学霸，离乱中的难民

"我1920年2月22日出生在浙江温州，当时的中国，积贫积弱，外敌入侵和内战，构成了老百姓的日常生活，"马大任——温州百里坊马氏家族第十二代传人悠悠回忆道，"马家是温州的名门望族，不是最富最贵的，却以书香门第和艺术传统而闻名。"

马大任的祖上有两兄弟，同年高中解元和举人，获官家赏赐土地，盖了两座紧挨的大宅，几乎占了半个街区。大门上挂着题写"解元"的匾额。马大任就出生在这座书香萦绕、伙伴成群的解元府，是父母的次子，有四个兄弟和一个妹妹。

父亲马公愚、伯父马孟容都是书画家，两人早年就读于杭州的洋学堂，分别主修英语和数学。和传统学堂教授四书五经不同，洋学堂教师多是西人，还有英美大学的教授，学生学习英语、数学、物理、化学等科目。所以，马大任的父辈接受了中国学生当时所能得到的最好的现代教育。

马大任的母亲是破旧俗、开新风的才女。她是温州同龄人中唯一不缠足的女孩，少时念私塾，后入温州第一所女校，成为该校第一批毕业生。

马大任在开明、儒雅、和睦的大家庭中成长。看着父亲挥洒丹青，年幼的他也爱上了画画。但父亲在认为艺术重要的同时，更强调科技兴国，所以并不鼓励他成为画家。母亲只让他在家里的浴室自由涂鸦。鹤发童颜的马大任诙谐地说："我没成大画家，却成了大话家。"

父母给马大任买了很多书。只要市场上有的儿童杂志，就会给他订阅。他的书柜放满了儿童图书，还有许多体育用品。同住解元府的堂兄妹们常来借图书杂志，马大任戏云自己"命中注定要成为图书管理员"。

腹有诗书气自华，马大任在一次次大考中名列前茅，还时不时得个全校第一。

20 世纪 20 年代的温州只有一所幼儿园，由浙江省政府教育厅资助成立，只招收 20 名孩子，而温州当时有 200 万人口，录取率极低。入学考试那天，满园都是孩子，五岁的马大任玩儿似地考完，名列榜首。

马大任上学后不怎么做作业，酷爱体育和游戏，但因博览群书，成绩总在上游。1935 年，他初中毕业，是全校唯一的"三优生"（德智体全优），后考入中国当时最难考的学校之一省立上海中学，是那年唯一被录取的温州学生。

1937 年，马大任读高二，全面抗战爆发。中国军队浴血奋战，死伤惨重，不得不撤离上海。率领八百壮士死守四行仓库的谢晋元团长曾是马大任上学时的军训官，他殉国后，马大任的父亲亲自为他撰写了碑文。

1939 年，马大任随着难民流落到战时陪都重庆，同时考进两所名校——国立中央大学外文系和复旦大学历史地理系。因复旦要收学费，作为贫穷的难民学生，马大任选择了国立中央大学。

此时，日机正对中国狂轰滥炸，军民死伤无数。重庆更是挨炸的靶子。马大任回忆道："重庆的空袭分两种，一种是恐怖轰炸，一种是疲劳轰炸。恐怖轰炸就是许多轰炸机轰炸同一个目标，使那里的人们非常恐慌。疲劳轰炸持续时间很长，人们躲在防空洞，没吃没喝，没法躺下休息，身心俱疲。一次，防空洞空气浑浊了，有人想跑出来，卫兵拿一把大锁锁了防空洞的门，只有门口少数人活了下来，其余都窒息而死。""有一天，27 架日机轰炸了学校和周边地区，一颗燃烧弹落在我的宿舍，烧坏了我的蚊帐。校园里蚊虫肆虐，没有蚊帐根本无法入睡。"

马大任年过 90 岁后，喜欢在苹果电脑上写写弄弄

二、外文系高才，报名飞虎队

1941 年，飞虎队援华抗日，以制服在中国领空肆无忌惮的日寇飞机。飞虎队约有 100 名美国飞行员和 200 名地勤人员，急需翻译。但中国空军翻译人手紧缺，为防止日本人渗透，又不能公开招考。于是，就号召中国五所最好大学的外文系学生自愿来服务飞虎队，服务期一年，之后仍可回原校读书。

马大任一听说飞虎队急需翻译，就觉得这是书生报国的良机。

"于公于私，我都要报仇。"

他和一批通晓英语的热血青年，来到了飞虎队所在地昆明，在那里受训三个月，学习空军常识和术语、中美关系，以及英国英语和美国英语的区别。他们也掌握了一些美国俚语，但有个词一直没学过，那就是美军无线电报务员张口就来的"他妈的"（fuck）。后来，马大任被分配到飞虎队总部，在陈纳德上校办公室工作，担任翻译—译电员（interpreter – codeman）。美军无线电报务员打电话告诉他有陈纳德电文时，他都很难听懂他的话，因为他话里夹杂了太多的"他妈的"。

威名赫赫的飞虎队总部，其实只是昆明机场里的一座小楼，只有四个房间——陈纳德的办公室、译电室、副队长室和会客室。陈纳德的办公室里，除了他本人，还有英文秘书、中文秘书舒伯炎上校。舒上校是翻译主任，同时也是马大任的顶头上司。陈纳德办公室的对面是飞虎队副队长格林上尉的办公室，他办公室的隔壁是会客室。

译电室在陈纳德的办公室旁边。共有八个译电员，分为四组，两人一组，24 小时服务，每组 6 小时。译电室通宵达旦地工作，把往来电报解码或译成密码。密码很简单，两个数字代表一个字母。比如，45216876345698245532 代表"日本人来了"（Japs coming），其中，45 代表 J，21 代表 a，68 代表 p，76 代表 s，等等。密码本三个月一换。

马大任负责保管陈纳德的军用密码本，将文件从明码翻为密码，或从密码翻成明码。当时，飞虎队在缅甸北部和华西有几个分站，部分飞行员和飞机驻扎在分站。陈纳德发出的电信主要是给分站。他收到的电信包括中国空军司令周至柔将军的指令，也有宋美龄关心陈纳德和飞虎队的函件。

陈纳德来上班时，就把车停在小楼外。他的中国司机整天待命。译电员要去电台取电报，交通处会派司机开着小车或吉普车送译电员去。

除了处理陈纳德的电报外，马大任也给美国飞行员当翻译，有时还闹出点笑话。一次，他陪他们进城，车子开到了岔路口。

美国飞行员问："是不是走左边（left）？"

马大任答："对的（right）。"

但 right 这词在英语中还有"右边"的意思。所以，美国飞行员轰地一下把车子开上了右边那条路，急得马大任赶快喊掉头。经过一番解释，美国飞虎才明白"Left is right. Right is not right."（意思是"左边对，右边错"）。

三、飞虎队，二战最好的空军

在马大任眼里，陈纳德是一位深孚众望的将领，被年轻的飞虎队员亲切地称作"老头儿"。他们大都二十来岁，朝气蓬勃，不怕冒险，陈纳德则年过半百，满脸刀刻似的皱纹，意志比百炼钢还顽强，坚信"在极其不利的逆境中作战，仍可获胜"（见陈纳德回忆录《斗士之道》）。

陈纳德和气，从不对马大任这些文职小伙子大声说话。他也特别钦佩陈纳德，在回忆文章《陈纳德与我》中写道："除了擅长飞行外，陈对日机性能了如指掌，教飞行员如何克敌存己，使飞虎队成为二战中成绩最好的空军队。"①的

---

① 马大任. 陈纳德和我［N］. 世界日报，2015－08－28.

确，从 1941 年 12 月 20 日在昆明首次升空作战到 1942 年 7 月 4 日解散，在短短七个多月的时间，只有不到 100 架战机的飞虎队，常在日机几倍甚至十几倍于己的情况下搏击长空，共击落日机 299 架，炸毁日机 300 架。有专著和报道称，"飞虎队是规模最小、战区最广、后勤保障最难、战果最辉煌的飞行队"。在美国，击落 5 架或以上敌机的飞行员为"王牌飞行员"，飞虎队 100 名飞行员中就有 20 人获此殊荣，比率高达 20%，个人击落日机数最多者为 13 架。而在美国 6 万多名的战斗机飞行员中，仅有 2.5%～3% 成为"王牌飞行员"。

1942 年 7 月，飞虎队解散，整编成美国空军驻华特遣队，1943 年 3 月并入美国陆军第 14 航空队。总部从昆明移至重庆，陈纳德继任第 14 航空队指挥官。但第 14 航空队有自己的密码和译电员，马大任也恰好服务期满，便依依不舍地告别了飞虎队，回到中央大学继续念外文系。但是学校不愿依照教育部的规定，让马大任回到原班，而要求他留级补修，推迟一年毕业。

马大任与陈纳德将军的外孙女、陈纳德航空军事博物馆馆长奈尔・凯乐威（Nell Calloway）（2014 年 9 月，达拉斯，彭建清摄）

四、说服陈香梅，送交陈纳德所有私人档案

毕业后，马大任考入重庆新闻学院，成绩名列前十，后在国际新闻处工作一年多。政府承诺，前十名中英文俱佳的优等生，每人将获得 3500 美元奖学金，公费留美深造。1947 年，马大任来南京等待领取赴美奖学金。当时，由于国民政府外汇严重短缺，行政院长下了死命令，无他允许，任何人不得持有

2000 美元以上的外汇。马大任一行的申请久久得不到批准。

一天，他们向在新闻局工作的美国顾问提及此事，美国顾问答应在宋美龄当晚请外国顾问时，向她反映此事。第二天上午，他们就接到上海中国银行电话，说银行有十张金额为 3500 美元的支票等待他们去取。

宋美龄不仅解决了留美学子的燃眉之急，而且让他们学习美国人的生活方式。马大任说，她要求能干的助理黄仁霖将军带他们到西餐厅，点了炸鸡块，教他们用刀叉吃。一个同学手滑了一下，一块鸡肉就飞过桌子，砸到了对面的人。炸鸡成了"飞鸡"。

1948 年，马大任入读威斯康星大学新闻学院，是该学院首名中国研究生。获得新闻学硕士学位后，他同时获得哈佛大学和哥伦比亚大学免收学费的奖学金。因为有表叔在纽约，马大任选择了哥伦比亚大学，后获图书馆学硕士学位。1961 年，他接受康奈尔大学图书馆的聘请，发展其中文图书。四年内，将中文馆藏从两千册增至四十万册。后来，除出任荷兰莱登大学汉学院图书馆馆长和纽约公共图书馆中文负责人外，他还在著名的斯坦福大学胡佛研究所担任东亚图书馆馆长，直至退休。期间出版了《美国图书馆的东亚藏书》《美国华人经济现况》《西欧的中文藏书》等多部著作。

在任胡佛研究所东亚图书馆馆长期间，马大任促成了一件历史大事，即说服陈纳德的夫人陈香梅将将军所有的私人档案交该馆收藏。对此，他至今都记忆犹新：

一天，老战友、飞虎队翻译长舒伯炎中校途经旧金山。马大任问他，是否认识陈香梅。他说当然认得，陈香梅当时以新闻记者的身份采访陈纳德，后两人相爱结婚，轰动一时。她来陈办公室采访时，舒伯炎也在场，有时还帮她传话。马大任问他可否写信给陈香梅，告知希望她同意把陈纳德的私人档案保存在胡佛研究所。舒伯炎慨然应允。

不久，马大任收到陈香梅的回信。她说非常抱歉，陈纳德的档案已有两个机构提出保存：一个是大名鼎鼎的西点军校，另一个是国家档案馆。胡佛研究所迟了一步。

马大任收信后马上回复陈香梅，力陈自己的三个理由：

第一，他是陈纳德的译电员。陈纳德许多信件经他之手，陈的档案也是他马大任的档案，他一定会好好保管。

第二，保存档案的目的是供史家、学者和读者查用。西点是军校，普通人难以入内，更遑论查寻档案。国家档案馆的资料则浩如烟海，检索甚不方便。

第三，即最重要的理由，马大任对陈香梅提出，作为陈纳德的夫人，她有责任为他在历史上正名。在援华抗日期间，史迪威将军往往掣肘陈纳德。他任中国战区参谋长等要职，负责分配美国援华物资，却不愿给飞虎队急需的补给，使陈纳德无法有效对日空战。史迪威的档案就在胡佛研究所。名记者西奥多·怀特（Theodore White）依其档案出版了畅销书《史迪威日记》（*The Stilwell Papers*）。许多人认为，书中所写对陈纳德很不利。为了使后人对陈纳德有正确的了解，马大任建议陈香梅应将陈纳德的档案交给他，放在史迪威的档案旁边，让读者同时了解史陈两人的观点。这不仅是替陈纳德正名，也是对历史的重要贡献。

陈香梅收到马大任的信后，便打来电话，告诉他自己在某天某时乘某航班到达，要马大任接机。她要亲自将陈纳德的全部档案送交胡佛研究所。

以后，每年第一个寄圣诞卡给马大任的人，就是陈香梅。

五、耄耋之年提出"赠书中国计划"

马大任是 2014 年美国第 73 届飞虎团聚盛典时的特邀嘉宾。2015 年 9 月，又应邀随飞虎访华团来到北京，参加了庆祝抗战胜利 70 周年的系列活动。在他的胸前，有一枚飞虎胸针闪闪发亮，映着他的鹤发童颜与蔼然的笑容。讲起他的飞虎奇缘时，他做着有力的手势，绘声绘色，如数家珍，令所有听者为之感叹。

2015 年 9 月，马大任（前排左一）等飞虎老兵应邀参加中国抗战胜利 70 周年纪念活动，参观湖南芷江的飞虎队纪念馆（易达摄）

这么一位可敬的长者，虽早已入美国籍，在美居住奋斗多年，却依然怀揣一颗滚烫的赤子之心。除著书立说外，他非常关心中国对外籍图书的需要，在85岁那年，发起了向中国捐赠图书的计划。他总是随身携带他亲拟的征集图书的信函，见机分发，号召全北美学者把藏书赠送给国内大学图书馆。据统计，"赠书中国计划"至今共向国内数十所高校赠送图书30多万册。

马大任虽已耄耋之年，但耳聪目明思捷，善写打油诗。有的是抨击时弊，如《闻中国富豪大批移民美国》（葡萄美酒夜光杯，欲饮可乐马上催，醉卧赌场君莫笑，如今留美几人回?）、《官二代独子行》（可怜独子官府生，上有父母高树鸣，每天带钱随便花，目中无人我自横。）。

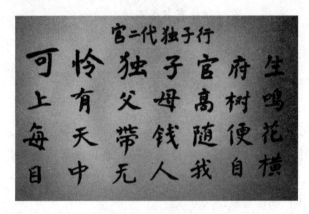

马大任的打油诗

但他更多的打油诗是自嘲自励，洋溢着返璞归真之气。他在描述85岁创立"赠书中国计划"这样打油道：

"赠书中国计划"的创立

青春已过八十五，

应该在家享清福。

三个子女都孝顺，

孙子孙女也勤读。

大概生来劳碌命，

不做事情不舒服。

今年又正是鸡年，

不能闻鸡不起舞。

所以决定去找书，

把书讨来送大陆。

可能收到不会多，

但是也不无小补。

讨书有些像讨饭，

求爷拜奶常空扑。

有时碰壁伤脑筋，

还为搬书劳筋骨。

往往有书弄不到，

是我方法太落伍。

也许吃力不讨好，

你说命苦不命苦？

　　91岁那年，马大任诌了一首《九一老马》，调侃地回顾一生，说："……少年青云直上，中年也不努力，壮年日寇入侵，逼我饮水河边。老年异乡作客，老马不会吹牛，拍马会被马踢。马到总是不成，实在非常可惜……"以后每过生日，他依然作打油诗为贺：

九十四岁生日自贺打油诗

现在九十四，

什么都不是。

少时不念书，

从来无大志。

长时不努力，

没有做大事。

不能算下愚，

也不是大知。

没人拍马屁，

我不自称自。

常常做错事，

不自以为是。

生在书香家，
书画传多世。
我不会画画，
也不会写字。
只在图书馆，
编书和杂志。
老年到金山，
有儿女服侍。
好友来聊天，
讲讲老故事。
一生到此止，
是出喜剧戏。

新九八自贺

今年已经九十八，
满头都是白头发。
一生没有做大官，
也没运气把财发。
以前都是靠父母，
现在算盘自己打。
三个子女都孝顺，
孙子孙女也不傻。
媳妇常常送菜来，
甜酸都有只不辣。
素菜鱼肉都齐备，
外加几个巴纳纳。
书画传家三百年，
不懂画画和书法。
坏的事情常碰到，
好的事情我糟蹋。
没事在家写写字，
有空几圈麻将打。

麻将总是常常输，

打牌总是等百搭。

要旅游，没腿力。

要唱歌，喉咙哑。

要送我去养老院，

我就哈哈哈哈哈。

马大任 97 岁出版的《我的自传》
（外语教学与研究出版社，2017 年）

六、百岁老马，八方同庆

"天赐期颐松鹤羡，人间百岁庆有余。"2019 年 2 月 22 日是马大任先生的百岁寿辰，他的老家温州各界为远在美国的老寿星送去祝福。

温州马氏家族成员、好友、学生等各界人士，纷纷通过视频、书法等形式向马大任贺寿。中共温州市委统战部、世界温州人联谊会也专门发去贺寿电文。

"马先生心系家乡，着实不容易，温大学子不会忘记马先生的帮助。"温州大学图书馆资源建设部负责人黄显堂介绍道，从 2005 年至今，马大任捐赠了两万册书籍给温大图书馆，大部分是珍贵的外文书籍。温大图书馆的祝寿电文充满了敬爱之情。"您身居美国多年，不忘祖国发展，作为著名的图书馆学者，心系祖国大学图书馆的建设，耄耋之年在美国发起'赠书中国计划'，功高人颂，贤声遐迩……"

面对从海内外涌来的生日祝福，马大任依然像往年一样，写了一首打油诗，作为纪念："今天一百岁，什么都不会，早上很早起，晚上很迟睡。早上学写字，愈写愈倒退。晚上想看书，一看就想睡。想吃好东西，好的都太贵。清茶不很香，好酒会喝醉。喜欢乱说话，就怕乱得罪。要想学绘画，画的都不对。想进歌咏团，未进就脱队。老年有啥好，不如学后辈。谢谢各后辈，庆贺我百岁。如果你想要，我给你百岁。"

96 岁的马大任在美国加州家里（2016 年 11 月）（杨秋濛供照）

96 岁的马大任（中）在美国加州家里接受中国国家图书馆"中国记忆"项目杨秋濛（左）、陈泰歌（右）的访拍（2016 年 11 月）（杨秋濛供照）

从温州书香世家的顽童到中央大学的外文系俊彦，从抗战中陈纳德将军的译电员到战后知名图书馆的馆长，从85岁在美国首倡对华赠书到95岁在天安门参加阅兵典礼，从97岁出版《我的自传》（中英双语）幽默地描述其传奇一生，到100岁还热衷写打油诗，和年轻的朋友打成一片……马大任的人生不仅是他自我笑谈的"喜剧"，更是一部风云跌宕、富有时代感的连续剧，他的人生传奇将会永远留在历史的大舞台上。

（若无特殊说明，本文图照由马大任先生提供。）

翡翠皇后欧阳秋眉

一、"玉夫人""翡翠皇后"

欧阳秋眉，享有"玉夫人""翡翠皇后"的美誉，是蜚声海内外的宝石学家、矿物学家和翡翠学家，国际珠宝学会会员，中国国家地质科学院名誉研究员，中国地质大学客座教授。2007年，她入选英国皇家宝石学会"终身荣誉会员"，是该学会成立百年来颁出的第六个荣誉奖项。她也是亚洲第一位获此殊荣

"翡翠皇后"欧阳秋眉教授

的华人和唯一女性。2015 年，她成为荣膺《亚洲珠宝》英文杂志（*Jewellery News Asia*）JNA"终身成就奖"的首位女性学者。2018 年 11 月 13 日荣获香港珠宝业界杰出成就大奖。

欧阳秋眉是印度尼西亚爱国华侨之后，1959 年毕业于北京地质学院地质系，并留校任教，后执教香港大学，以最早发现"地生钠铬辉石"而震动矿物学界，成果刊于美国权威的《矿物学家》杂志。以往学界认为，钠铬辉石（kosmochlor）只存在于太空陨石，但她在分析缅甸翡翠时发现地球上竟然存在钠铬辉石！这亦是翡翠的惊天秘密，翡翠里人气最高的水润翠绿，正是因为铬元素达到一定比例方可形成。

她痴迷翡翠研究近半世纪。曾经大胆挑战法国学者多玛（Domour）对玉的新定义，提出翡翠是辉石玉的家族名称，是包括硬玉、钠铬辉石、绿辉石三个矿物成员的多晶集合体，这不仅得到了开明行家的支持，而且促成了香港海关条例对翡翠商品的定义。她首次提出了人工处理翡翠 A 货、B 货、C 货、B+C 货的类型划分，以及翡翠质量分级的 4C2T1V 准则，成为业界和爱好者的评鉴圭臬。她填补空白，著作等身，出版《翡翠鉴赏》《翡翠 ABC》《翡翠选购》《翡翠全集》《秋眉翡翠》《红蓝宝石鉴赏》、翡翠学英文专著《翡翠：文化之石》（*Fei Cui：A Stone & A Culture*），以及专业文章近百篇，是香港在多个国家发表论文最多的宝石专家。其中，《翡翠全集》集其平生研究之大成，由中科院院士、中国地质大学校长赵鹏大教授，中国地质科学院研究员李兆鼐教授，英国宝石协会前主考官乔宾斯（E. A. Jobbins）生分别撰序，厚厚两大卷，洋洋 60 万字，展现了一个无比瑰丽、严谨而又实用的翡翠学研究和鉴赏体系，迄今无人出其右，以翡翠开采冠于全球的缅甸人甚至称该著为翡翠的"圣经"。北京大学地质系教授、北大宝石鉴定中心主任王时麟称赞她："你把翡翠研究透了！"她则谦虚地说："不敢当，翡翠的学问深若大海，一辈子探究不完。"

她还是一位地质学、宝石学和翡翠学教育家，授业五十多年，先后任教于北京地质学院地质系、香港大学地理地质系、香港大学和浸会大学的校外课程部。1983 年，创立香港珠宝学院及香港宝石鉴定所。前者的翡翠文凭课程，是香港宝石协会规定的翡翠鉴定师必修课程；后者是香港政府认可的五家珠宝鉴定机构之一，并最早为国内外大型珠宝行和拍卖行，如苏富比、佳士得等，提供鉴定服务。作为香港政府认可的珠宝翡翠评估师，她在多起珠宝官司中被指定为法庭的专业证人。如今，她已年逾八旬，却仍然给全球各地的学员授课，桃李满天下。香港特别行政区顾问、香港钻石商会会长梁适华太平绅士感佩而言："欧阳教授是我们珠宝全行的老师。"

欧阳秋眉曾坚定地说："我一生三个阶段，从不后悔：一是选择了归国之路，二是大学学习地质专业，三是以研究翡翠作为终生事业，破解翡翠密码，为中国人争光！"

1999年，欧阳秋眉在北京接受中国地质科学院授予的"名誉研究员"称号

2007年，欧阳秋眉在伦敦获英国宝石学协会授予的终身荣誉会员奖

2015年，亚洲博闻总裁吉米·埃辛（Jime Essink，左一）、香港玉石商会主席李景焘（左三）、缅甸驻香港领事扎扎索（ZAW ZAW SOE，左四）为欧阳秋眉（左二）颁发JNA终生成就奖

二、青青子佩，悠悠我思

中国乃玉之大国，有八千多年的用玉传统，拥有世界上最源远流长和博大精深的玉石文化。英国著名的中国科技史学家李约瑟说："对于玉的爱好，是中国文化的特色之一。"美玉历来被国人赋予美好、高贵、坚贞、丰饶等多重嘉义。两千多年前的《诗经》保留了"有匪君子，如切如磋，如琢如磨""青青子佩，悠悠我思""何以赠之？琼瑰玉佩"等若干记载。《玉藻》则谓："君子无故玉不去身，君子于玉比德焉。"《说文》谓玉有"五德"，《管子》说玉有"九德"，《礼记》则称玉有"十德"。中国历史上，女娲补天、西王母献玉、和氏璧、完璧归赵、鸿门宴三示玉玦等典故家喻户晓。而旷世奇书《红楼梦》，又名《石头记》，就写那晶莹剔透的石头历劫的故事。曹雪芹以玉命名他特别钟爱的四位人物——宝玉、黛玉、妙玉和红玉（后改名为小红），而贾府玉字辈的一干子弟，如珍、琏、琼、珠、环、瑞、珩、珧、琛、琼、璘、璎、琨、璜等，其名字多对应特定形制的玉器，巧妙反映了中华民族持久精妙的美玉情结。浪漫诗人徐志摩给意大利名城翡冷翠（Firenze）起的这个中文名字流传广远，不也是借了翡翠的美感灵气？2008年中国举办奥运会，颁发的奖牌沿用了传统的"金镶玉"，向世界传递了"金玉满堂""金玉良缘"的吉祥祝愿。

　　而缤纷莹润的翡翠，正是中国玉文化的代表。在古代，翡翠是指一种生活在南方的鸟，雄鸟红色，谓之"翡"，雌鸟绿色，谓之"翠"。许慎《说文解字》云："翡，赤羽雀也"，"翠，青羽雀也"。但是，作为玉石品种指称的"翡翠"，实际上有红、绿、黄、白、黑、紫六大色彩系列，每一色系的翡翠又因种、质、底、形等不同，变幻出万千迷人的色泽。翡翠是最珍贵的玉石之一，属于一种有工艺价值的特殊的变质岩，为由硬玉、钠铬辉石和绿辉石为主组成的隐晶或细晶、多晶的多矿物集合体，成分复杂，形成地质条件苛刻。翡翠文化和历史，在中国同样由来已久，美不胜收，涌现了无数妙辞佳句。早在战国时期，屈原的楚辞《招魂》以"翡翠珠被，烂齐光些。蒻阿拂壁，罗帱张些"来描绘宫廷华美的装饰。东汉班固《西都赋》的"翡翠火齐，含耀流英"、东汉张衡《西京赋》的"翡翠火齐，络以美玉，流悬黎之夜光，缀随珠以为烛"勾画了古都的溢彩流光。唐朝杜甫《绝句》"或看翡翠兰苕上，未掣鲸鱼碧海中"、白居易《长恨歌》"鸳鸯瓦冷霜华重，翡翠衾寒谁与共"、宋朝苏东坡词"蜡烛半笼金翡翠，更阑。绣被焚香独自眠"、关汉卿的元曲"额残了翡翠钿，髻松了柳叶偏。花径边，笑捻春罗扇"、近代苏曼殊的"翡翠流苏白玉钩，夜凉如水待牵牛"，等等，无一不写出了翡翠摄人心魄的独特美。另外，中国古籍中还出现了"翡翠珠玑""翡翠珊瑚""翡翠琉璃""翡翠火齐""翡翠玫瑰""钿翠""明珠翡翠""珠翠""翠玉""金翠"等浩繁的名称。

　　清朝，由于翡翠最大产地缅甸对华贸易增多，皇室贵胄，尤其是慈禧，酷爱翡翠，翡翠的加工和制作技艺达到了登峰造极的水平。奇罕的翡翠工艺品和首饰成为国翠，乃至稀世绝珍。台北故宫博物院的慈禧古玩——与实物一般大小莹润雅致的"翡翠白菜"是名动天下的镇院之宝。她驾崩后的随葬珍宝难以计数，流传甚广的慈禧大太监李莲英侄儿的《爱月轩笔记》记载的随葬品有翡翠白菜、翡翠西瓜、翡翠甜瓜、翠荷叶、玉佛、八骏马以及数以万计的珍珠，件件价值连城。在现代，玉雕大师利用慈禧寿礼中的大型翡翠原石做出的岱岳奇观、含香聚瑞、群芳览胜、四海腾欢，已经成为最为著名的四大国宝翡翠。2016 年，保利春拍创下了最昂贵的翡翠素面挂坠拍卖纪录，成交价高达 4649 万。这件老坑玻璃种翡翠成品尺寸约 50.50×26.02×9.46MM，通体质地细密，幼腻纯净，温软润泽，种水透彻。同时，色与底融为一体，绿碧莹莹，重彩湛湛，"正、浓、鲜、均"，可谓世间罕见。欧阳教授不仅到现场参加了春拍，还受邀跟这件天价宝贝合了影。2017 年，保利春拍一条由 55 颗圆珠组成的老坑满绿项链和一个同种质手镯，成交价高达 1 亿港币。2014 年苏富比拍卖行经手美国名媛芭芭拉·休顿的满绿翡翠珠链，拍出了2亿港币。

欧阳秋眉教授（左）手持创下2016年保利拍卖纪录的老坑绿翡翠
素面挂坠

　　中国拥有最渊深精粹的翡翠传统，最优秀的制作翡翠的能工巧匠，以及世界上最丰富的翡翠藏品，但是，将西方现代矿物学和东方古老的玉石传统结合在一起研究，并以英语向世界传播中国翡翠文化，却只是近几十年的突破，而突破者就是自云"我为翡翠狂"的欧阳秋眉教授。她的一生饱经沧桑离乱，满怀爱国激情，以始终不渝的进取精神和科学态度，将翡翠学提升到了一个前所未有的高度，也让中国玉石文化在世界绽放出夺目的光彩。缅甸金钏玉国际宝石玉文化企业董事长杨钏玉称道，"中华翡翠金镶玉，人文瑰宝；博论书扬玉文化，欧阳秋眉。"英国宝石协会乔宾斯（E. A. Jobbins）先生赞扬她为"亚洲宝石学及矿物学的翘楚"。以色列钻石商会前会长拉斐尔·阿哈罗尼（Rafael Aharoni）题词，认为她是"全球翡翠、钻石及珠宝界中最有学识的人之一"，并十分欣赏她为珠宝业界的学术教育做出无私奉献。

欧阳秋眉，俨然凝结着翡翠（学）的精魄，而这一切似乎从她出生时就累积着缘起。她在巨著《翡翠全集》的自序中写道："一生与石头结下了不解之缘，这可能是我的命缘。"①

三、印度尼西亚矿业世家的"叛逆处女"

欧阳秋眉出生在印度尼西亚（简称"印尼"）勿里洞岛的矿业世家，是华侨第三代。勿里洞岛位于该国最大、世界第六、面积47.3万平方公里的苏门答腊岛南面，坐落在南中国海与爪哇海之间，东望加里曼丹岛，西邻邦加岛。面积4850平方公里，风光旖旎。沙滩洁白，间杂有青灰如玉的岩石和湛蓝的珊瑚礁海岸。勿里洞岛，在印尼语中叫 Belitung。belitung 是"海螺"之意，因该岛

童年的欧阳秋眉（前排左一）与祖父、祖母等家人在勿里洞岛合影

---

① 欧阳秋眉. 翡翠全集 [M]. 香港：三友出版社，2000：3.

盛产海螺而得名"海螺之岛",音译后则变成"勿里洞岛"。勿里洞岛面积虽小,却是印度尼西亚三大锡岛之一。勿里洞岛还出产著名的黑色"沙胆石",是一种硅质陨石,由于其质量佳,国际上取名 Belitonite。当地人认为硅陨石神圣而强大,是"幸运石",多用于各种形式的珠宝和手工艺品。

欧阳回忆说:"祖父欧阳福成先生,祖籍广东梅县。清末,由于家贫,十四岁离乡背井,卖身当猪仔,到印度尼西亚当矿工,但他念念不忘自己的祖国。祖父资助过孙中山先生的革命,家里还有孙中山先生的亲笔题字。而祖父的这种爱国情结,也奠定了我日后回国的基础。祖母在印度尼西亚土生土长,受过洋化熏陶。"

秋眉出生时,家族中第三代已有六女但只有一男,秋眉的嫡亲哥哥早产,身体较单薄。祖父重男轻女,在打牌时便随口起了一个名字:"眉眉,秋眉。"一方面认为女孩应该柔美,另一方面谐音"没妹"。也许应了验,秋眉的妈妈后来连生了七个男孩,成就了八男四女的一大家子。

少女时期的欧阳秋眉(第三排右三)和祖母等家人在勿里洞岛合影
女士们穿着印尼上层人的服装,上身为带刺绣的薄纱衬衣(当地人称"格邦丫"),下身着纱笼裙

少时的秋眉，上有哥哥被祖母疼爱，下有小一岁的弟弟受祖父疼爱，她常常在家里的天井哭自己没人抱。祖父爱怜地说她是"没有人爱的咪咪"。"没人爱"说中了她一生缺少家庭之爱，但她成名后却得到了大众之爱，为全球同行、师友、学生、宝石迷等千万人所爱戴。越是"没人爱"，她越自爱。小秋眉积极上进，能干、倔强、活泼，成了家庭小帮手。早上带着弟妹迎着海上的朝阳做早操、唱儿歌，给他们的毛巾上绣上名字。傍晚看着归来的采矿船，跑上去向矿工讨要沙胆，而矿工们十分喜欢她，总是留下漂亮的沙胆给她玩。

1942年，太平洋战争全面爆发，印度尼西亚沦陷，日本飞机炸毁了勿里洞小岛上的华文小学，令喜爱上学并受老师赏识的秋眉大为伤心。日本侵略军连小岛居民也不放过，秋眉的叔父，因为曾在勿里洞荷印锡矿公司任高级职员而被捕入狱，游街示众。父亲拒绝为日本人做事。祖母则决定，为避免接受日军的奴化教育，欧阳家所有孩子必须在家里上私塾。勿里洞华文小学被炸后，受聘的华人教师失业了，而秋眉的祖父曾是华文小学的董事之一，于是，祖母顺理成章地安排这些老师到家里授课。他们认真给欧阳家的孙辈们传授中国语文，讲解中国的民间典故，诸如越王勾践卧薪尝胆、"吃得苦中苦，方为人上人""书中自有黄金屋，书中自有颜如玉""宰相肚里能撑船""己所不欲，勿施于人"等，令秋眉深受启发，牢记于心。

秋眉生性活泼好动，常跟着哥哥弟弟一群男孩游玩，甚至爬树。她还喜爱运动、打篮球、游泳，更爱唱歌跳舞，颇受同班男生喜爱和追求，纷纷给她写情信，惹得祖母十分担心。

日本投降后，勿里洞小学重建，秋眉欣然复学。小学毕业前一年，她结识了岛上搞工运的左派人士卢秋声先生，他积极为岛上工人争取福利，组织活动，带领大家唱《延安颂》和《国际歌》，在她稚嫩的心田播下了向往平等和自由的种子。1947年，日本投降的两年后，祖母决定送长孙欧阳樊效去首都雅加达上学，同时毕业的秋眉为能陪同哥哥去升

少女时期的欧阳秋眉（右一）在印度尼西亚

学而载欣载奔。

2014 年，80 岁的欧阳秋眉在接受央视《华人世界》栏目采访时，落落大方地透露："我自小觉得自己长得不够漂亮，不能靠外表的美争取前途，而一定要靠我的技术。我要做一个有理想的女孩。"

欧阳兄妹两人就读于巴城中学。这个由进步华侨在抗战后创办的新兴中学，是东南亚最著名的华校之一，名师云集，俊彦汪洋，有来自燕京大学外文系的萧云礼、来自中央大学生物系的张德瑞、来自西南联大历史系的姚复森、来自上海南洋大学物理系的韦同芳……很多左翼人物和作家，如郑明、张又君、陈寒冰、陈荣惠、李伟康等，都在那里教书。

欧阳秋眉遇到了人生启蒙恩师——李伟康。李伟康是进步华侨，常与同学们谈论日新月异的中国。一次，李老师谈到《中国人民志愿军战歌》，把歌词中"雄赳赳"的"赳"误写成"纠"，秋眉当堂给他指了出来。这位比学生大了十几岁的老师，脸唰地一下红了。这件事加深了他们的师生情谊。

李伟康是秋眉的班主任兼语文老师，批改她的日记时，总会写上勖勉之语。他还介绍她在巴城中学的图书馆半工半读，让她有更多时间接触进步书籍，鼓励她参加新中国建设。她喜爱苏联著名小说《钢铁是怎样炼成的》，渴望像保尔·柯察金一样去磨砺自己。1951 年，秋眉 17 岁，临近初中毕业，她为自己的前途而忐忑不安。如果不离开印度尼西亚，就会夜长梦多，失去上大学深造的机会。她渴望追求新理想，新天地。李老师语重心长地跟她说："你们三代人均在印度尼西亚出生，未见过自己的祖国，不是真正的中国人。"她立志要成为真正的中国人，回华报效祖国。

20 世纪 50 年代初，中华人民共和国刚刚成立，百业待兴，条件艰苦，但这又是一个华侨归国热情高涨的年代。著名科学家钱学森 1950 年从美国归国，辗转五年方成。两弹一星 23 位专家中，21 位是海归。很多华侨响应建设新中国的号召，从五洲四洋登船赶赴祖国的建设。经典电影《海外赤子》就是那个火热年代的写照。

然而，秋眉的回国决定，举家反对。祖母担心："我们在国内无亲无戚，听说中国现在很穷，很落后又很脏，你能习惯吗？"父亲问："为什么不选择去台湾？"深受西方教育的叔父对祖母大怒道："让她去北京，就等于让她去战场当炮灰，去送死。"交际花出身的伯母揶揄："你去帮毛泽东擦鞋，没有吃，没有穿，不要写信回来要钱！"慈祥的大姑母则劝导："还是留在印度尼西亚吧，做女人最重要的是要找到好丈夫，生儿育女，帮助家人。"秋眉听了十分不悦，她知道在有众多子孙的大家庭中，最有权威的是祖母，便对祖母采取了软硬兼施的攻势。她在祖母面前哭了三天三夜，对祖母说："新中国将来会好的，您的儿孙很多去了荷兰等国家留学，而我要成为欧阳家回自己祖国的开路先锋。"

祖母见她去意坚决，转而支持这个天不怕地不怕的孙女。祖母拜托在印度尼西亚政府工作的堂姐夫为秋眉办好护照，因为她尚未成年，在护照上加大了一岁。如果她觉得在中国待不下去，一年之内可以凭这本护照回来。此外，祖母为她准备了另一份保命礼物，交给她几件价值不菲的首饰，每件都刻上她的小名 Mimi。老人叮嘱道："国内生活很苦，拿些细软傍身最重要，哪天想回来，就把这些卖掉，买了船票回印度尼西亚，家里人都等着你。"妈妈则送给她一块黑不溜秋的小石头，是从天上落下的陨石"沙胆石"，因其极为难得，而祈望它护佑独自远行的女儿。

欧阳秋眉（右）每年回印度尼西亚探亲，都会探望中学恩师李伟康先生（左）

四、是那山谷的风，吹动了我们的红旗

祖母和母亲到雅加达为她送行，老泪纵横。白发苍苍的祖母说："不知道能不能再见面了……"秋眉却满面笑容，挥手告别。姊姊等说她心肠太硬了，她们哪里知道，那年头，一代华侨的归国豪情往往盖过了小儿女恋巢的缱绻和不舍……

> 我像一只海燕，
>
> 冲出牢笼，
>
> 飞向北方，
>
> 那里有我的祖国，
>
> 我的自由，
>
> 我的理想！

欧阳秋眉站在回华客轮的甲板上，吟着自作的小诗。沧海横流，归舟匆匆。少女心中对自由的向往，早已插上翅膀飞向了祖国的心脏。

1951年夏，正是第一批华侨归国的时刻，驶向祖国的"渣华"号中，载着300多名归国华侨，以青少年为主，大的不过20出头，小的才十一二岁。他们没有家长的带领，多由兄姐照顾，甚至一个人提着小皮箱上船。巴城中学年长的同学便自发组织起来，照顾大家。欧阳秋眉就成了十一二岁小华侨的"小老师"，带他们唱歌跳舞，朗诵诗歌，照顾生病的小同学，共度远航的七天七夜。

一天，她正带着孩子们唱《中国人民志愿军战歌》，扭秧歌舞，听到船上广播，朝鲜战场志愿军浴血奋战，因物资紧张伤患难以得到救治，需要大家有钱出钱，有力出力，支援前线。秋眉不顾捐赠处负责人的劝拦，在他们钦佩而又疑惑的目光下，捐赠了祖母给的所有首饰，仅留下其中并非最贵重的一件——翡翠戒指。

"捐赠那一刻，我觉得要爱国就一分不留，无产阶级是最光荣伟大的。看见那枚翡翠戒指，我还是犹豫了。它不是那批首饰里最值钱的，却最能引起我注意，那上面有祖母和我的名字。那枚戒指是1929年祖母随祖父回中国时买的。祖母有很多名贵的珠宝，一对耳钉一边就是4克拉的钻石，她却最钟爱那枚戒指。堂姐和姐姐出嫁，她对每个人都准备了首饰，但没有把它给她们中的任何一个人。我回国时，她却毫不犹豫地将它给了我。"

凭着满腔热情，欧阳秋眉迅速适应了国内艰苦的生活。她初到北京时由侨联接待，由于公立中学可申请助学金，她选择了物质条件较差的朝阳门外的市立女四中。她忍受着冬晚如厕要走到较远的户外蹲式厕所，忍受着手上冻疮的裂痛，吃窝窝头，喝白菜汤，睡木板床，穿粗布棉衣。她告诉自己，再苦也要挨下去，这是自己选的路。她脑海中常回响着伯母的那句话："没有吃没有穿，就不要来讨钱。"祖母看着她寄回的照片，叹道宝贝孙女变成了"乡下人"，而她每次写信给家人，都盛赞北京的新生活。

　　1954 年，欧阳秋眉以第一志愿考取了北京地质学院，师从著名的结晶学家彭志忠教授、李兆鼎研究员等。从英、美等国留学归来的地质学家杨遵仪、苏良赫、袁见齐、涂光炽、郝怡纯、马杏垣教授也都是她的老师。"当时全国到处都在建设，我就想：中国有这么壮丽的大好河山，里面不知道蕴藏了多少宝藏，我要做个地质工作者，走遍祖国的山山水水，为国家寻宝探矿。"为了适应地质工作需要的爬山越岭，她天天跑步，游泳，打球，苦练身体。大学毕业后，她留校任教，成为地质勘探系的一名工程师。对于女性，地质勘探的艰难困苦是在城里长大的人无法想象的。她跋涉在云南的荒山老林，参加中国科学院研究项目；她在青海风沙弥漫的柴达木盆地，考察第四纪地貌；她在山西、甘肃、河南等地做地质调查，像男队员一样风餐露宿，忍饥受冻……但是，她把这段经历当作淬炼品格、磨砺意志的珍贵人生财富。

1954—1959 年，欧阳秋眉（右二）在北京地质学院学习

　　晚年的她，仍然能饱含激情地唱响传遍大江南北的《勘探队员之歌》：

是那山谷的风，吹动了我们的红旗，

是那狂暴的雨，洗刷了我们的帐篷。

我们有火焰般的热情，战胜了一切疲劳和寒冷。

背起了我们的行装，攀上了层层的山峰，

我们满怀无限的希望，为祖国寻找出富饶的矿藏……

"我到现在都感谢国家对我的培养，使我成为有正确人生观的真正中国人，让我建立了正确的思维逻辑。毛泽东的'矛盾论'和'实践论'，对我后来的学术研究影响很大。比如，我们看翡翠，因为无前人之书可查，观察问题要全面，故不能因为一点问题而否定全局，必须采取去粗取精、去伪存真、通过现象抓本质的正确思维。"在碰到问题时，她往往以毛泽东提出的"战略上要藐视敌人，战术上要重视敌人"的态度来对待。

随着"文革"的爆发，欧阳秋眉没有逃脱归侨受到牵连的厄运。国内初恋失败，与丈夫结婚不久，就天各一方，丈夫要到上海参加石油会战，她奉命带学生到安徽铜陵下放劳动。1970年10月，36岁的她产下头胎孩子不满两个月，就被命令到迁往湖北江陵的地质学院参加抓"5·16反革命集团"运动。她只得狠心把男婴托付给陌生的大娘，赶往江陵。哪知一到江陵，她竟被诬陷成反动分子，横遭铺天盖地的大字报批判和辱骂，受到软禁，必须天天写交代。她想念寄养在远方的初生儿子，有奶不能喂，经常流泪，却被指责成畏罪而哭。为此，她只能把泪水往肚子里咽。江陵举办了纪念毛主席横渡长江的活动，在海边长大的她，自小热爱游泳，报名参加，却因政治问题被拒。她找"军宣队"领导责问："为什么祖国的大江大河不让我游泳？这违背了毛主席要年轻人到大江大海中锻炼的指示。"

在秋眉遭软禁的日子里，同事、朋友日益远兮，不敢看望，不敢与她说话，但也有不少患难之交予她以同情和信念。住在她宿舍隔壁的，是留美归国的著名岩石学家——池际尚教授。她上山下乡的儿子李池来探亲，也住在隔壁，对秋眉说："我妈妈每天从窗户缝隙偷偷看您，担心您想不通而出事！"李池的父亲也是留学归国的岩石学家，被红卫兵当作反革命分子批斗，含冤自尽。李池母亲将噩耗告诉他时，忍住剧痛要他不哭，认为他父亲自私，选择了结束生命之路。当时，李池才廿岁出头，听说秋眉宁死不屈，常来劝慰。秋眉则对他说："有错必改，但明明没有的事，为什么要我昧着良心去承认呢？我连什么是5·

16都不知道，却硬要说我曾经发展某某人为5·16，简直是天大笑话！"她愤怒地拍案而起："简直是莫须有的罪名，我绝不接受！我们是科学工作者，我们是唯物主义者，要实事求是，要讲科学家的良心。"但她热爱祖国的心没有变，坚信阴霾只是暂蔽朗朗长空。

李池见秋眉每天无聊，就向她学习英文。假期一结束，他母亲一天都不让他多留，要他回农村锻炼。秋眉十分佩服这位女教授能忍气吞声，理智行事，每天还若无其事地抽空去喂自己养的母鸡。

由于欧阳秋眉的父亲得了脑溢血，半身不遂，想念远方的孩子，1972年末，从未踏过中国土地的母亲来到北京，申请子女回印度尼西亚探亲。她们申请了一关又一关，在北京等候批准期间，就接到了噩耗——父亲未等及孩子归见就已离去。

在70年代，印尼归侨大多不得不离开祖国，而印尼的排华运动让他们有家难回，于是他们大批滞留香港，过着寄人篱下的生活。比如，著名作家、《香港文学》前主编陶然先生也是印尼归侨，年轻时在北京师范大学读书，遭到运动冲击，1973年不得不迁居香港，于穷困潦倒中写作，创造了香港文学的一个时代，直至2019年病逝。

1974年10月，在欢庆新中国成立25周年的日子，欧阳秋眉偕同丈夫和四岁的儿子，黯然跨上深圳罗湖桥，一步三回头地向香港走去。23年与祖国风雨同舟，青春、勘探、教书、奋斗，最美好的岁月和理想都献给了祖国。她含泪告别："祖国啊，什么时候才能再回到你的怀抱？"

在香港，欧阳一家只能领取临时身份证，印度尼西亚政府要求他们等七年取得永久居民证后，才准入境探亲。在这漫长的等待期间，秋眉的母亲体弱，有病不支，等不到与在香港的三位儿女团聚就快快辞世，而他们却无法回印尼奔丧。

五、为翡翠再燃激情

欧阳秋眉一家三口投靠刚去香港一年的胞弟，暂住他家的蜗居。当时，香港经济低迷，她深感不安，急欲找到工作自立。不久，香港大学地理地质系招聘一名实验员，她赶快突击背英文单词，准备面试。应征者不下百人，经过筛选，八人接受系主任、土壤学专家查尔斯·格兰教授的面试。她深厚的专业背景引起了格兰教授的青睐，磕磕碰碰的英语和她无论什么都乐意干的表白，增加了教授的好感。

"我决定录取你，并不是来做试验员，而是做助教，这对你更合适……"格兰教授慈祥地看着她，"月薪 1200 元，比他人应征工资还高。你愿意吗？"

　　这简直是雪中送炭，是奇迹！她不仅解决了生计的燃眉之急，而且走进了香港的最高学府。在"大陆新移民"中，她是进入港大的第一人。每天早上，她先送儿子去上幼稚园，再赶去港大上班，往来路途奔波两个多小时。她珍惜来之不易的工作，在完成助教繁重任务的同时，她了解到香港珠宝业繁荣，但懂珠宝的人才少之又少，便萌发了在宝石学领域有所作为的梦想。

欧阳秋眉带领香港大学学生在野外考察

欧阳秋眉（右三）在香港大学地理地质系任教，受到同学们的欢迎

香港是全球最大的珠宝交易中心之一，欧阳秋眉的家世、专业背景也有利于她朝宝石学方向发展。另外，中国虽然有悠久丰厚的玉石文化，能用自己的语言和术语曲尽其妙，却不能从现代宝石学的角度做科学的分析。要在世界上弘扬玉文化，就必须和西方宝石学接轨。1908 年成立的英国宝石学会是专门研究宝石的机构，通过考试，成为其承认的宝石鉴定师，是世界珠宝界公认的荣誉。欧阳秋眉首先把目光瞄准了它，然而它严苛的专业英语试卷令母语非英语者望而生畏。她的首战，就败在无法用英语快速准确地表述自己的专业修养。于是，她在 46 岁那年，利用暑假远赴伦敦，参加速成英语课程，苦练数月英语，不分白天黑夜，有时仅以面包与水度日。1979 年，英国宝石学会举办全球测试，她顺利过关，取得该会国际宝石鉴定师资格。同年，她成为英国地质学会会员。1981 年，欧阳秋眉又一举考取了美国宝石学院的钻石文凭。该学院是美国珠宝界最具规模的学府，也是世界上第一所专门研究宝石的培训机构。

拥有英美西方两个大国专业文凭的欧阳秋眉，并没有止步。她发现香港的珠宝行业发达，翡翠交易兴旺，但由于历史原因，翡翠行业的人员从业素质不高，很多经验只能口口相传，无法总结成理论，更无法走向国际。这点已经阻碍了行业发展。后来发生的一件事更加刺痛了她。在国际学术交流活动中，一位西方学术权威问欧阳："你们中国人那么喜欢翡翠，为什么没有人研究它？连自己喜欢的东西究竟是什么都搞不清楚，不遗憾吗？"她还看到一位台湾学者在杂志上写道："中国人最先用玉，却没有一位中国人好好写玉，是中国人的耻辱。"从此，有深厚地质学基础的她决心以研究翡翠为己任，用科学的方式解密翡翠的真相，为祖国争光。

1982 年，已经 49 岁的她向香港大学申请攻读地理地质系硕士学位，专业：宝石学；方向：翡翠。天命之年攻读硕士？欧阳秋眉再次刷新着人们对她的震惊和钦佩。白发苍苍的格兰教授又一次伸出了援助之手。由于翡翠学在世界范围内都是尚待探索的神秘王国，港大其实无人能做她的导师，但格兰教授帮她找了一位名义上的导师，放手让她独立探索。他接着说："研究需要经费，我是学校奖学金评委之一。你写个申请，不妨多申请些，我给你争取。"

在老教授的提携下，欧阳焚膏继晷，潜心研究，跑遍了香港广东道玉器街的数百家商号，和行家里手切磋交流，把玩成千上万件的翡翠、宝石。1985 年，以无懈可击的英语论文《缅甸硬玉的矿物学研究》，顺利取得了香港大学地理地质系的矿物学硕士学位。她在搜集翡翠样品时发现了地生钠铬辉石，不少学者、老师认为她有资格攻读博士。当她向香港大学地理地质系的导师沃克曼（Workman）博士提出攻读博士时，他叹道："不是您不行，是香港现在没有人可以指导您，除非您去海外攻读。"可惜，她的情况不允许她留学海外，她只能遗憾地放弃了博士之梦。

1985 年，欧阳秋眉（左）取得香港大学地理地质系矿物学硕士学位

1983 年，欧阳秋眉（中）的《地生钠铬辉石》论文吸引英国专家来访香港大学

然而，就在她功成名就之时，却遭受了前所未有的打击。丈夫移情别恋、在香港的胞弟突发心脏病过世、自己视网膜脱落。

可能由于长期使用显微镜，欧阳秋眉感到眼睛上蒙了阴翳。她独自摸索到医院检查，竟然是视网膜脱落，必须立刻手术，否则就有失明的危险。一等病房港币十万，二等六万，三等四万。她只能住最便宜的，四个人一间，早上入住，当晚就要开刀。为她手术单签字的，是刚上中学的儿子。临来香港前，丈夫在北京切除胃溃疡，她在物质匮乏的条件下，做了鸡汤看望丈夫，细心护理。如今，他在她住院时却漠然待之，找出理由不闻不问。她心痛如刀绞，打落牙齿往肚子里咽。而她教过的宝石鉴定班的许多学生却闻讯赶来，带来了鲜花和问候。坚毅的欧阳，不禁热泪簌簌滚落。

医生嘱咐欧阳最少休息一个月，可她在医院仅住一周就出院了。国际珠宝展览会即将开幕，她要在会上演讲。学生建议请人代读，她却认为代读效果不佳，而且不能解答学术问题。她的眼睛还处在术后恢复期，畏光，必须蒙着纱布。她在学生的搀扶下，准时到达湾仔会展中心的国际珠宝展览会。那里，国际珠宝界精英、玉石商人、鉴定家、爱好者济济一堂，正等候着她的到来。当她除去纱布，缓缓走向讲台，开始流利的英语演讲时，全场掌声雷动……

随着对翡翠了解的深入，欧阳秋眉已经不满足于实验室的研究。她每年参加"缅甸公盘"，即缅甸政府自1964年起举办的翡翠原石交易会，收集了大量

欧阳秋眉教授在缅甸帕敢矿区与翡翠矿主探讨翡翠矿床

翡翠原料的成品。她还渴望亲去翡翠产地考察。全世界虽然有六个国家出产翡翠，但是90%都出自缅甸，也只有缅甸翡翠才能达到宝石级别。当时，缅甸时局动荡，翡翠矿区局势不稳，去矿区要冒着生命危险。1999年，她已年逾花甲，立下遗嘱后奔赴缅甸，成为唯一由缅甸政府邀请进入矿区研究的中国人。在缅甸华裔矿主杨钏玉、谢先生的全力帮助下，她和儿子严军踏遍了缅甸帕敢的矿区。此后，她搜集了日本、俄罗斯、危地马拉等产地的翡翠样品，建立了全球最大的翡翠研究资料库。

"天将降大任于斯人也，必先苦其心志，劳其筋骨，饿其体肤，空乏其身，行拂乱其所为，所以动心忍性，曾益其所不能。"欧阳求眉经历的一次次人生和专业挑战，犹如地壳运动巨力留在璞玉上的裂隙或"绺"，在常人眼里，有损了玉之纯美，但在地质学家眼里，裂隙也是翡翠矿液的绝佳通道，没有裂隙，就难以形成翡翠漂亮的根色。到了玉雕大师那里，看似不完美的裂隙则被巧妙利用，"就色避裂"，创造出了神奇的顶级作品。

六、充满引诱和陷阱的行业

除了钻石这类比较透明的宝石以外，评估珠宝很难有放之四海皆准的准则，尤其是名贵的翡翠，所谓"黄金有价玉无价""神仙难断翠玉"也。有经验和公信力的专家一直努力建立宝石的质量标准。而不法之徒则利用个中漏洞和大众专业知识的匮乏，漫天叫价，中饱私囊。

欧阳秋眉大半生致力于珠宝玉石鉴定，拥有国际宝石评估师文凭，因多年坚持职业操守而成为香港政府所属法庭的专业证人。另外，因当时香港税务局规定收取遗产税，她又多次被聘为珠宝首饰遗产税的评估人。应政府部门之邀去工作，一般报酬偏低，只补助车马费，但精神压力甚大，要打开很多保险箱，在税务部门、律师楼、银行工作人员的监督下快速地完成评估工作。

让欧阳教授最感难忘和刺激的一次评估，是舌战两位律师。那一次，她应香港海关之邀评估一批翡翠成品，共有200件。这些成品没有一件是绿色翡翠，水头及做工亦颇差，有些甚至有裂纹。因此，她评估这些翡翠成品属于低档货，总估价80多万港币。海关人员表示，这些翡翠涉及一宗上法庭的诈骗案，原告买时花了1000多万！香港律政司指定欧阳出席庭审，担任专家证人。在法庭上，被告聘用的两位律师不断向她发难，挑战她估价的准确性，均被她一一驳回。她感叹说："隔行如隔山，那两位律师所问的问题，均是行外话。被告聘请的两位评估师均是我的学生，令我震惊。"宣判后，她收到一封感谢信，来自她不认识的原告。信中致谢说："好在我们香港有像您那样拥有深厚专业珠宝知识及极高专业操守的人，才让我们免受欺骗！"她深感欣慰，自己再一次以专业知识成功地扶助受害者，伸张正义。

欧阳秋眉在"国际珠宝业与标准化访谈会"上发言（2019年2月，香港会议展览中心）

而接受私人邀请，去做宝石评估，则充满着更多的引诱与挑战！

1996年，一家私人机构邀请她去云南评估一粒红宝石（刚玉），货主告知她这粒红宝石已有了买主，是一位阿拉伯王子，指定要欧阳教授出具鉴定证书与评估证书。真假鉴定，对她来说，易如反掌，但评估要从红宝石的色泽、透明度、种质、有无裂纹、可用性、市场状况等多方面进行，必须十分客观。货主授意她要估到4000万美金，被她一口拒绝了。因为在她的客观评估中，这粒红宝石透明度不足，根本不可能达到此价位。货主多次游说，并许以100万美金报酬——当时，100 万美元足够办理国外投资移民！但她丝毫不为所动，斩钉截铁地拒绝了虚高评估。

还有一次，一位中年女士来电请她到上海评估一个翡翠摆件，秘书告诉她从香港到上海的出场费为两万元人民币。当她到上海看见绿色的翡翠摆件时，中年女士表明身份，她专带内地高官到澳门赌博，赌输后要以这座翡翠屏风抵账。欧阳教授饶有兴趣地回忆道：

"她要我估一亿人民币，我说价值不是你们定的，要我估价就要根据我的专业判断，仔细观察颜色、水头、质地、设计、雕工等。她老是不耐烦地追问我，能看到一亿元吗？我摇头。她又问能有 8000 万吗？若能估到这个数字，就付200 万费用给你。她还一直向我解释，赌场规定，抵账只能按估值的 50% 算。我说名声比钱重要。她又说不会影响你的名声，因为没人知道的！但是，我宁愿选择出场费两万元，而不违背良心收她 200 万的评估费，因为根据自己建立的 4C2V1T 标准，水头差、雕工差的翡翠屏风不值 8000 万，因此不能写这个评估报告。她说我太蠢，200 万元不要，反而只要两万元。"

"不义而富且贵，于我如浮云。"

珠宝玉石可以是商品，鉴宝之人的服务亦可以是商品，但设若鉴宝之人的人品也成为商品，信誉和名声都可以待价而沽，以渔厚利，那谁还会再相信你的鉴定呢？对此，欧阳教授心如明镜，德似美玉，风比君子，在充满引诱和陷阱的珠宝行业中，树立了令人信服的口碑。

另外，最让欧阳教授开心的是，她可以用其所学帮助一些翡翠行家解决商业难题。例如，西方宝石学界一度认为含有绿辉石的油清种翡翠和由绿辉石组成的墨翠不是翡翠，按翡翠售卖到西方的油清种翡翠和墨翠遭到退货。欧阳教授即刻写信说明，学术研究和历来交易均认为油青种和墨翠属于翡翠家族的成员，香港商品说明条例也有如是规定。最终，西方宝石学界认可了油青种和墨翠可以作为翡翠售卖。

七、倾心传承，让中国珠宝学扬名世界

1983 年，对欧阳秋眉来讲，是非常重要的一年。她向香港大学申请变全职工作为兼职，同时创办了香港珠宝学院和香港宝石鉴定所。这是她为自己设定的新目标："我是教育界出身，办学校对我是很自然的事。我喜欢教书，看到学生成才。我一生受老师影响深远，所谓百年树人，就像看到美玉生成一样，和别人分享自己的知识是个很享受的过程。"

在香港珠宝学院，她亲自授课，悉心传授毕生所学，最早以中文教授英国FGA（英国宝石学会鉴定师）、DGA（钻石鉴定师）课程，培训了大批珠宝人才。这个学院由此成为每年参加FGA和DGA考试学生最多的英国宝石学会教学中心。此后，她引进比利时（HRD）宝石学院的钻石分级课程、国际首席珠宝专业评估师（MVP）课程。她创立的翡翠自主研发教学体系和考试文凭，吸引了大批港台，以及美国、新加坡、马来西亚、缅甸等国的学生单独或组团来学习。香港八所宝石鉴定所的鉴定师，大部分都是她培养的学生。佳士得拍卖行在20世纪80年代提到，在众多翡翠鉴赏书籍中，以她的4C2V1T分级原则最有价值。央视2015年系列纪录片《文明密码》之《我为翡翠狂》中，中国地质大学珠宝学院副院长郭颖，欧阳教授的年轻校友，在介绍翡翠鉴定方法时，就采用了她的4C2T1V的分级和评价标准，从颜色（Color）、净度（Clarity）、切工（Cutting）、裂纹（Crack）、透明度（Transparency）、质地（Texture）和体积（Volume）七个方面去考虑。

欧阳秋眉最早应邀到新加坡讲解翡翠B货的鉴别

欧阳秋眉也十分关心中国内地珠宝学的发展。20世纪80年代，内地珠宝市场升温，急需大量专业人才。作为国际知名珠宝学专家，她积极到祖国各地讲学，力推珠宝学的发展。1985年，她应邀到广西桂林地质所举办了第一个全国性的珠宝学习班。1987年，受邀到中国科学院贵阳地质化学所举办的全国宝石学学术会议上演讲。1989年，她奔波于英国、香港和武汉三地，义务帮助武汉珠宝学院引进"英国宝石学课程"，建立中国第一个英国皇家宝石学会FGA课程教学中心。2000年以后，多次受邀到上海、北京、武汉、南京、深圳等地讲学，教授翡翠课程。她还积极介绍许多外国专家来华讲学，致力培养中国珠宝学和翡翠学的国际化人才。

中国地质大学武汉分校前副校长陈钟惠教授于1996年11月在欧阳秋眉专著《翡翠A、B、C》的序中写道："欧阳女士是中国地质大学校友，她十分关心母校的宝石学教育工作。近十年来她多次往返奔波于香港、武汉，推动中国地质大学珠宝学院的建设。我本人曾长期在中国地质大学（武汉）担负部分领导工作并分管珠宝学院，故有幸经常与欧阳女士切磋讨论华人珠宝教育问题。接触过程中，我深为欧阳女士对翡翠的一片痴情，对翡翠教育的热情和要使华人的翡翠研究工作居世界领先地位的决心所感动。"

欧阳秋眉教授（中）与俄罗斯矿主（右）、揭阳绿生生珠宝董事长夏禄书（左）讨论俄罗斯翡翠

2004年，欧阳秋眉依然连续不间断地办学，培育人才，让她不仅在两岸三地桃李芬芳，世界各地的翡翠爱好者也都慕名而来。不论在哪里，她都把"美玉之生成，须经千琢百磨；人才之培养，亦须累年苦学"和"踏实做人、诚实

做事"当作赠言,送给学生。在她执着教学的背后,隐藏着深深的责任感。"我去缅甸、台湾、香港、广东、云南这些翡翠最重要的产地和加工地、市场,看到的情况很让我忧虑:真假不分,价格混乱,从业人员素质低下,很多商人急功近利,只把翡翠作为生财的工具。翡翠这么美,可是这个行业却有这么多问题,市场就很难长久。所以我总对学生说:树立正确的价值观,培养正确的思维逻辑,学习不只是增加技能,要学会鉴定真伪,掌握翡翠的鉴定评价技能,同时还要有社会责任感。"

由于自然翡翠资源的稀缺,翡翠造假层出不穷,通过漂洗、焗色、注脂、镀膜、夹层、合成等五花八门的手段,可以造成极具欺骗性的莹洁光润的效果。以钠、铝、二氧化硅等为原材料的合成翡翠,不管是外表,还是硬度、密度,都和天然翡翠基本一致,欺骗性甚大,可喜的是没有投入市场。80年代初,人工处理品出现在香港翡翠市场,令从事正常生意的翡翠行家十分恐慌。不少人纷纷到香港大学找欧阳秋眉求教,说我们买了种色好、水头足的翡翠挂件,为什么三个月后就出现了表面裂纹?她在撰写硕士论文的百忙中,尝试各种办法,仔细探究,终于发现这些翡翠原来是浸过强酸入蜡,之后改为入环氧树脂甚至涂色入树脂的人工处理品。于是,她根据人工处理翡翠的多种方法,将翡翠分成四类:纯天然(A货翡翠)、漂色入树脂(B货翡翠)、染色(C货翡翠)、入色入树脂(B+C货翡翠),公开传授辨伪之道,并在电视台及报刊接受访问,公布真相(见表1)。

表1 人工处理翡翠的类型

名称	物质组成	颜色	结构	内部含外来物质
A货 (天然翡翠)	天然硬玉为主	天然	天然状态	无
B货 (漂色入树脂翡翠)	天然硬玉为主	天然	被人为破坏	有 (树脂)
C货 (人工入色翡翠)	天然硬玉为主	人工入色	天然或被人为破坏	有(染色剂)
B+C货 (入色入树脂翡翠)	天然硬玉为主	人工涂色	被人为破坏	有 (树脂和染色剂)

此举赢得了珠宝界有识之士和消费者的高度赞誉,亦因妨碍不法商人赚取

厚利而招来忌恨，甚至有人扬言要取欧阳的性命。报道沸沸扬扬，连远在美国加州美术与工艺学院留学的儿子，也不禁为母亲捏把汗，打电话提醒她不要得罪那些有钱人。对此，欧阳秋眉则十分坦然。她表示："我是学者，要揭露事物真相。"大自然的翡翠经过几千万年的造化孕育，才得以形成色好种好，宝石级天然翡翠更是凤毛麟角。针对翡翠需求量的增多，对中低档翡翠进行加工人为处理浸酸，入色入胶树脂，甚至人工合成翡翠，都属于可以理解的做法。但在市场操作中，要如实标明翡翠类型。比如，B货好看，但戴久了，树脂会老化，会出现龟裂纹，并不能保值。商家就不能以B货充A货，挂出A货的天价。但如果消费者不求收藏保值，作为一种装饰，佩戴色泽鲜亮的B+C货翡翠亦不失为佳选。再比如，翡翠按透光性高低和颗粒细粗，大致可分为玻璃地、冰地、糯地、芙蓉地、油地、豆地、粉地，价值以玻璃地为最高，冰地次之，其余依次降低。由于玻璃地和冰地色好者稀少，业内称"有种无色"，这两种颜色浓绿的翡翠价位甚高，若没有权威鉴定证书，非专业人士需谨慎购买。

　　为了促进翡翠学的发展，欧阳秋眉积极参加国内外的学术会议，活跃在国际珠宝界。国内外很多人士认为，"她是第一个用英文在国际舞台上演讲翡翠的学者。"鉴于她的努力和成就，她入选国际珠宝学会（IGC），以一名中国专家的身份，参与在世界各地举行的每届IGC会议，并用英语做大会演讲。她多次

左起：范肇锦（香港宝石学会会长）、格布尔（德国格布尔鉴定所主持人）、欧阳秋眉、严军（欧阳秋眉之子，珠宝设计师）

在 IGC 会议上提议，在中国举办 IGC 国际会议。2004 年，她终于如愿以偿，与武汉珠宝学院合办了第 29 届国际珠宝会议，使中国首次成为 IGC 会议的主办国。为了办好这次国际顶级珠宝盛会，在筹办的两年中，她每两个月飞往武汉开会商讨。在最后一次筹备会上，武汉地质大学王焰新校长询问她还有什么不足之处？她直言道，会议厅旁的卫生间要改装抽水马桶，既与国际接轨，也方便了与会的诸多老专家。校长即刻答应花钱改进。她还千方百计让所有与会者穿上中式服装，使该次会议被称为 IGC 历史上的最佳会议。而她在大会结束后第二天，便累得倒下，大病一场。她一步步兑现着自己要么不做，要做就要最好的诺言，为中国人争取了一份份的荣誉。

八、恰似那紫罗兰翡翠

红翡，绿翠，春为贵。春色即翡翠中的紫色。在多彩的翡翠家族里，紫色是欧阳秋眉最喜欢的颜色。她喜穿紫色唐装，佩戴紫色翡翠戒指，以穿粉紫刺绣绸衫的照片为微信肖像，以大写的紫色 G（宝石学英语 gemology 的首字母）作为香港珠宝学院和香港珠宝研究所的标志。2014 年，在北京举办了名为"紫气耀来"的紫罗兰翡翠专场展。多次再版的专著《秋眉翡翠》，也是用大气的淡紫色作为封面底色……紫色象征高贵、大气、神秘。从紫薇大帝到紫禁城，从紫气东来到紫衣绶带，紫色在中国古代一直是帝王色。日本、英国王室亦十分青睐紫色。在西方，紫色还代表勇敢、浪漫。世界上仍在颁发的最悠久的军事荣誉"紫心勋章"，即奖励作战勇敢的士兵。可见，紫色确实浓缩体现了欧阳的个性和精神世界。

专著《秋眉翡翠》

从产量而言，紫色翡翠远远少于绿色翡翠，仅在缅甸帕敢的部分矿区发现。而且，紫色翡翠的致色原因，一直扑朔迷离。在电子探针等的化学成分分析下，紫色翡翠比较纯净，除含少量铁外，几乎没有锰。只有通过更精确的分析，才见极少量的锰。以往，英国宝石学家罗斯曼博士提出紫色翡翠是二价铁与三价铁价次跃变而引起颜色变化。但是，欧阳秋眉多次试验得不到可靠资料。90 年代后，用比较精密的元素测定紫色翡翠，发现了有趣的现象——紫色翡翠从不含铬，只含少量的铁和极微量的锰，少量的金属元素如锗、钛，导致了不同的紫色色调。由于特殊的形成原因，紫色翡翠一般比较淡，在自然光下更显淡，行话说"见光死"。商家展示紫罗兰翡翠成品，常用黄光灯加强紫色。

　　紫色翡翠，又称紫罗兰翡翠，根据色泽的饱和度与浓郁度，分粉紫、红紫、蓝紫、茄紫等色调。紫罗兰色翡翠，行内有"十春九木""十紫九豆"的说法，意思是它基本没有种水，不透明，颗粒偏粗。鉴于紫罗兰翡翠种色冲突、种水老、颜色正、颗粒细的极品紫罗兰色翡翠，十分罕见。比如，2010年，缅甸原料拍卖会上的一块6kg冰种紫罗兰翡翠原石，竟拍卖到19899999欧元，折合1.6亿人民币。紫色翡翠逐渐被更多人喜爱，也可能是受欧阳教授的影响，紫罗兰翡翠的收藏价值如今节节攀升。

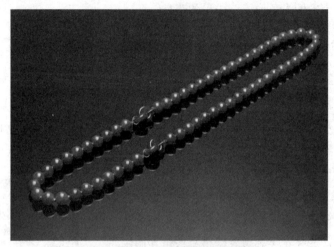

紫罗兰翡翠项链、紫罗兰翡翠蛋面花型戒指，颜色均匀，质地细腻，水头足，十分难得

她在宝石领域，尤其是在现代翡翠学创建和推广上的贡献，恰似那极品紫罗兰翡翠，世所罕见，难有俦匹。

不倦的耕耘为欧阳教授赢得了崇高的国际声望，"玉夫人""翡翠皇后""翡翠大师"的名声不胫而走。多年来，她活跃在国际珠宝交流的舞台，不遗余力地传播中国玉文化。"每一种宝石都有文化，翡翠也是一样。20 世纪 80 年代后期，我在国际会议上讲学时，了解翡翠的人还寥寥无几，近几年情况就大不相同了。现在，很多国际顶级珠宝、手表品牌都推出翡翠的设计款式。中高档翡翠的价格 20 年间涨了 20 倍。人们逐渐明白翡翠是中华文化的载体，中国文化的象征，'她'既美化生活，又能投资保值，这些都是文化传播的结果。"

86 岁时的欧阳秋眉一如既往，经常工作到深夜，往来于各地授课，支持儿子严军创建的"秋眉翡翠"（Mei's Collection）品牌。在朋友眼里，她是永不放弃的求知学者；在学生眼里，她是忘记年纪的"萌萌哒"；在行家眼中，先生之光不限于翡翠。资深翡翠行家、真玉坊的掌门张宋先生如是表达他对老师的敬意："一个人如果能够忘记自己的年龄，不断追求自己的梦想，将学术研究视为人生的享受，这种高贵品味很受人敬佩。"

2019 年 4 月，国际翡翠学协会创会会长欧阳秋眉在该会开幕式致辞

　　欧阳教授展望道："我有很多梦想要实现——帮助更多的人、回馈社会；成立翡翠教育基金会；成立国际翡翠协会，引领行业，健康持久地做大翡翠市场。这些，都需要我把自己的无形品牌资产转化为有形品牌资产，'秋眉翡翠'要走产业化发展的道路。"

　　衷心祝福将一生奉献给中国翡翠学的欧阳秋眉教授，愿美玉之光、华夏之光永恒地普照寰宇，带来和平吉祥！

2018 年，欧阳秋眉（右二）在她创立的香港珠宝学院接待北京作家庄志霞（右一）、印尼华侨潘秀霞（左二）、笔者（左一）

（若无特殊说明，本文图照由欧阳秋眉教授提供。）

下为河岳上为日星——致敬彭荆风老

我在云南边疆工作、战斗、学习、成长，也在这里挨批挨斗、坐牢……可以说，我的欢乐和痛苦都是和云南分不开的。

——彭荆风

昆明家门前沐浴着阳光的彭荆风先生（2017 年 8 月 27 日，笔者摄）

尊敬的彭老,

您好!

冒昧去信,还望海涵。我是您无数读者中的一个小字辈,也是您的粉丝。想向您汇报我们这代人学习您作品的一点感受,不知可否?在您笔耕小憩时看看,权作放松吧。

像千万同龄人一样,我第一次接触您,是通过中学语文课本上的《驿路梨花》。虽多年流逝,我依然清晰记得,我高兴地学会了"修葺"这个词,对瑶族老猎人向哈尼小姑娘行礼时,她们"像群小雀似的蹦跳开"的画面,尤其印象深刻……当年,我会用二胡演奏《泉水叮咚响》,会唱《边疆的泉水清又纯》,喜欢这些描写边疆军民美好情愫的流行歌曲。所以,您的文章就给了少年的我以无穷的美的遐想,以及对军民鱼水情的切肤体认。从此,您的名字就深铭记忆,连同您热爱的西南大山和淳朴善良的各族人民。然而,老师上课时,并未说明这篇美文是1978年您在饱受几十年冤屈后的报春之作,也未说明它对原作有所删改,更没有透露您萌发创作冲动后,凌晨三点即起,仅花三个钟头一挥而就……或许,老师觉得我们少不更事,不便多说,或许老师自己也不甚清楚吧。

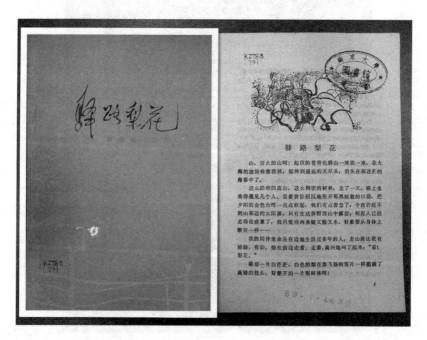

散文集《驿路梨花》的封面和首页(云南人民出版社,1978年),定价0.25元(笔者摄)

后来，得知了您的多舛命运，不由对您一生恪守艺术美、民族情和家国职责而肃然起敬，也让我倍加眷念滇山云水，神往那五百里滇池的"喜茫茫空阔无边"。

如果说李白、白居易、高适、皮日休、陆龟蒙等先贤雅士让我讶异于"云南五月中，频丧渡泸师""椒花落时瘴烟起"……知青作家，如叶辛、修晓林、沈石溪等，让我略了解西南边陲给他们那代人的复杂感受，那么，领我真正走进云南，觉之亲切生动的大作家，则有两位。一位是您，娓娓道来了哀牢山的梯田、弥渡的花灯歌舞、西畴的石漠、普者黑的水战、马散的逢街天、龙陵的对流雨等等数不尽的三迤风土人情，它们浴战火而重生的悲壮和奇妙，有谁不为之心痛、心醉？还有一位云南"向导"，是我的江苏同乡——汪曾祺先生。汪老代表了西南联大的风骨和才学，活脱脱再现了昆明百姓"跑警报"的抗日生活。他善丹青，工诗文，精烹饪，懂戏，脾气儿又随和，他自道的夫子轶事，像用宿墨作画、挤菠菜汁上绿色、以牙膏代替用完的白颜料、多年父子成兄弟、为孙女代笔作文只得70分，等等，在我家喜闻乐见，老少皆知。

您女儿鸽子老师无意中说起的一件小事，加深了我对您和汪老至情至交的认识。

左起：沈从文、汪曾祺、彭荆风的女儿彭鸽子（彭荆风摄于沈从文家中，1985 年 11 月）

那天，鸽子老师一边熟练地开着送您去游泳的七座面包车，一边说：汪老来家里叙旧，和她比试做菜，和您对酌。

她央求汪老："您给我画只猫嘛！"

"闺女啊，我从没画过猫呐。"汪老为难道。

"没画过，才要画嘛。"她心想，画花草、葫芦、虫儿什么的，老爷子太熟了。

汪老拗不过您的千金，果真涂抹了平生第一只猫。鸽子老师评价，嘿，像猫！

汪老给您的题联，"心情同五柳，足迹遍三迤"，绝了，真乃神来之笔！"足迹遍三迤"寥寥五个字，就浓缩了您踏遍云南每一座山、每一条河、每一个村寨的艰辛和执着。漫漫 70 年，您为云南 26 个民族的苦难、抗争和绚烂留下了感天动地的历史画卷，尤其是对少数民族——傣、彝、白、瑶、佤、壮、拉祜、哈尼、傈僳、布朗、布依、德昂、景颇……哪一位当代作家能像您那么熟悉，那么投入呢？就连世居原始老林几乎与外界隔绝的苦聪人，您也为他们写了一部史诗般的长篇小说《鹿衔草》，前后波折 17 年。小说中，那个从小娘被饿狼咬死、爬树赛猿、善用小弩弓狩猎的苦聪小茶妹，谁不心疼又钦佩呢？

基于小说《鹿衔草》的小人书（云南民族出版社，1981 年），定价 0.15 元（笔者摄）

在您落难时，农场播放您参与编剧的《芦笙恋歌》，这部以拉祜族解放和爱情为主题的经典影片被批作"大毒草"。您含泪看，等着疾风暴雨的批判，可各族老乡围着您，说看不出您在哪里放了"毒"。拉祜老乡说，写拉祜人，就这么一部影片，他们喜欢。多少拉祜小伙、姑娘，追着放映队翻山越岭，放一遍，就再看一遍，因为播放次数太多，胶片都放烂了……现在的年轻人没看过《芦笙恋歌》，也不知道那首脍炙人口的《婚誓》就是此片插曲。我属于随着伤痕电影、金庸武侠片、好莱坞大片、情景连续剧长大的一代，补看这部老电影时，竟然莫名感动，流泪。而更小的"90后""00后"，同样很有感情地哼唱着："阿哥阿妹的情意长，好像那流水日夜响；流水也会有时尽，阿哥永远在我身旁……"

我相信，您的作品将会流传广远，为一代代人所挚爱。正像您说的，"文学让我常青"。古老的拉丁谚语中，也有类似的表达："生命短暂，艺术长远。"（Ars longa, vita brevis）

汪老写您的"心情同五柳"，不知您有什么感受？我乍读叹妙，回味却有点迷惑。《五柳先生传》是我极喜的熟背的古文之一，也是汪老激赏之作，他亲教自己三个孩子的唯一一篇文言文。五柳先生陶渊明退隐后，"闲静少言，不慕荣利。好读书，不求甚解……衔觞赋诗，以乐其志"，可您似乎不全如此。您并不嗜酒，读书写作一丝不苟，不然如何能创作出《滇缅铁路祭》《旌旗万里——中国远征军在缅印》《解放大西南》《太阳升起》这样的纪实巨著，而且有的酝酿了半世纪，反复修改？像《解放大西南》，手稿竟重达27公斤！

鸽子老师说，我爸就是太用功了，太勤奋了。吃饭也要等碗、筷、菜全部放好，才离开书桌，一分一秒都舍不得浪费……这和五柳先生的闲散率性，似有天壤之别啊。

再者，您对生活充满了热情和激情，为国为民，为三军将士，自负了"太史公"式光荣而艰巨的使命，披荆斩棘穿烽火，呕心沥血济苍生，和五柳先生乱世挂官、躬耕田园的取舍不一样。您把自己视作"战士"，运笔为剑，驱字当车，始终为创作最优秀的作品而战斗，而当您把驾驭海量的史料、素材和人物等同于运筹帷幄，排兵布阵，以战略眼光统观，站在历史高度鸟瞰，您俨然又是一位驰骋文学疆场的"大将"。

您在《解放大西南》的后记中写道："写作战争文学，是一门艰难的艺术，也得像军事指挥员那样细心地谋划全局，像应对每场战斗一样耐心、锲而不舍地去克服一个又一个困难，才能获得成功。这就是我酝酿、思考多年，正式进入写作后，又前后历时十二年、十易其稿，为了每一情节、事件都有出处，又能描写生动，而不厌其烦地查询、修改之故。写作中涌起的激情，使我似乎又回到了半个多世纪前向大西南进军的队列中。"①我深深折服于您的严谨、自律，以及在大历史格局中缩放自如的气度。

您一生最喜红、绿二色。喜穿红衣服，红外套、红棉袄、红夹克、红背心、红格休闲装……觉着精神。您也酷爱军装的绿，因为戎马生涯早就铸就了您的铮铮铁骨和顽强斗志。丹心如火，碧血似潮。读着您的作品，有时能感到陶渊明笔下的山水怡然，平民闲悦，但更多时候是风云跌宕，气郁胸结，长歌欲哭，哀民生之多艰，叹祖国和平与发展之不易。

五柳先生倾心于大自然的绿色，但大不会痴情强烈、奔放而赤诚的红色。

所以，您除了有点"心情同五柳"外，还有陆游的哀痛、辛弃疾的豪放、诺贝尔文学奖得主斯坦贝克的细腻……这些军旅作家不仅丰富了文学的多维表现力，而且让一个个活生生的人从历史中走出，不再是模糊的群像、抽象的伤亡数字、干枯的事件、非黑即白的二元化判断。您的作品中，有心跳，有情义，有实事求是！

梨花丛中的彭荆风先生（彭鸽子摄）

顺便请教您：您浏览过近年来的中学历史教材吗？无论是中国历史，还是世界历史，多是由高度概括、非常简略的文字拼就，有大量的表格、提纲、大

---

① 彭荆风. 解放大西南［M］. 昆明：云南美术出版社，2009：650.

事记，图照和故事偏少，孩子们读起来，颇像鲁迅童年学八股文，囫囵吞枣，死记硬背。教材行文简略，固然是因为人类历史悠久繁杂，难以在中学几年了解其详，遂简而化之。但另一方面，历史教材编者仅从呈现过去人事的角度编撰，而不从学生认知特点和文本雅俗共赏性考虑，造成了孩子怕读历史课本，怕背书。但同样的孩子，读起《上下五千年》《三国演义》《明朝那些事儿》，读起您的《挥戈落日》，却津津有味，爱不释手。这说明了什么呢？

如果说，历史教材好比黑白简笔画，优秀的纪实文学，或纪录片、影视，则让孩子们穿越进了有声有色、有笑有泪的往日世界。如果能带他们到博物馆、遗址、现场走一走，听一听当事人的讲叙，他们就不会觉得历史遥远、枯燥，与己无关。

在云南走访期间，每每看到昆明滇西阵亡将士纪念碑、驼峰飞行纪念碑、腾冲国殇墓园、景洪无名英雄纪念碑、中国远征军抗战遗址等，看到家长带着孩子凭吊，辨读碑文，我总是感到由衷的欣慰。

另外，您有空浏览过近年来的中学语文教材吗？入选篇目出现了较大的调整。最近的"部编本"教材，换掉了约40%的课文，文言文比例大幅提升。小

位于昆明阳宗海的彭荆风先生之墓（笔者摄）

学古诗文总数增加了 55 篇，增幅高达 80%，总计 124 篇，占全部课文 30%。初中古诗文提升至 124 篇，占全部课文 51.7%。总的说来，古典文学部分基本是只增不减，不仅以往高中背诵的古诗文，如《与朱元思书》《鱼我所欲也》《出师表》等，提前到初中学习，而且增添了若干古诗文，如《承天寺夜游》《赤壁赋》《湖心亭看雪》《归去来兮辞》《水经注》节选等。现当代文学部分，是有增有减，增加了与时俱进的报道性作品，删除了离当代青少年成长相对脱节的文章。

您对中小学语文课本的"大换血"有什么看法？值得欣慰的是，您的《驿路梨花》仍然绽放在语文教材园地。不知您指点女儿、孙辈读书写作，都选过哪些范文？给文学爱好者推荐过哪些佳作名篇？

您已经出版了 32 本心血之作，还有大量文稿有待付梓。鸽子老师说，她正在夜以继日地帮助整理，同时在筹划一座有关您的文学纪念馆，可供研究者居留，让更多的人阅读您，理解您，探讨您之于文学、历史、艺术、国家、民族关系等多方面的意义。

我们翘首期待着！那也是能为军之魂、民之心、国之体注入源源元气的神奇的"鹿衔草"啊。

在静读您书的满座的大学图书馆，在伟大祖国庆祝七十华诞之际，衷心祝愿您雄心不老，彩笔常新，继续创作出感天地泣鬼神的力作，让太阳永远升起在中华儿女的心田！

晚辈　庆庆拜上
2019 年 8 月 28 日于金陵

与中国远征军司令卫立煌将军的孙女
卫修宁在一起

卫修宁，中国远征军总司令、抗日名将卫立煌的孙女，出生在南京，故名字中嵌着南京的简称——"宁"。联系她的家世（共有15位家人从戎卫国，其中9位属中国远征军战斗序列，名字镌于腾冲"中国远征军名录墙"上）和性

中国远征军司令、国民革命军五虎上将卫立煌将军

情（修养好、宁静），"卫修宁"三字，真可谓名如其人。两岁时，她随父母离开南京，辗转到昆明居住，曾在云南边疆芒市的乡下当插队知青，后回昆明工作，直至退休。

2013 年 9 月 3 日，抗战胜利 68 周年纪念日，广州雕塑家李春华把 402 尊的中国远征军雕塑群捐赠给松山，卫修宁女士应邀参加揭幕仪式，和祖父卫立煌将军的塑像合影

因缘际合，我和她有过十多次面对面相处的时光，每一次都可以说是"此情可待成追忆"，每一次回想起来，都历历如昨，状在眼前。

我随着大家，称呼她"卫老师"。

一、初识于云南省飞虎队研究会十周年庆典

第一次遇见卫老师，是在 2017 年云南省飞虎队研究会成立十周年的庆典上。作为飞虎丛书策划的我和飞虎纪录片的编剧庄志霞老师一起受邀，共襄盛举。庆典现场位于昆明市龙翔街 77 号飞虎大楼。为了表示庆贺，我代同仁敬拟了一篇《抗战飞虎赋》和一幅贺联：

> 一朝誓愿，九难不挠，百代青史铭飞将
> 三生呕心，十载筚路，千秋志业荟国杰

有心的庄老师请北京的书法家庄培森书写了贺联，并找了老师傅装裱成一对竖轴。我担心托运闪失，就一路抱着包装严密的卷轴登机，宝贝一样地守护着。入住旅馆后，又把它锁放在行李箱内，生怕不良之人顺手牵羊，毁了朝贺之礼。

2017 年 8 月 26 日早上，飞虎大楼彩旗飘飘，喜气洋洋。来宾登记台前，人头攒动，问候声和笑语汇成了一支欢快的奏鸣曲。负责登记的几个工作人员中，有一位中年女士，身着浅蓝裙装，颀长，白净，和蔼，棕色的头发扎起，显得利落大方。她笑眯眯地招呼着，感谢我们远道而来，并带我们上楼，去见云南省飞虎队研究会的创会会长、《云南日报》前总编孙官生，交代好后，就下楼忙乎去了。

"她就是卫修宁。"孙会长介绍道。"在过去，你们根本见不到她。"

我内心不由微微一震。

庆典来了近两百人，孙官生会长、朱俊坤常务副会长兼秘书长、何华明副会长、卫修宁副会长及会员、记者、嘉宾、演员……济济一堂。年过九旬的飞虎老兵陆建航、远征军老兵颜嘉铭安详地坐着。空军英烈高志航之女高丽良健谈而兴奋，会场上的三层大蛋糕即为庆祝她的米寿而准备。空军英雄杨训伟之子杨本华也莅临盛会。杨本华 19 岁那年，和美国华侨参加了著名的"保钓"运动，曾经自费组织搜寻飞虎队的坠机，将搜寻到的美军遗骸转交美国。

卫修宁女士（左一）出席云南省飞虎队研究会成立 10 周年庆典
（2017 年 8 月 26 日，昆明，笔者摄）

云南省飞虎队研究会成立10周年的书展（2017年8月，昆明，笔者摄）

庆典简朴而热烈，书展、赠礼、发言、演出……进展得有条不紊。

整场活动中，卫修宁老师的座位基本空着，除了上台代表研究会接受来宾赠送的贺礼、字画外，很少见到她坐下来。庆典结束时合影，也不见她来。

"卫修宁，卫修宁呢？"有人问。

"好像去送什么人去了。"

带着书展上的赠书，我若有所思地往外走，碰巧见到卫老师。

"卫老师，能麻烦您在书上签名吗？"我情不自禁地递上《卫立煌将军与滇西反攻战》这本书。

她二话没说就答应了，在文件、电话、电脑、计算器等杂陈的办公桌边坐下，一笔一画工工整整地题写。

卫立煌将军有六个子女，卫修宁老师的父亲卫道杰是长子。中学时，就读于知名的金陵中学，离我的母校南京大学，走路不过十来分钟。七七事变后，他毅然放弃已被金陵大学录取的机会，放弃当科学家的梦想，报考黄埔军校14期。1944年，在中国远征军驻云南驿机场守备团任上校副团长，1986年在昆明病逝。

卫修宁老师的母亲卢盛端，也是将门之后。她的父亲，即卫老师的外公，是国民党陆军中将卢佐，抗战期间任国民政府军事委员会后勤部副部长，负责黄河以北诸省的后勤供应。他和卫立煌将军都支持八路军抗日，不赞同蒋介石所谓的"对八路军的供给，子弹最多8万、10万发，意思到了就行了"，曾经给八路军提供步枪子弹100万发、手榴弹25万发、牛肉罐头180箱，还提供过

前排站立者左起：卢汉将军、卫立煌将军、美军援华后勤司令部司令西瓦斯少将、何应钦将军、麦克鲁将军、卢佐将军
摄于 1945 年 2 月 19 日昆明中美联合后勤司令部成立仪式

1944 年 3 月，中国远征军司令卫立煌上将（右）检阅中国远征军的机械化部队

1945年1月28日，中国远征军司令卫立煌上将（右二）、孙立人军长（左一）等检阅中国驻印军

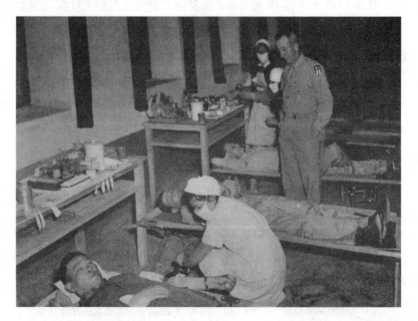

1945年4月27日，56岁的卢佐将军（左一）义务献血，是抗战时期国民党军阶最高者中的献血第一人

军服、医药、电话机、电话总机等方面的补给。1943 年，卢佐将军调任盟军中国战区陆军总司令部后勤司令部司令，驻扎昆明。1945 年，56 岁的他执意与美军人员一起义务献血，是抗战时期国民党军阶最高者中的献血第一人。

　　然而，在卫老师的身上，看不到半点高干子女的傲娇，或者骨子里的高人一等，有的只是历经大风大浪后的淡定与平和，是军人世家行走时挺拔的仪表，犹如一株亭亭净植又风姿绰约的高原山茶花。

　　卫老师过着普通人的生活，住在普通的居民区，先生也来自平民家庭。

　　"那个年代，谁敢和我这样人家的人结婚呢？"她笑谈道。

　　庆典结束后几日，卫老师、庄老师和我受中国远征军戴安澜部下的后代、老兵摄影师彭建清之邀，出席其 60 岁生日宴。彭老师的九旬老母亲、家人、战友，团团地坐了两大桌，彭老师兴高畅饮，大醉。

　　临别昆明时，我口占《赠别》，以表谢意：

> 卫国卫将在，
> 修平有后人。
> 宁静江天阔，
> 好风送情深。

　　卫老师则特地买来昆明的著名特产——鲜花饼，现做现买的那种。隔着车窗送给庄老师和我，她叮嘱说："不要放，吃完，我再寄……"回到千万里外的家中，分散尝之，果真酥软细腻，唇齿生芬，名不虚传的"三朵玫瑰一块饼"！

二、魂归金陵远征园

　　2018 年 2 月 9 日春节前夕，短信给卫老师拜个早年，告知拙译《地狱逃亡：飞虎中队长和他的援华记忆》不久前出版，并送上一首藏头诗，遥致新春佳节的祝福：

贺岁念远
飞雪琼瑶塞北飘，
虎闲龙静素妆娇。
如涵日月天织锦，
意抚琴筝兴舞毫。

新醅盈盏新桃艳，

年味列仪故友遥。

大德道远阑珊梦，

吉祷苍生享舜尧。

过后，也没太放在心上。春节，十几亿人沉浸在各式祝福的海洋里，一则拜年短信简直像一粒砂石，不知会被冲到哪里。没想到2月11日中午，竟然接到卫老师的电话，她很认真地表示谢意和祝福，并告知她的父母、外公如今都安息在昆明金陵园的远征园。

金陵园？多么熟悉的名字！金陵是南京的别称之一。历史上有金陵大学，创办于1888年，其文、理学院后来并入南京大学。南京大学校园里就有一块镌刻"金陵苑"三个金字的碑石，在花木扶疏之间，观望着师生们的忙碌身影。卫老师一家和南京颇有缘分，自己在该城出生，父亲在此成长、读书，祖父卫立煌1927年担任南京卫戍副司令，并在南京结识了未来的贤妻，一位留美归来的高知女性——镇江崇实女子学校校长朱韵珩。外公卢佐1930年任南京国民政府参谋本部少将高级参谋……这些并不如烟的往事，令"金陵园"一名散发出一丝亲切、温暖的气息。

昆明的金陵园始建于1995年，坐落于昆明市东郊白沙河畔青龙山，毗邻东部公交汽车枢纽站，十余条公交线路直达陵园门口，占地500亩，交通便利。园内绿树成荫，山水相映，地势明阳高燥，堪称风水宝地和安息佳处。金陵园还开辟了"远征园"，率先在全国向社会承诺：已故远征军将士的亲属，只要提供有效证明，可以在此园区为已故亲人免费迁葬骨灰灵匣或者设衣冠冢。健在的中国抗日远征军将士，可以提前在此为自己选择往生之地。"远征园"里的一副对联献给长眠于此的英烈，十分贴切。

埋银藏金真龙呵护顿觉平生无憾白沙水写千秋史

沉香落玉金马随伺也感去留少恨松涛声唱动地歌

卫老师为远征军老兵安息"远征园"做了大量联系工作。像老兵摄影师彭建清的父亲、远征军老兵彭兴开上士的衣冠冢，就是因为她的义举而得以落实，当时仅余最后两个穴位了。这位打过昆仑关大捷、从野人山九死一生回到祖国的勇敢士兵，和卫老师的将军外公、父母，安息在一起，在众多将士中间。

金陵远征园，上有青冥之长天，下有红土之高原，英灵的正气充盈天地，共三光而永光。

卫老师的电话挂掉后，我久久无语，电脑屏幕上却不知不觉地出现了如下的文字：

春念

滇西妙音送春来，

万木华滋金陵园。

驼岭遥揖壮士雪，

龙江近诉袍泽船。

玉肤侠骨饼馐散，

碧血丹心苍生怜。

戎马长疆巡城夜，

人间几度烟花天？

当天传给卫老师。后来，她打来电话致谢，并推荐了《钟楼记忆》丛书中的一本——《金陵中学师生抗战史话》，内有 10 位中国飞行员（7 位牺牲）的故事，也有记载她父亲的文字。她还提供了该书主编、执教金陵中学 30 多年的张铭老师（南京大学历史系毕业）的联络方式，并代为联系，方便我走进那段可歌可泣的历史。

三、在所有观后感中，她的留言是最长的

时间，在教学、科研、翻译、整理老兵口述等的缝隙，在家事、杂事、俗事中，飞快地流逝。

2018 年暑假期间，和飞虎队有 70 年生死情谊的资深记者、96 岁的张彦叔叔在北京病逝。我赴京参加告别仪式，赶制追思短片《站在时代浪尖上的记者：张彦先生》，送给他的家人及友人。

张彦叔叔毕业于金陵中学和西南联大，报道过日本投降、重庆谈判、开国大典，躲过了"克什米尔公主号"飞机爆炸的劫难，跟随周总理，报道过著名的万隆会议。他曾担任《人民日报》首任驻美记者，英文《人民中国》及《今日中国》杂志的编辑室主任和副总编。在西南联大读书期间，他和学长马识途（后成为作家、书法家，今年 105 岁）、李储文（后成为上海市外事办公室主任，

今年 101 岁）等，一起与美国飞虎大兵们结下了深情厚谊，宣传真实的抗日形势。在他病逝前不久，飞虎的后代和朋友还从中美各地前来看望。张彦叔叔住院时，曾在病床上拉着我的手说："《地狱逃亡》你译好后，请给我一本看。"我无法忘记老人家期待又有点忧悒的眼神，在赠书上颤巍巍而认真的题字……

这部追思短片，卫老师也看了。在所有观后感中，她的留言是最长的：

亲爱的赵老师：

您好！追思纪录片，在我去参加学习班之前就已看了。正想回复，又接到通知去接受培训。学习紧张，纪律严明，耽误了时间，非常抱歉！该片我一连看了好多遍，现用简单几个字来概括我的感受：感动和激励、爱、传承。

一、张彦先生一生经历、目睹、记录了中国国内外已载入史册的重大历史事件。参与工作的人要有博大的民族情怀、坚定的信念、坚强的意志、高尚的品格、忘我的精神和精湛的技艺才能担当。片中看到了周有光、马识途、周锦荪的名字，他们和本片主人公张彦先生都是那个时代我们常听到的响当当的大名人。张彦先生真不愧是新闻界的骄傲，知识分子的楷模，站在时代浪尖上的资深记者。他们的作为，感动和激励着后人！他们本人也将载入史册！

二、片中除反映了张彦先生对国家民族的大爱外，还有对子女、对妻子的爱。对此，我也感同身受。我爸、妈对我们兄弟姐妹的教育和爱也是这样的。我爸、妈是一对非常恩爱的夫妻，他们共同克服困难，艰难地抚育我们成长，相濡以沫……

孙会长告知的活动，已由孙会长起草，我们讨论了两次。现已呈报云南省委宣传部，待批。之后的进展我会告知你们的。非常期盼能申报成功。届时，我们又能见面了！真高兴！

其实，这部追思短片属于"菜鸟级"的制作，主要是张彦叔叔与祖国共命运的生命之火点燃着观片人的心，尤其感染着同样一起和祖国饱经沧桑的卫老师。

"文革"时，卫老师的家庭遭到冲击。她无意中听到父母在深夜商量：

"都烧了？"

"唉！都烧吧！"

过去的照片，不少是珍贵的历史照片，被付之一炬。所以，卫老师说家中没有存下一张父亲的戎装照，祖父的照片也非常少。

四、"弄门之家"的知青岁月

她本人不能上大学，不能当兵，必须随知青大军，到芒市（旧名潞西县）的乡下劳动。芒市是云南德宏傣族景颇族自治州的首府，距昆明约 700 公里山路。

1969 年 2 月 9 日，卫老师和高中同学 8 人及她们的弟弟 3 人，共 11 人，离开昆明，乘坐大卡车，沿着抗战时修筑的滇缅公路，颠簸了 7 天，到达芒市遮放乡的弄门寨插队落户。知青们先分住在傣家，砍竹子，盖房舍，两个月后建起了自己的"弄门之家"。他们虚心向傣族农民学习农技和傣语，教他们唱歌，很快与其融为一体。卫老师不仅自学了傣文，还办起了适龄儿童的学习班，教授汉语言和汉文字。她和知青同学在住的院子里，开设"学习专栏"。轮到在"家"值日时，每个人要烧饭，做家务，喂猪，负责写一篇日记。

卫修宁（弹琴者）和知青伙伴在芒市河划筏娱乐

卫老师所在的"弄门之家"曾被评为全县"优秀知青集体"。2012 年 12 月芒市政协出版《芒市青春记忆》一书，2013 年 4 月由人民出版社再版，收录了《弄门日记》（共 15 本）中的部分内容，编者给予了"罕见而不可复制的集体原创"的高度评价。

在"弄门之家"的院子里，卫修宁（前排左三）和知青伙伴
在自办的学习专栏前朗读

1969年，"弄门之家"的11位知青在傣乡竹林，卫修宁在第三排左二

《芒市青春记忆》中收录的弄门知青集体日记

知青返城后，和傣族乡亲保持了50多年的情谊，后者到昆明办事，如购农机、买汽车、看病、就业等，他们都尽力帮助，甚至招待住在家中。有一位知青返城后从事医学研究，卫老师和同寨子的两位同学作为志愿者，长期协助他到云南少数民族贫困地区，为老百姓做体检，对症给药，帮助当地县乡医疗机构做健康普查，设立健康档案。自2009年至今，共下乡15次，在芒市、瑞丽、版纳、石林、丽江等地，为傣族、布朗族、基诺族、阿昌族、德昂族、景颇族、傈僳族、普米族、彝族等多个少数民族提供医疗服务。

2019年2月9日，卫老师和鬓发染霜的知青伙伴重返旧地，纪念下乡50周年。他们自驾车，沿着新滇缅公路返回弄门寨。全寨家家户户挂上彩旗，男女老少穿上只在泼水节才穿的盛装，燃放鞭炮，敲锣打鼓，载歌载舞，将他们从村口迎进中央广场。佳肴几十桌，美酒不尽觞。夜晚，知青们和傣族乡亲联欢，歌乐、笑语、掌声……通宵达旦，汇成了欢乐的海洋。

卫老师感忆而言："这可能是我们最后一次回去了。自1969年下乡至今，超过半个世纪，'弄门之家'的知青同学相处得就像亲兄弟姐妹，我们经常聚会，游览祖国的锦绣山河。将来要集体养老！这是一个没有血缘关系又最有亲情的'家'，令许多知青羡慕不已！"

返城后，卫老师并没有受到什么特殊待遇，而一直在普通单位工作。单位离家很远，没有直达的公交车，骑自行车上班往返要两三个钟头。

卫老师的女儿说："妈妈在星星还在天上时就出去上班了，下班到家时，星星还在天上。"

2019 年 2 月，卫修宁（中间排左三）和知青伙伴重返云南芒市弄门寨，纪念下乡 50 周年

卫老师则说："几十年了，我从没迟到过。"

2011 年 3 月，卫修宁在版纳孟遮镇漫恩村为傣族人民做健康普查工作

五、大将之后，默默奉献

作为抗日名将之后，卫老师谦逊随和，为人低调，她居住在普通小区近二十年，没有人知道她的这重身份。但是，为了弘扬抗战和爱国主义精神，她参加并组织了众多纪念和公益活动，如 2010 年参加"重走中国远征军之路"大型爱国主义教育活动，2013 年出席昆明圆通山"抗战阵亡将士纪念碑和安澜塔"修复落成典礼，2015 年参加"飞虎归来暨第二故乡美丽云南"赴美公益文化巡展，在华盛顿阿灵顿公墓祭拜陈纳德将军，并在华盛顿拜望其遗孀陈香梅女士，同年，出席香港中华精忠慈善基金会的"纪念抗战胜利 70 周年纪念会"。2016年，卫老师"重走孙中山救国救民之路"，再往阿灵顿公墓祭拜陈纳德将军，并在路易斯安那州门罗市拜访陈纳德将军的外孙女凯乐威，参观陈纳德航空军事博物馆。2017 年，她为飞虎小学揭牌，2019 年参加金陵园"万朵菊花献英烈"活动。另外，她参与接待了两任美国驻华大使马克斯·博卡斯和泰里·布兰斯塔德博（现任），三任美国驻成都总领事何孟德、谷立言和林杰伟，以及美国国

2011 年 3 月，卫修宁（右三）在版纳勐纳县南欠村为布朗族克木人做健康普查工作

会代表团团长丹尼斯·谢伊，等等。在这些场合，她仍然会躲着记者的镜头和采访。而在其他不相干的场合，卫老师对自己的将门之后身份只字不提，也不愿意以此被人介绍。

她说："我就是一介普通的退休老人，根本不值一提。虽然祖父是赫赫有名的抗日爱国将领，外公、父亲及许多近亲都是为捍卫中华民族利益而做出极大贡献和牺牲的爱国军人，他们的功绩也得到了人民和历史的肯定！但我始终认为，这些荣誉是属于他们的，而不是我的。我要做的是，教育好子孙后代，传承历史，弘扬体现在他们身上的崇高精神。"

以这样姿态出现的卫老师，在抗战老兵及其家人们的心目中，是亲切的、信得过的。他们和她交谈时，往往会流下激动的泪水。

2017 年 10 月 27 日，重阳节，卫修宁到南京参加为百位抗战老兵过"万寿节"的活动，和祖父的贴身警卫罗远跃相遇。罗老毕业于黄埔 13 期，为卫修宁的父亲卫道杰（黄埔 14 期）的学长。2015 年，卫修宁的大哥卫修阳（2019 年应政协全国委员会之邀参加国庆 70 周年庆典）专程自费去安徽探望身体欠佳的罗老。

除了以自己的嘉言懿行安抚抗战老兵，她还参与了繁重的文案工作。她为云南省飞虎队研究会的代表性著作《卫立煌将军与滇西反攻战》提供诸多资料，逐字逐句校对，焚膏继晷，不厌其烦。2020年春节前，我收到她的微信：

> 前天飞虎集团公司请吃年夜饭时，孙会长又把《中美关系史》一书的二校任务交给了我。这次是校全稿（上次是半本）。任务繁重，整个春节假期我都得用上，哪都不能去，春节后交稿。许多聚会我都婉拒了！请多多包涵！微信也不能及时阅读和回应。真对不起！

去年暑假赴昆明时，曾拜见孙会长，得知《中美关系史》是一部大型图文资料汇编，从中国人来到美洲大陆到2020年，时间跨度200多年，可想而知这部巨著的分量和难度。

中国远征军司令卫立煌将军的孙女卫修宁（右）和中国远征军第5军200师师长戴安澜将军之子戴澄东（左）

　　然而，就在这样密集的公益和纪念活动中，卫老师还记得提携晚辈，鼓励
"飞虎丛书"的策划和翻译，并为拙译《上帝是我的副驾驶》（罗伯特·司各特
著）题写了推荐语。

　　司各特毕业于西点军校，曾在巴拿马率领驱逐机中队，在德州和加州空军
基地担任飞行教官。1942年，他担任中缅印空中运输指挥官，飞越具有死亡航
线之称的"驼峰航线"，为中国运送抗战物资。然后，加入了陈纳德的飞虎队，
担任第23战斗机大队队长。他在1942年7月到1943年10月期间，飞行925个
小时，完成388次战斗任务，击落日机13架，位居飞虎击落日机排行榜前列，
是美国著名的王牌飞行员之一，晋升准将。被授予多项荣誉，包括杰出飞行勋
章3次、银星勋章2次、空军奖章3次。《上帝是我的副驾驶》堪称最知名的飞
虎自传之一，曾被好莱坞拍成同名电影，作者还驾机参与了电影的拍摄。

卫修宁（前排左一）和云南省飞虎队研究会同仁欢迎美国世界抗战史实维
护联合会贵宾

　　卫老师以她一贯的朴实和中肯，向中国读者推荐这位空战英豪的纪实之作：

　　　　70多年前，美国飞行英雄司各特及战友来华抗击日本侵略者，曾
　　和祖父指挥的中国远征军一起浴血奋战。他的回忆录是那段历史的有

力见证，颇值一读。

我反复品读着这短短几句的评荐，觉得竟有千钧之重，让我难眠或长久地凝望祖国大地。生活在和平与发展年代的人们是多么幸福啊！在日本侵华的1931—1945年间，中国有5000多万人丧生，占全国人口八分之一以上。国民革命军陆军牺牲或失踪约321万多人，空军损失约4300人，海军几乎全军覆灭，

1943年，罗伯特·司各特在P–40战斗机内（美国空军公共资源照片）

第23战斗机大队的战机为中国驻印远征军提供空中支援（南京抗日航空烈士纪念馆照片）

总计 400 多万将士为国捐躯。在 1937 年到 1945 年的全面抗战中，中国共产党的军队挺进敌后，发动人民战争，据不完全统计，八路军、新四军、华南抗日游击队人员损失共 584267 人，其中伤 290467 人，牺牲 160603 人，被俘 45989 人，失踪 87208 人，付出的代价也非常惨重。而在华抗战中牺牲的 4296 名中外飞行员中，就有 2590 名是美国飞行员（包括美籍华裔飞行员），1468 名是中国飞行员。从 1942 年 4 月到 1945 年 11 月，参加驼峰空运的 2000 多架飞机中，超过 1000 架坠毁，牺牲和失踪的飞行员和机组人员共约 1579 人，其中绝大多数是美国人。

六、为了不能忘却的纪念

司各特等飞行员能成为空战英雄，并写下自己的在华抗战经历，而他们的经历又和卫老师祖父、外公的抗日将领生涯，出现了神奇的交叠；我有幸接触到这些空战英雄及其后代，并把他们有关中国的回忆录翻译出来，奉献给中国人民……这里面包含了多少冥冥之中的契合？我在和平的大地上看到硝烟，在硝烟中看到为和平、为生存、为正义而战的无数身影，看到卫老师一家冲锋其中，枪弹嗖嗖，战机隆隆，骏马嘶嘶，旌旗猎猎，夹杂着那汇入沉沉黑夜的低语商量：

卫修宁老师（左）指着《卫立煌将军与滇西反攻战》书中的照片，对笔者说："这是我父亲。"（2017 年，昆明，庄志霞摄）

"都烧了?"

"唉! 都烧吧!"

然而, 真金不怕火烧, 板荡更识忠诚。当血雨腥风终被强劲的阳光驱散, 英雄的纪念碑即使无法一一在大地上竖起, 也必将矗立在人民心中。

我端详着那一张张老照片, 忽然, 想看看卫老师穿上军装的样子⋯⋯

(若无特殊说明, 本文图照由卫修宁女士提供。)

许渊冲：从飞虎队走出的翻译大家

　　年近百岁的许渊冲，是奇葩，是集渊才和冲劲儿于一身的名士。还有许多人，包括他的夫人照君女士，觉得他是国宝。

　　老两口在北京大学畅春园 70 多平方米的蜗居里，住了 30 多年。许渊冲每天翻译十来个小时，经常到凌晨两三点，将诗词曲赋，翻译成英语和法语，迄今出版了 160 种译著，是中国乃至世界上唯一有此殊能的大翻译家。他的法文

许渊冲展示印有飞虎队标志的图册（笔者摄）

版《唐宋词选一百首》《中国古诗词三百首》、英文版《诗经》《新编千家诗》《唐诗三百首》《西厢记》等佳作，在西方广为赏读，多首译诗被国外的大学选作教材。

93岁，许渊冲获得国际翻译界的最高奖项"北极光"奖，成为该奖项自1999年设立以来首位获此殊荣的亚洲翻译家。

94岁，他被国家文化部推选为2015年"中华之光——传播中华文化年度人物"。

95岁，他热衷翻译几千万字的莎士比亚全集。虽然此前已有梁实秋、朱生豪、卞之琳、方平等优秀译本，可他并不买账。他给自己规定好工作量，每天翻译1000字。夫人喊："吃饭了！"他头也不抬地回道："还没翻完呐，吃什么吃！"

96岁，做客央视当家花旦董卿主持的《朗读者》第一期，忆述年轻时在西南联大暗恋女生，以译诗《别丢掉》赠寄。五十年后他得大奖，昔日女生才回复了五十年前的旧信。"在那时候我也结了婚，她也结了婚，但是回忆往事啊，生活的每一天都能欣赏，有时候失败有失败的美啊！"许老含泪朗读《别丢掉》……这次登台令他圈粉无数。

他的西南联大老同学杨振宁说："他像从前一样冲劲十足，如果不是更足的话。"

一、"三美""三之"，译趣无穷

许渊冲翻译诗词，以"三美"和"三之"而闻名。"三美"即"意美、音美和形美"。把杜甫的"无边落木萧萧下，不尽长江滚滚来"翻译成：The boundless forest sheds its leaves shower by shower; The endless river rolls its waves hour after hour. 把柳宗元的《江雪》（千山鸟飞绝，万径人踪灭。孤舟蓑笠翁，独钓寒江雪。）译成：

Fishing in Snow

From hill to hill no bird in flight;

From path to path no man in sight.

A lonely fisherman afloat

Is fishing snow in lonely boat.

把毛泽东的诗《为女民兵题照》中"不爱红装爱武装"一句翻译成：To face the powder and not to powder the face，等等，皆是广为传诵的许氏神译，浑然天成，手法老道，音韵和谐，给人以莫大的精神享受。

许老崇尚的"三之",即孔子的"知之不如好之,好之不如乐之",在翻译效果上的体现。好的译文不仅要让读者知道原文的意思,还要让他们喜欢上译文,从阅读中得到快乐。而译者本身也获知于译,以译为乐。"三美"是"三之"的前提,"三之"是"三美"的效果。

为了"三美"和"三之",许渊冲差不多天天趴在一张旧的小书桌上用功,或对着电脑输入密密麻麻的译文,用他夫人的话说是"一生如一日,从来没有节假日"。别人看老先生似苦行僧,可他心里却美着呢。他说:"我就是喜欢翻译,翻译对于我就像水和空气。我每天都和古今中外的精英对话,享受着创造的快乐,感到特别陶醉。"

杨振宁对此不禁叹道:"我多年才有一个灵感,而他一天有多个。"

许渊冲和照君伉俪(1959 年)　　许渊冲和照君伉俪在北京大学家中
　　　　　　　　　　　　　　　　(2016 年,笔者摄)

二、诺诺之阵,"大炮"破冰

许渊冲对自己的翻译颇为自信,曾经在名片印上"书销中外六十本,诗译英法惟一人""遗欧赠美千首诗,不是院士胜院士"。如今,他的译著累计已达160 种,不知他会不会更新自我推介?有人批评他王婆卖瓜,他笑着说:"那也要看卖的瓜甜不甜!"

　　他家窗前挂着一幅红底黑字的对联，上书"自信使人进步，自卑使人落后"，是家中雅联中最大的一幅，活脱反映了主人率真、砥砺不休的个性。听他讲话，也是中气十足，咬字清楚，眼睛注视着你，像指挥家一样打出一个个有力华彩的手势——这哪里像90多岁的老人？在西南联大时，许渊冲就有个外号"许大炮"，如今七十多载已逝，许多人或拈花微笑不语，或只道"天凉好个秋"，或"王顾左右而言他"，而他的"大炮"依旧喷射出热情的火焰和智慧的光芒。

　　"我喜欢体育运动，在英国的一次乒乓球赛，我还得过冠军。不然活不了那么久。要全面，才能长寿。现在，我每天骑车个把钟头。还能游泳，但游泳馆的人怕出事，不让我进。"老人像孩子似地笑着告诉我们。

　　"过去折磨我，我也不在乎。说我歪曲毛泽东思想，现在还不都用我的译法？我翻译不是翻字，而是翻译意。'不爱红装爱武装'，'红装'我译成'往脸上涂脂抹粉'（powder the face），'武装'译成'面对硝烟'（face the powder），powder 既表示'脂粉'，也表示'火药'，和'红装''武装'正好对应。毛主席诗中，'爱'和'装'用了两次，我用 powder 和 face，也刚好用了两次……"

　　因为被认为"歪曲毛泽东思想，逃避阶级斗争"，这些妙译曾为许渊冲招来了批斗。当晚，他把在挨批时琢磨出的毛诗词新译，赶紧记下来。

　　"中西文化要平等。外国汉学家，像耶鲁大学的宇文所安（Stephen Owen）和英国的葛瑞汉（Angus Graham），认为中国人不能翻译自己的文学作品。这是没有道理的。如果我错了，我改了。如果你错了，你改。这样文化才能进步。我现在翻译莎士比亚，发现他也有问题。没有人是100%正确的。一代新人胜旧人，长江后浪推前浪，这是必然规律。所以说空前可以，但说绝后不行。文化必须要有后来人。我们都是站在巨人和前人的肩膀上，前人再高，也是站在前人的肩膀上。不然不可能创造未来。"

　　"喝点水，喝点水，"夫人照君女士提醒道。她年过八旬，依旧端庄秀丽，热情大方，讲起夫君来，既敬且爱，还带点甜蜜的嗔怒。

　　"许先生一个月前，上楼时跌了一跤，胳膊上划了几厘米长的口子，可遭罪了。可每天还是要译完1000字。倔得很，倔了一辈子。"

　　许渊冲听话地端起茶杯喝水，清癯的左臂上缠着白纱布。刚才，老先生为给我们找图片，执意要搬动一个个书箱，还用手为我们撑住门，那倔劲儿和老派的绅士气度，是骨子里的，令人感佩！

三、西南联大，投笔从戎

许渊冲出身于江西南昌的书香门第，母亲擅画，表叔熊式一是翻译家，曾将剧目《王宝钏》译成英文，在英国上演时引起轰动，得到了和英国大戏剧家萧伯纳的见面机会。许渊冲念中学时觉得英文不及中文高妙，对之不甚努力，1938年要考大学前，强记了30篇英文经典，居然以第七名的优异成绩考入了西南联大外文系。

抗战时的西南联大堪称中国最著名的高等学府，由北京大学、清华大学、南开大学西迁昆明，联合而成。大师云集，俊彦汪洋。有陈寅恪、钱锺书、闻一多、朱自清、沈从文、朱光潜、梁思成、金岳霖、陈省身、王力、冯友兰、费孝通、华罗庚、林徽因、吴宓等各领域的知名教授300余人。杰出学生更是不胜枚举，杨振宁、李政道获物理学诺奖，邓稼先和朱光亚为两弹一星功臣，汪曾祺是著名作家，彭珮云、王汉斌等人成为国家领导人……

1938年，许渊冲报考西南联大用的高中毕业照

许渊冲在联大外文系，师从钱锺书、朱光潜、吴宓、叶公超等名家，勤勉好学，意气风发。读大一时，就把联大建筑系才女教授林徽因的诗《别丢掉》译成英文，发表在《文学翻译报》上，从此在翻译界声誉鹊起。

更让其译名不胫而走的，是在欢迎陈纳德和飞虎队的招待会上。抗战期间，中国曾一度完全丧失制空权，日机狂轰滥炸，陈纳德组织了美国飞行员、地勤人员、机械师等近300人，来华抗日，短短一年内，摧毁日机约600架，有时一天就能击落日机20多架。而西南联大所在的昆明，正是飞虎队的大本营。

在那次飞虎队欢迎会上，"三民主义"（民族、民生、民权）令翻译卡了壳，会议主持人——国民党高级将领、军委会战地服务团主任黄仁霖，亲自出马，把该词勉强译为 nationality, people's livelihood, people's sovereignty，还是让老美摸不着头脑。当时，许渊冲和联大外文系男生都坐在下面，只见他高高举起了手，朗声翻译道："of the people, by the people, for the people（民有、民治、民享）"，用林肯总统演讲中的名言诠释了孙中山的话，宾主恍然大悟。许渊冲后来揭秘道，他为考大学而强记的30篇英文经典中，刚好就有林肯的这篇演

美国援华志愿队（飞虎队）的部分飞行员

讲。他在中学集邮，有一张美国邮票，左边印着林肯，右边印着孙中山，上面也有林肯的这句名言。

据统计，抗战期间，西南联大有 834 名学生入伍，给飞虎队当翻译，参加远征军和空军。联大委员会委员清华大学校长梅贻琦之子梅祖彦就是其中之一。在凶险的驼峰航线上，超过 1500 名中美健儿血洒长空，其中就有联大的莘莘学子。

四、加入飞虎，翻译立功

谈起怎么给飞虎队做翻译，获得飞虎勋章，老先生依然十分激动，指着老照片，滔滔不绝，仿佛又回到了当年抗日救亡"十万学生十万军"的热血岁月。

"我在西南联大四年级的时候，飞虎队来了。那时不叫飞虎队，叫美国志愿航空队（American Volunteer Group，简称 AVG）。1941 年 7 月 4 日，陈纳德带 AVG 来，帮助中国打日本。陈纳德是上校，在美国是上尉退役。他到中国来，提升到上校，有 81 架飞机，在昆明组成一个大队，他是大队长。但是没有翻译，就公开招考，只招了 30 多个，不够。81 架飞机，每架一个翻译都不够。"

"第一批入选飞虎队翻译的，有我的同班同学杜运燮，是个诗人。巫宁坤也是第一批，他给飞虎队做翻译，获得蒋介石、宋美龄的赞许，宋美龄送给他一块手表，表示奖励。"

　　杜运燮（1915—2002）是九叶诗人代表，其诗作《秋》因为"朦胧"曾被质疑，之后"朦胧"一词却演变成了诗歌史上的专用名词，朦胧派也成了中国现代诗的重要流派。巫宁坤（1920—2019）1943年赴美担任中国在美受训空军师的翻译，后任燕京大学教授，是著名翻译家，英美文学专家，在"反右""文革"中饱经磨难，其英文回忆录《一滴泪》轰动北美。

1942年，许渊冲在美国援华志愿队（飞虎队）做翻译

　　许渊冲是第二批入选飞虎队翻译的。

　　"1941年9月，国民党政府到各个大学外文系，招三四年级男生做翻译。西南联大去了三十几个，都是三四年级男生。不去，就不能毕业。我们班上马次甫，是回民，就没有去。1945年抗战胜利后，他回到北大读书，才毕业，后来到中学教书。"

　　"我们班是1941年10月参加的，都是四年级。全国各大学，如中央大学、复旦大学等，一共出了70多人，联大占了一半。不能都给飞虎队，陆军也要。飞虎队分两组，一组跟军队，一组到招待所。我在1941年11月和12月受训，第一关要搞清飞机的种类和情况，比如美国的P40、英国的水牛、日本的零式……第二关要记住中国、日本、越南、缅甸等国的地名。后来我被分到机要秘书室的情报科，设在昆明巫家坝机场。大队有四个组，G1管人事，G2管情报，G3管作战，G4管后勤。当时，机要秘书是林文奎少校。清华大学毕业后，考入杭州笕桥空军学校，是第一期第一名，宋美龄也奖给他一块手表。他爱国。

后来在台湾做了空军司令。"

"陈纳德办公室在中间，情报科在北边，和陈纳德办公室相对。G1 人事科和 G2 情报科每天 8 小时，G3 作战室 24 小时有人，至少有两个，轮流翻译。陈纳德有两个情报来源：中国情报，由云南省政府主席、国民党滇军将领龙云提供；美国情报，有的来自美国，陈纳德也派人到越南、缅甸搞情报，由专人翻译。"

"机要秘书室有四个翻译。第一个是我的联大同学杜运燮，12 月跟随陆军去了缅甸前线。1 月份我接替他。我的工作有两项。一是把中国方面的情报翻译成英文，交给陈纳德，交情报也不要喊'报告'，敲敲门就进去了。陈纳德不怎么说话，是军事机密，也不能谈。二是把陈纳德给中国的汇报翻译成中文，然后直接送给蒋介石和宋美龄。这些内容我日记里都不能写，要保密。"

1942 年 7 月 4 日，美国援华志愿队解散，重组为美国空军中国特遣队（China Air Force Task）。许渊冲结束了飞虎队翻译的戎马生活，顺利毕业。后到法国巴黎大学学习法语，练就了中、英、法互译的绝活。

许渊冲能报出 70 多年前联大外文系师生照上每个人的名字：有知名教授叶公超、吴宓，有同窗英才朱树飏（翻译家）、杨静如（《呼啸山庄》译者）、吴其昱（法兰西科学研究中心研究员）、黄维（抗战参军牺牲）、杜运燮（飞虎队和远征军翻译，九叶派诗人）、徐璋（飞虎队翻译）……而今，健在者寥寥。（2016 年 8 月，笔者摄）

因为工作勤勉，翻译得又快又准确，许渊冲曾荣获一枚银质飞虎勋章。

当我们请求一看时，许渊冲摆摆手说，"看不到啦，'运动'时都没收了。"

照君夫人笑叹道："他们把好的东西都收走了。"

我们把历经十余年往返中美艰辛摄制的大型纪录片《飞虎奇缘：一个中国记者和他的美国朋友们》的光盘赠给许老，并告知中国中央电视台、近30个地方电视台和美国的中文电视台已经播出此片，现正抓紧拍摄续集。因为这些飞虎老兵都已年届耄耋，时不我待了。许老闻讯甚喜，勉励我们应该把这段珍贵的历史记录下来，这是一件非常有意义的工作。

五、待"敌"如友，光风霁月

许渊冲是一个真性情的人，无论是对师长，还是对学生，甚至是对他的论敌，都是心无城府，坦然相交。

《山西文学》主编、作家韩石山在报上发文《许渊冲的自负》批评他，他写了一篇《是自负还是自信》反驳，投到同家报纸不发。情急下，他找到韩石山，说："要不发在您《山西文学》上吧？"对方居然同意。两人遂成莫逆。许家珍藏的墨宝"春江万里水云旷，秋草一溪文字香"，就为这位不打不相识的忘年交所赠。

许渊冲的随笔集《追忆似水年华》和其续集，回忆西南联大，纪实生动，妙语连珠。新书出版后，他马上寄赠给健在的师友和已故师友的子女们，并写上量身定做的题词。

> 给物理学家杨振宁的题词是：科学是多中见一，艺术是一中见多。
> 给作家汪曾祺的题词是：同是联大人，各折月宫桂。
> 给历史学家、清华大学教授何兆武的题词是：当年春城梦蝴蝶，今日清华听杜鹃。
> 给画家吴冠中的题词是：诗是抽象的画，画是具体的诗。
> 给"两弹一星"元老王希季的题词是：卫星是天上的诗词，诗词是人间的明星。

他也送书给老同学、翻译家赵瑞蕻。两人翻译原则迥异，许渊冲求"美"，赵瑞蕻求"真"。20世纪90年代中期，在全国翻译家和读者参与的《红与黑》大论战中，双方各执一词，肝火旺盛。过后，许渊冲则坦坦然地题赠："五十年来《红与黑》，谁红谁黑谁明白"，令获赠者又好气又好笑。有几次论战太火爆，就连一向好脾气的外语界元老王佐良都动了气，坚决表示退出。可是，许渊冲在会上再见到这位大家时，照样拿出新书送他，请他赐教。王佐良无奈地笑道：
你以后少炮轰我行不行？

许渊冲组织在京联大同窗聚会。左起：中国"两弹一星之
父"朱光亚、翻译家许渊冲、物理学家杨振宁、经济学家
王传纶、两院院士王希季。他自豪地说："这几个人代表
了联大的理文法工四专业。"

许渊冲对钱锺书先生尤其尊敬，特别服膺后者的翻译"化境"说——译文
要看不出翻译的痕迹，如盐化水，羚羊挂角，无迹可求。钱锺书对许渊冲勤译
诗词，也颇予鼓励。他评价许渊冲的英译《李白诗选》，说：太白"与君苟并
世，必莫逆于心耳"。又说他的《翻译的艺术》专著和《唐诗三百首》英译
"二书如羽翼之相辅，星月之交辉，足徵非知者不能行，非行者不能知"。许渊
冲夫妇至今珍藏着钱锺书的16封来函。

"钱先生和夫人杨绛住三里河，以前我们每年都去探望。后来我们也老了，
跑不动了。"照君夫人坦陈道。如今，钱锺书夫妇都已驾鹤西去，让人不胜
唏嘘。

六、情同后生，与人方便

许渊冲多年前一个学生，成了北美英语脱口秀笑星、网红，让我们一定代
为问候。他叫崔宝印，绰号"北美崔哥"。曾受郎平之邀做过女排的随团翻译，
也曾为微软的比尔·盖茨、波音的艾伦·莫利等做过同声传译，创造了一小时

1000 美金的翻译天价。他 20 世纪 80 年代初就读于北京大学国际政治系，上过许渊冲的英语课。崔哥回忆说，许老师上课总带一大摞书，有半人多高。大嗓门，说英语抑扬顿挫，他老是强调："The art of Chinese translation is different from that of European."大意是"中文翻译的艺术不同于欧洲文字的翻译艺术"。崔哥用手打着节拍，模仿许先生，铿锵有力、拿腔拿调地蹦完这句英语，差点没把我们乐翻。

　　许渊冲得知了这位高足的问候，十分惊喜，前倾着身体，连声问他住美国哪里，生活怎么样……照君夫人立刻拿来通讯本来做记录。听说可以微信留言，他便对着手机即兴大声讲道："宝印啊，好久不见了。今天知道你的消息，非常高兴，听说你在美国搞脱口秀，很好啊。中英语言最大的差别是：中文是意大于言，英文是意等于言；中文内容大于形式，英文内容等于形式。你利用这个关系，好好搞脱口秀。我们将来慢慢联系吧。"说完，他又把留言仔细听了一遍，满意地点点头，像孩子会玩了一样新玩具那么开心。

云南师范大学（建于西南联大旧址）制作
的《许渊冲》生平图册

许渊冲知道我们需要一些老照片，事先便准备好了云南师范大学（建于西南联大旧址）制作的《许渊冲》写真集，军装照、游泳照、联大班级照、获奖照、结婚照……有上百张之多。他不仅逐页讲解，还大方地说："这些照片你们都可以用。"

不一会儿，他又找来一张合影：2006 年，他和夫人站在美国自由女神像前，戴着墨镜，既酷又靓。

"这也可以公开？"我们问。

"当然，拿来就是让你们用的。"许渊冲慷慨允道。夫人笑眯眯地默许。

晒照片，秀恩爱——不亚于时尚的年轻人啊。

2006 年，许渊冲和照君伉俪在美国

照君夫人看我们带来许渊冲的译著，善解人意地问道："是要先生签名吗？"

我们腼腆地点点头。

她忙敦促夫君："别光顾讲话，赶紧签名。"

许渊冲便把书平放在腿面上，稳稳地书写着，一笔一画，工整俊秀。然后，左手费力地绕过沙发背，要拉开小书桌的抽屉。

"他还要盖上印。"照君夫人解释道。

我们连忙帮他取来。

老人家又稳稳地盖上印章，印文饱满而鲜红，仿佛一颗跳动着的烫热的心脏。

就凭这签名，盖印不抖的双手，健谈的大嗓门，全无机心的处世，还有多年不渝爱情的滋润，许渊冲让我们感觉：他在身体上虽已步入黄昏，但在精神上却仍是一位如日方曒的勃勃少年，他能译完莎士比亚全集，并能译得尽善尽美，石破天惊。

许渊冲夫妇珍爱的九岁儿童生日
祝福（笔者摄）

七、尾声

不知不觉，访谈两个多小时过去了，已近一点。许先生每天要午睡的，深度睡眠几个小时，醒来后，独自骑自行车溜达一圈。晚上至凌晨，才是他的黄金工作时间。

他的单人床，就在小书桌旁，床头有一把顶端脱落的竹篾扇。

"他像孩子一样，睡下就睡得特别香，醒来眼睛一睁，就起来了。这种人纯真，一睡就着。"照君夫人笑道。想想，也是。

环视他们简陋的小屋，在四楼，没有电梯。满眼除了书还是书，层层叠叠，挤放书架上、阳台上、沙发后、床边床下，还有一只只纸箱内……许先生十来平方米的电脑房，也堆满了放书的牛奶盒，挨挨挤挤。不仅转身有些困难，连走路都容易磕着、绊倒……照君夫人说，这里住的都是北大老教授，教了一辈子书，像他们那样一住就是30年。在20世纪80年代，这一带算是最好的房子。现在如果搬家，就要到很远的地方，远离了熟悉的师生，对于唯一一个孩子在国外的他们二老而言，实在有诸多困难……

此景此言，不禁令我们想起了"斯是陋室，惟吾德馨"，唐代刘禹锡的《陋室铭》所描，岂不就在眼前吗？我们又感到如入宝山，幸会了两位腹有真经的老神仙，他们因陋就简，创造了流传后世的皇皇巨著……并在短短的漫谈中就能赐予丰富的精神食粮，让我们有得，有思，有回味。

我们依依告别出来后，发现畅春园附近、北大西门对过有几家餐馆。择其中一家"老丁烧烤"吃中饭，味道颇可口，不禁点了几样菜，给两位老人家送过去。怕惊扰他们午睡，就留在门卫那里。他们都认识这位 90 多岁还骑车转悠的老先生。我们还在留言条上，附了一首打油诗：

兴至

畅春园向北，"老丁烧烤"美，

闲来可品尝，伉俪情如水。

"大炮"善夜战，雄心破壁垒，

中外交口传，译坛绽奇蕊。

晚上打电话探问，依旧是照君夫人接的电话。许渊冲先生全心翻译，她包揽一切家事，兼当 24 小时秘书。

许渊冲先生（左）在北京大学的家中向笔者（右）讲解西南联大老照片（2016 年 8 月，庄志霞摄）

她说："门卫打电话给我们，说有人给你们送外卖。我们没有订外卖呀。以为是诈骗。看到留条，才明白怎么回事。吓死奶奶了！我告诉爷爷，是你们送的，没有毒，可以吃……"

我们听了，不禁大乐，但又颇为伤感，心疼，乃至心痛。

多么希望，近百岁的许渊冲先生和风雨同舟近六十载的夫人，能住上有电梯的楼房，比现在的70多平方大一点，亮一点，方便一点，可以把心爱的藏书和资料排放开……他不讲究吃穿，生活简朴，于翻译外别无他求，一生孜孜矻矻，把中华民族悠久璀璨的文学和文化推广到了世界，同时让更多的国人走近了世界文化瑰宝。为了这份文化伟业，这头老牛仍在天天奋斗着，甘于"一箪食，一瓢饮，在陋巷"，多年能够把"吃的草"变成"挤出的奶"。我们的社会可以为他创造好一点的生活条件。毕竟像许渊冲这样的奇才和国宝级大家，恐怕只会越来越少了。

（若无特殊说明，本文图照由许渊冲、照君伉俪提供。）

痖弦：建设世界上最大的文坛

痖弦，本名王庆麟，台湾文坛枢纽型的人物，文学组织者、编辑家、表演艺术家，成功大学、世新大学、东吴大学、香港浸会大学等多所高校的客座教授，全球拥趸无数的大诗人。

1932 年，痖弦出生于河南南阳的一个农民家庭，幼承父训，读书习文，喜随父亲的"牛车图书馆"走乡串村，敲锣唤人看书。17 岁上中学时，在战乱中背井离乡，为了一碗红烧肉入伍撤退的国民党军队，被迫远去台湾。1953 年自政工干校影剧系毕业后，服务于海军陆战队。1961 年任晨光广播电台台长，曾在话剧《国父传》中演活孙中山，荣获最佳男演员金鼎奖。

痖弦的朗诵诗集《弦外之音》

　　痖弦曾应邀参加美国爱荷华大学国际创作中心，此后入威斯康星大学，获得硕士学位。除主编《中华文艺》《诗学》《幼狮文艺》等杂志外，他和诗人洛夫、张默组成了台湾现代诗坛的三驾马车，合创现代诗刊《创世纪》，风雨沧桑一个甲子而坚持出版，被作家白先勇雅谑为"九命猫"，缔造了全球华语文坛无法复制的奇迹。

　　自 1977 年起，痖弦担任台湾《联合报》副总和副刊主编二十余年，登载过沈从文、巴金、张爱玲、吴鲁芹、冰心等若干大家的精品，亦积极扶掖新人，其中不少，如席慕容、简媜，也已蔚然成家。对此，痖弦戏曰自己"闻得出天才的香味"。1998 年痖弦从《联合报》退休后，为了利于爱妻张桥桥养病，迁居加拿大温哥华，并把新居命名为"桥园"。

年轻时的痖弦、张桥桥伉俪

一、"诗，有时比生活美好，有时比生活更为不幸"

痖弦位列台湾十大诗人，亦为中国新诗界的一大奇观。从 1953 年发表处女作《我是一勺静美的小花朵》到 1966 年封笔，其诗歌创作生涯不足 15 年，却以一本《痖弦诗集》屹立在华语诗坛。对自己的戛然停诗，痖弦笑称"洛夫是高龄产妇，自己是早年结扎"，或自嘲是"死火山""失败的作家"。然而，实际上，"就整个近百年中国新诗历史而言，痖弦是为数不多的几位经得起理论质疑的、真正彻底的、到位的现代主义代表诗人之一"①。

在痖弦心目中，"诗，有时比生活美好，有时比生活更为不幸，在我，大半的情形属于后者。而诗人的全部工作似乎就在于'搜集不幸'的努力上。当自己真实地感觉自己的不幸，紧紧地握住自己的不幸，于是便得到了存在"②。因此，痖弦就以亲历的各种不幸（被迫离乡、战火、贫寒、独裁、死亡……）为养料，耕耘出一片肥沃、广袤、温暖的诗野，用并不喑哑的琴弦，弹奏了一首首广为传唱的诗之歌。痖弦到台湾后 40 多年才能返乡，母亲病逝前托话："告诉娃，我是想他想死的。"对故土和亲人的含泪思念，让痖弦拨出了民谣抒情风格的悲悯乡歌，如《红玉米》《盐》《坤伶》《弃妇》《乞丐》《水夫》等。

红玉米

宣统那年的风吹着
吹着那串红玉米

它就在屋檐下
挂着
好像整个北方
整个北方的忧郁
都挂在那儿

犹似一些逃学的下午
雪使私塾先生的戒尺冷了

---

① 沈奇. 痖弦诗歌艺术论 [J]. 华文文学, 2011, 104 (3)：52.
② 痖弦回大陆走访 [EB/OL]. 凤凰网视频, 2018 – 07 – 07.

表姊的驴儿就拴在桑树下面

犹似唢呐吹起
道士们喃喃着
祖父的亡灵到京城去还没有回来

犹似叫哥哥的葫芦儿藏在棉袍里
一点点凄凉，一点点温暖
以及铜环滚过岗子
遥见外婆家的荞麦田
便哭了

就是那种红玉米
挂着，久久地
在屋檐底下
宣统那年的风吹着

你们永不懂得
那样的红玉米
它挂在那儿的姿态
和它的颜色
我底南方出生的女儿也不懂得
凡尔哈仑也不懂得

犹似现在
我已老迈
在记忆的屋檐下
红玉米挂着
一九五八年的风吹着
红玉米挂着①

_____

① 痖弦. 红玉米［M］// 痖弦诗集. 南宁：广西师范大学出版社，2016：59－61.

孤岛上热烈的爱情和文艺生活，让痖弦拨出了给至爱的恬美情曲，如《秋歌》《给桥》等，或是悼念恩师诗人覃子豪的哀歌《焚寄 T·H》。

秋歌
——给暖暖

落叶完成了最后的颤抖
荻花在湖沼的蓝晴里消失
七月的砧声远了
暖暖

雁子们也不在辽夐的秋空
写它们美丽的十四行诗了
暖暖

马蹄留下踏残的落花
在南国小小的山径
歌人留下破碎的琴韵
在北方幽幽的寺院

秋天，秋天什么也没留下
只留下一个暖暖
只留下一个暖暖
一切便都留下了①

在台湾的现代主义浪潮中，痖弦留下了向西方文化求火而后复归中华传统的游吟，为自己的精神漂泊设立了坐标。在写下《印度》《伦敦》《希腊》《巴黎》《芝加哥》等驿歌后，痖弦以《我的灵魂》一唱三叹道：

---

① 痖弦. 秋歌［M］// 痖弦诗集. 南宁：广西师范大学出版社，2016：20 - 22.

我的灵魂要到长江去
去饮陈子昂的泪水
去送孟浩然至广陵
再逆流而上白帝城
听一听两岸凄厉的猿鸣

啊啊，我的灵魂已倦游希腊
我的灵魂必须归家
君不见秋天的树叶纷纷落下①

痖弦 17 岁参军，40 多年后第一次返回故乡河南南阳

　　痖弦亦创造了超现实主义的经典，意象密集纷繁，内涵深刻丰富，如论生死的戏剧式的《殡仪馆》、论存在的揶揄式的《如歌的行板》，以及包罗万象的呐喊式的《深渊》："工作，散步，向坏人致敬，微笑和不朽。/为生存而生存，

　　① 痖弦. 我的灵魂 ［M］// 痖弦诗集. 南宁：广西师范大学出版社，2016：246 － 247.

为看云而看云，/厚着脸皮占地球的一部分……"① 对于费解的《深渊》，痖弦
解释道："对于仅仅一首诗，我常常做着它原本无法承载的容量；要说出生存期
间的一切，世界终极学，爱与死，追求与幻灭，生命的全部悸动、焦虑、空洞
和悲哀！总之，要鲸吞一切感觉的错综性和复杂性。如此贪多，如此无法集中
一个焦点。这企图便成为《深渊》。"②于是，《深渊》与洛夫的《石室之死亡》
和《向废墟致敬》、艾略特的《荒原》、贝克特的《等待戈多》等，一起构成了
荒谬无奈的人类现代生存图景。

《创世纪》"三驾马车"之一的张默在《中国当代十大诗人选集》中对痖弦
的诗歌做过比较全面的评价："痖弦的诗有其戏剧性，也有其思想性，有其乡土
性，也有其世界性，有其生之为生的诠释，也有其死之为死的哲学，甜是他的
语言，苦是他的精神，他是既矛盾又和谐的统一体。他透过美而独特的意象，
把诗转化为一曲温柔而具震撼力的恋歌。"③

除《痖弦诗集》外，痖弦编选了《六十年
代诗选》《中国现代诗论选》等，著有诗论集
《聚散花序》（2004）、朗诵诗集《弦外之音》
（2006）、随笔集《记哈客诗想》（2010）和通
信集《两岸书》（2014），主编《众笔汇华章》
（2015）。《记哈客诗想》通过中外名家作品、
访谈及逸闻掌故，勾勒现代诗的嬗变脉络，解
析诗艺的奥秘，是痖弦读书探索的心得成果，
处处哲思睿见，美不胜收。《两岸书》是痖弦
与河南散文家杨稼生从 1990 年到 2013 年的通
信，合 200 多封 20 多万字，友情诚笃，乡情

《痖弦回忆录》

浓郁，内容涉及文、史、哲，具有文化、审美、史料等多重价值。

2019 年，《痖弦回忆录》口述而成。全书含三个部分：双村记、从军记、
创世纪，分别记录了他对故乡河南南阳的记忆、行伍生活，以及交集的诸多文
艺名人，堪称台湾文化圈的联络图。书中对其他各界人事也有所涉猎，呈现了
与蒋经国、孙立人、盛世才等一大批名人的近距离接触。老诗人不疾不徐地叙

① 痖弦. 深渊 [M] // 痖弦诗集. 南宁：广西师范大学出版社，2016：217.

② 痖弦. 中国新诗研究 [M]. 台北：洪范书局，1981：49.

③ 转引萧萧. 痖弦的情感世界 [J]. 中外文学，1979，8（4）：141.

说，平静中有波澜，幽默中有泪水，悲凉中有温热，每一句都动人心弦。

> 回忆我的故乡要从古诗《十五从军征》说起。"十五从军征，八十始得归。道逢乡里人：'家中有阿谁？''遥望是君家，松柏冢累累。'兔从狗窦入，雉从梁上飞。中庭生旅谷，井上生旅葵。舂谷持作饭，采葵持作羹。羹饭一时熟，不知贻阿谁？出门东向望，泪落沾我衣。"诗歌描述的是：一个出征多年的人回乡，家里人都去世了。老房子还在，一片荒凉，他进去看到野兔在狗洞里跑来跑去，雉鸡在梁上飞起飞落。他到天井里煮熟了野菜，却不知道端给谁吃。我读这首诗的时候，大概十二三岁，不相信世界上有这么悲惨的事情。可是现在想一想，我还不如那个《十五从军征》的老兵啊！因为他八十还能归乡，而我却一直飘零在外。年轻时读诗，觉得是文人的夸张，哪里知道这样的命运也会降临到自己身上？！
>
> 我离开家时十七岁了，所以对家乡的记忆非常完整。我的文学创作很多都是围绕着母亲和故乡两个主题。像我诗中的红玉米晒在房檐下、春天来了孩子们在打麦场上滚铁环，都是来自对故乡的怀念。后来我的诗歌写作中断了，我曾想过有一天我再写诗时会写什么，想来想去还是会写故乡。故乡真是一辈子写不完。而且人是越老越想家、越老越想父母。因此，一个人如果有完整的对故乡、慈母的记忆，可能够他写一辈子。当然，根据他年龄不同、艺术技巧不同，会体现出不同的风貌，可这是永不止息的主题。故乡是我永难忘怀的，如一首诗中所写，"你离家这么多年了/怎么还戴着那顶破斗笠/不，那是故乡的屋顶"。现在，在我八十多岁时，我最想写的还是我的故乡回忆。
>
> 我给故乡回忆取名《双村记》——一个村子是我们家的村子，一个是我外婆家的村子，中间差十二里地。我的故乡在河南省南阳县，我从小就在这两个村子间游走，稍大才去了县城。两个村子加上南阳县城就是我对故乡的全部记忆所在。①

痖弦的口述看哭了很多人，也净化了很多人。正如回忆录编辑所叹："静水深流中，汉字发出了奇光。在人生的高处，他，贡献了一部新的经典……"

---

① 痖弦口述，辛上邪记录整理. 痖弦回忆录［M］. 南京：江苏凤凰文艺出版社，2019：1.

二、建设世界最大文坛的基石：博大和均衡

痖弦素怀将华文文坛建成世界最大文坛的构想，呼吁文学多元并存，反对定于一尊。他的最早实践可溯至20世纪60年代，在编选《六十年代诗选》（高雄：大业书局，1961年）和《当代中国新文学大系·诗》（台北：天视出版公司，1980年）时，就开始注意在世界范围内考察华文文学，打破国家疆界，特选了新加坡、马来西亚、菲律宾、越南、香港及美国等地区的华裔诗作。他在执掌《联合报》副刊（1977—1998）期间，感召各地华人咸来参与，率先展示了世界华文文学云蒸霞蔚的初貌。

自1998年移居温哥华至今，痖弦一直热心当地华人的文学活动，同时依然致力于全球华文文学建设。其中，最重要的是于八旬高龄，亲任加拿大华人文学学会的主任委员，践行他把华文文坛建设成世界上最大文坛的宏愿。

上任后，他推动华文文事，策划了由学会同仁林婷婷、刘慧琴具体操作的三部世界性华文女作家文集：《漂鸟：加拿大华文女作家选集》（2009）、《归雁：东南亚华文女作家选集》（2012）和《翔鹭：欧洲暨纽澳华文女作家文集》（2015）。这三部包括168位海外华人女作家的文集，为世界华文女作家吹响了振奋人心的集结号。

2012年，痖弦在温哥华的华文文学论坛上慷慨陈词："文学无所谓中土或边陲、主流或支流，在两岸多地华人文学一盘棋的架构下，华人文坛将成为世界最大文坛。"① 同年，《世界日报》《华章》创刊，痖弦亲任主编，实可谓是他联合全球华人同道、向世界最大文坛进发的又一次远征，蕴含了老骥伏枥的大情怀、大意志、大境界。

在全球华文报纸的文学副刊中，《世界日报》的《华章》以其博大气象、均衡原则和优质水平为世界华文文坛所瞩目。从2012年12月28日起在温哥华《世界日报》上创刊，截至2015年12月25日暂时休刊，每月一期，每期近6000字，共出版了37期。痖弦还将之主编成《众笔汇华章》一书，在温哥华付梓出版。在这块精心耕耘的田园里，活跃着两岸三地及海外的近百位作家、学者、评论家、翻译家。其缤纷的小说、散文、诗歌和评论，适时的书讯和会议报道，蕴藉的书法和图照，真诚的编后语和寄词，体现了一般文学副刊较难企及的艺术高度和相容并包的境界。

---

① 痖弦. 大融合——我看华文文坛［N］. 中国艺术报，2011－03－03.

在《华章》发刊词中，痖弦深情地写道：

> 如果把全球各地的华文文坛加在一起，在一家亲、一盘棋的理念下，我们就有足够的条件为世界华文文学描绘一个新的蓝图，集纳百川，融合万汇。把华文文学建设成世界最大文坛，谁曰不宜？……
>
> 长期以来的发展经验告诉我们，不管多么大的文学目标都要从本土、在地的基础上做起。很幸运的，在《世界日报》鼎力支持下，《华章》创刊了。她虽然只是个小小的文学专版，但她却是怀着宏大的文学理想诞生的。①

统观《华章》全部作品，不仅可以看出痖弦为实现此番宏愿的亲力亲为，脚踏实地，更可以看出《华章》延续了他当年主办《联合报》副刊的"三真"路线（探讨真理、反映真相、交流真情），体现了在均衡中追求博大的编辑理念。对此，痖弦进一步解释道：

> 博大，一般多是指涵盖面的广阔，但其真正涵义，应该在于内蕴的丰厚，以及多元条件综合下的汇集交融；一种内在的沉潜与静穆，才是博大真正的本质……博大应该是和谐的、素朴的、没有躁动，没有占取，没有征服。在宇宙万物的多样性和变化性中，创造内在的有机生命，在一个和谐的统一体中，使各别的殊相既可以保持鲜明的独特性，又可以表现出一般共相的整体性；它是一种寓杂多于统一的演化过程，没有杂多，统一就趋于单调，没有统一，杂多就失之散乱……
>
> 文学的进展每每来自不同思潮的冲撞与激荡，最后才达到交汇与融合的境地。因此，在多元相融、异质兼蓄的条件下所形成的主题论述，才是可大可久的。报刊的编辑和文艺活动事务工作，永远是一个理性的工作，而其中的真义，也可以用均衡的观点来解释。对于一个诗人、作家、艺术家，均衡可削弱了他原创的力量，但作为一个编辑人，一个文运的推动者，都必须是理性的、中庸的、均衡的。我们乐

---

① 痖弦. 为世界华文文坛添砖加瓦——掀起《华章》的盖头来 [N]. 世界日报, 2012 - 12 - 28.

见一个狂热的极端的诗人，他可以写出激情的诗篇，但一个狂热的极端的编辑人，那是令人无法想象的事！一个理想的学术刊物或报纸文艺栏，唯有在均衡的取向下运作，才能有所建设。①

痖弦先生在诗歌朗诵会上（2015 年 9 月 24 日，温哥华）

这不正应合了"各美其美，美人之美，美美与共，天下大同"之大道吗？怀此襟抱，博大、均衡而丰美的《华章》自然会应运而生！

三、大美兮，华章

在痖弦博大和均衡理念的指导下，《华章》展加拿大华文文学之菁华，呈世界华文文学之锦绣。

它荟萃了加拿大华文文学的精英，代表了加拿大华文文学的新成就，既是加拿大华文文学得以继续开花结果的一方沃土，又见证了加拿大华文文学成长过程中的薪火相传，生生不息。在《华章》的 89 位作者中，加拿大有 42 人，在作者人数中近半，老中青三代集体亮相，诗文、小说和评论各擅胜场。

年逾八九旬的诗文耆宿灵思矫健，笔力千钧，如叶嘉莹的《贺〈华章〉赋七绝二首》和《传统诗、诗传统》、洛夫的《晚景》和《在北美的天空下丢了

---

① 痖弦.《含英咀华集——林楠评论集》序［N］. 环球华报，2016 - 08 - 12.

魂》、痖弦的《为世界华文文坛添砖加瓦——掀起〈华章〉的盖头来》、汉学家兼作家马森的《一群人，一个信念、一个时代》、儿童文学家阿浓的《安心做个说故事人》，传递了老一代大家对中华文化传统的坚守和勠力传承的殷殷心愿。《华章》编委会中的文坛前辈亦在默默奉献，作家兼翻译家刘慧琴阐释加拿大诺奖得主艾丽丝·门罗的《"逃离"还是"面对"》、中英双语作家林婷婷凭吊湖北古战场的《赤壁随想》、作家兼评论家林楠描述西人中华情结的《好友皮特》、散文家文野长弓感喟夜航鸟瞰的《千江有水千江月》……均是品之甘醇、思之高远、释之难忘的佳作。手握加拿大华文文学接力棒的中青年作家们，带着母国的生活和文化给养，经过移民十几年甚至更长岁月的积淀，步入了创作旺盛期，量多而质高，而且往往带有海外华人跨界生存的世纪回响。比如汪文勤、张翎、曾晓文、陈河、宇秀、笑言、江岚、郑南川、陆蔚青、陈苏云、申慧辉、吉羽、孙白梅、章云等在《华章》上的作品，都可谓是思情并茂、耐人回味的短篇佳构，代表了加拿大中青年华人作家相当不俗的水平。

老中青联袂创作的佳话，还当属黎全恩、丁果和贾葆蘅合撰的长文《写在〈加拿大华侨移民史〉出版之际》。黎全恩是加拿大勋章获得者、维多利亚大学历史系教授，有"唐人街之父"美誉；丁果是加拿大资深新闻人和时论家；贾葆蘅以历史小说《嘉靖王朝》《弘治皇帝》和移民小说《移民梦》初步加拿大华文文坛。三人合著的《加拿大华侨移民史》达百万字，从四十载钩沉、走访所得的浩繁史料中精化而出，乃加拿大华人移民史研究的丰碑。另外，在《华章》上，加拿大西安大略大学吴华教授的长文《下个项目你准备做什么呢?》，既是对恩师、著名汉学家米列娜的深切缅怀，亦表现了中加学界大家对青年才俊的爱护和锤炼。

《华章》不仅令人得窥加拿大华人文学的山阴道景，还徐徐展开了一幅世界华文文学的山水长卷，来自五洲四海的作家、诗人、学者、评论家和翻译家各展其才，采丽竞繁；各抒己见，嘤鸣唱和；各坦心迹，情真意切。《华章》的89位作者中，除了加拿大籍作者42人外，其余为美国12人、中国大陆22人、中国台湾5人、中国香港2人、东南亚3人、欧洲2人、澳大利亚1人。彭歌、陈若曦、余光中、黄碧端、王鼎钧、刘再复、刘剑梅、刘荒田、王性初、赵淑敏、赵淑侠、严歌苓、陶然、朵拉、陈思和、陈贤茂、陈骏涛、曹惠民、黄万华、刘登翰、赵稀方、刘俊、王红旗、李良、李文俊、朱虹、高兴等名家，纷纷执笔，笔酣墨饱，每一篇文章都可谓生命、才学和思索的结晶，给读者以感性、知性、审美的多重满足。

这里有对华人文学研究热点问题的探讨，对学科建设历史的回顾。比如，对于"世界华文文学"内涵和外延，海内外学界长期莫衷一是。在"名家谈华人文学之我见"专栏中，《华章》就推出了陈贤茂的《海外华文文学的前世、今生和来世》、黄万华的《百年海外华文文学经典化之我见》、陈思和的《旅外华语文学之我见》、赵稀方的《华人文学研究之定位》、刘俊的《跨区域跨文化存在的文学共同体》等力作，反映了中国学界突破了中国文学的中心定位，同时在中心游移的情况下，竭力欲把华人文学的研究范围科学化、精准化和国际化。而陶然的《契诃夫的话》、曹惠民的《草色入帘青》和刘登翰的《我们为什么研究华文文学》则结合自家身世和治学道路，娓娓叙来与华文文学的一生因缘，为了解华文文学研究从何处来、往何处去，点亮了一盏明灯。

这里有饱经沧桑巨变后依旧滚烫的赤子情怀，依旧执着的信念持守，令人掩卷长太息。《中央日报》前社长、小说家、散文家和翻译家彭歌在《有情》中对老友痖弦八旬主持《华章》，以用翅沾海水的鹦鹉救须弥山大火喻之，凄美、悲壮而华严。中国社科院外文所研究员、波士顿大学教授、翻译家朱虹在古稀之年健笔写下《我的猪娃不尿炕》，回忆下放五七干校，和李健吾老先生精心养猪，庄谐互现，流露着女性知识分子特有的坚韧、融通和幽默。无独有偶，中国社科院文学研究所研究员、著名评论家陈骏涛，亦撰长文《人格的魅力》追忆该所的几位前辈学者：坦诚正直、包容厚德的何其芳老所长，古道热肠的布衣学者吴晓铃，学贯中西而睿智淡泊的钱锺书，当年小字辈的他曾和他们一起在干校劳动，同室作息，感受荒诞岁月的人间温暖，以及那种超越党派、阶级、地位之上的风骨。《世界文学》总编、东欧文学专家高兴的《春节心情》是文，亦是诗，声声爆竹震动了书斋的空气和思乡的心弦，却打不断他日渐沉迷的漫读，天涯知音玛格丽特（Margaret）除夕寄来的薰衣草照片成了最好的祝愿。"友人带来了雪意和五点钟。"卞之琳的诗油然升起，阳光照亮了他写下的每一个汉字，每一缕情思。

这里留下了作者们行吟世界的屐痕旋律，多国的风光变幻闪烁，各族裔的身影斑驳穿梭，不同的文化争奇斗艳。中国姜健的《西藏的气质》、美国张纯瑛的《圣托瑞尼看日落》、美国王性初的《"花旗"杂碎》、美国赵淑敏的《味美在心境》、马来西亚冰谷的《早起的鸟儿》、欧洲丘彦民的《极品客人》等，不仅状描异域风土人情如在眼前，而且表现了超越族裔自我的旷达。中国知名翻译家李文俊的《艾丽丝·门罗》、施小炜的《与村上文学的三次交集》、评论家方向真的《重温雨果大手笔〈九三年〉》、马来西亚何乃健的《跨越荆棘迈进的

《世界日报》《华章》创刊号（2012 年 12 月 28 日）

马华文学》、欧洲赵淑侠的《走近欧澳纽华文文学》、台湾黄碧端的《世界公民的天涯写作》及美国刘再复、刘剑梅父女合写的《高行健莫言风格比较论》等，则记载了世界多语种文学传播和解读的光脉留痕。

为《华章》文本烘云托月的精选图照，往昔的，今朝的，风景的，人文的，交映着洛夫、董阳孜、薛平南、何怀硕、谢琰、古中、沈家庄、庄伟杰等书法家的刊头题字，仿佛令读者置身于美不胜收的艺术博物馆，善哉，妙哉！而所有这些大气的艺文篇什，以对多元文化予以理解和尊重的世界文化意识一以贯之，昭示出人类跨越国族平等交流的理想境界。

而《华章》的这种辽阔，这番高华，这派大美，若是没有痖弦在全球华文文坛的巨大感召力，恐怕难以在这短短三年形成。他甘为世界华文文坛添砖加瓦恪尽绵薄，以共享的源远流长的中华文化为根基，以对文学的挚爱为纽带，以"一家亲，一盘棋"的理念凝聚了散落在全球各地的写作华人。

痖弦（左）和美编刘又慈编排《众笔汇华章》（2016 年 8 月，温哥华）

四、一点花絮

痖弦自云是"失败的诗人，成功的编辑"。做了大半辈子编辑，他对工作一向是从严要求，取法其上，而对被他编辑的人则宽宏仁厚，耐心地玉成其事。作为《华章》的掌门人，他善待每位作者，每篇来稿，但把关非常严格。主编

"联副"的那些年头，他曾用四个工作日找出两个校对上的错误，自道编辑的工作是神圣的，找出错误是对于语言文字尊严的捍卫。他潜心点评，交予作者，修改往复，有"三载通信，终发一稿"之佳话。《华章》每一期的稿件经执行编辑预审、编委会复审后，会由他亲自过目，斟酌定稿，细到商定按语、配图、照片、排版等许多具体琐碎的工作。他曾不止一次地感慨道："好像又回到'联副'上班了。"他是恢弘文学蓝图的总设计师，却也乐做小工，坐在计算机前，和美编一点一点抠出《华章》的编排……

痖弦的"严"令人服，痖弦的"宽"令人敬，执两端而达平衡者，乃痖弦式的诗意幽默，令闻者异常受用。比如，《华章》的一些来稿虽然出自名家之手，有时却未达到名家应有之水平，对于编委会的求询，痖弦答复得既诙谐又严肃："名家的庸作不登不好，登了更不好。"笔者参加《华章》编委会为他举办的庆生宴，他笑呵呵地说："你叫庆庆，我叫王庆麟，你来得好啊，我们可以普天同庆了。"

加拿大华人文学学会为痖弦先生庆生后合影（2015 年 8 月 29 日，温哥华）
左起：林楠、宇秀、文野长弓、辛迪（Cindy）、刘慧琴、《世界日报》总编韩尚平、痖弦、傅红妹、林婷婷、笔者

痖弦还讲过一个笑话："我有一种能力，能闻到天才身上的香味。因为当编辑当太久了，像个老园丁一样，看见一个小苗，就知道能不能成才；又像一个

老矿工一样，低头拈一拈土就知道 300 米以下有没有矿藏。有个男生听我这么说，就把脏兮兮的脑袋伸过来让我闻，看他身上有没有天才的香味。我笑着说：我说的是闻稿子，不是闻脑袋。"

（本文图照由加拿大华人文学学会提供。）

杨毓骧：从远征军士兵到民族学家

　　施甸，云南西陲保山市辖下的一个美丽县城，位于怒江东岸，静卧在怒山峡谷的怀抱里。气候温和，林木茂密。全县总人口约 35 万，近 10% 为少数民族——彝、回、傣、白、傈僳、佤等 26 个民族怡然杂处，还有中国人口较少民族——布朗族的聚居地。施甸县距保山市 60 公里，距云南省会昆明 654 公里。

杨毓骧和他的手迹

在流经县境 100 多公里的怒江沿岸，密布着滇西抗日江防遗迹群、惠通桥等抗战遗址，碉堡、掩体、阵地、战壕、炮坑、弹洞……无声诉说着风雨侵蚀不掉的烽火记忆，江涛上数毁数建的惠通桥曾是中华军民浴血抵御日寇进逼昆明的咽喉要道。

本文的主人公杨毓骧，就是从美丽而又饱经战火的施甸走出，成为光荣的中国远征军一员，退伍后，又踏上民族学研究的漫漫拓荒之旅，用枪、用车、用笔，书写了他 90 多年坎坷而壮丽的人生，此前不曾有，以后恐怕也不会有。

2018 年 6 月中旬，凉爽舒适。我们来到杨老的家中，老人早就准备好图文资料，安详地等待访拍了。他穿着休闲的正装——绛紫的衬衫，深蓝的开襟薄毛衣，配上咖啡色长裤，显得精神又帅气，当年青年远征军人的英爽和多年民族学研究积淀的儒雅，和谐地统一在他身上。杨老背虽然有点微驼，但行走并不吃力，在挤放着书架、书桌、书箱的小房间里，挪移取书，颇为自如熟练。他眼神清静，面容慈祥，似乎每一条皱纹都散发着暖意。竹编扶手椅磨得发亮，墙上贴着一张海报：其上，一面红旗如火，把"勇士国魂"四个草字映照得分外苍劲壮美。

摄影师彭建清老师，兼任云南省飞虎队研究会的秘书长，是几十年前对越自卫反击战老兵，曾在越南战场上命悬一线。其父彭兴开上士，打过著名的昆仑关大捷，是中国远征军第 200 师戴安澜师长的部下，1942 年开拔缅甸打仗，后来翻越野人山，九死一生回到国内。彭家父子兵、两代出国战的卫国事迹，振动着杨老的心弦，让他复又回到遥远却又刻骨铭心的烽火岁月。他用带有滇西口音的普通话，加上手势，轻声慢语地忆述着……

一、保山的"黑色星期一"

杨毓骧，1926 年 1 月 25 日出生在云南施甸县仁和镇的一个书香门第，家有良田房产。祖父为孙中山同盟会的成员，是辛亥元老、爱国名士李根源的部下，父亲也是进步的知识分子。儿时的杨毓骧，生活富足，无忧无虑，热爱读书。但是，日本的侵华战争彻底改变了他的命运。1938 年冬，日机的魔爪伸向了保山，狂轰滥炸，百姓惨遭屠戮。日机的淫威，直到 1941 年下半年美国援华志愿队（即"飞虎队"）入驻云南后，才得到遏制。保山也修建了飞虎队的驻地和机场。但是，飞虎队战机以少斗多，补给严重不足，有时也难挡鬼子的疯狂反扑。

1942 年 5 月 4 日，"黑色星期一"，是保山历史上最凄惨的一天。

这天是五四青年节，保山的主要中学——保山一中、胜利中学、华侨中学都在举办纪念活动，操场上涌动着风华正茂的学生。这一天又适逢大集，四乡八野的村民挑担赶车，汇入保山县城，络绎不绝，人群熙攘。沿着滇缅公路流亡的难民、兵卒，也在保山县城麇集滞留。

没有刺耳的警报……

没有往常升起的警告空袭的红色灯笼……

上午9点，当空中传来巨大的轰鸣声时，人们仰头观望，以为是保护他们的飞虎战机，却见27架贴着膏药旗的敌机呼啸而来，炸弹如雨倾泻。第一波大轰炸过后，11点，第二波27架日机继续轰炸。惊慌失措的人们纷纷找地方躲藏，可是哪里来得及？一时间，整座县城烧成了火海，到处残垣断壁，血肉横飞。这次轰炸造成了保山五六千人死伤。

很多师生遇难。杨毓骧回忆道："保山中学段校长和30多名同学被炸死在操场上，40多个女生在宿舍里没跑出来，无一人生还，还有一所中学，初中和高中有300多名学生都没了……我那天恰好回了一趟家，才侥幸捡了一条命。轰炸结束几天后，我路过保山，县城千疮百孔，尸体的臭味一公里外都能闻到。"

"轰炸当天，飞虎队有两架飞机紧急升空，有一架和27架日机打，自己被打下了，飞行员落在保山城郊的水沟里。"

"日本人还从飞机上投下细菌弹，受感染的人上吐下泻，治不好，就死了。细菌也蔓延到我的家乡，6月的三更半夜，我听到邻居在敲铜锣，就是在悼念死去的亲人。根据统计，到6月份，保山在细菌战中已经死了6万人，到了当年年底，滇西地区——保山、大理、龙陵、下关、芒市这一带，在细菌战中总共死了12万人。"

杨毓骧当时在保山省立师范附属中学读书，学业优秀，能文善诗。每逢日机轰炸，他就和同学往学校附近的山洼洼里跑。为了安全，祖父托时任云贵监察使署的李根源，将杨毓骧送到昆明避乱，上学。杨毓骧带着祖父的亲笔信，在保山的卧佛寺见到了李根源。保山遭"黑色星期一"大轰炸后不久，1942年5月28日，李根源即从昆明迁住保山卧佛寺，主持军民抗日动员大会，誓与保山共存亡。他说："保山若沦陷，我就跳龙王塘！"

杨毓骧解释："龙王塘就在卧佛寺旁边，李先生这么说，坚定了保山誓死抗战的决心。这对我的震动太大了！保山要是沦陷，昆明也就危险了……"

李根源感念他是同盟会的后代，勉励他努力学习，报效国家，并派人将他护送到昆明。

在昆明，杨毓骧先后就读于南英中学、国立西南中山中学。

保山博物馆内，模拟再现遭日机轰炸的保山县城 （2017 年，笔者摄）

二、学子赴印练成汽车兵

1944 年 9 月 16 日，国民政府第二次组建中国远征军，奔赴缅甸、印度等地作战，蒋介石为此发表了"一寸河山一寸血，十万青年十万军"的讲话，号召知识青年从军抗日。政府还出台政策，重视学生军，给予比普通士兵高的待遇，并承诺保留学籍，退伍后可继续上学、升学。

杨毓骧那年读高三，18 岁，刚好符合参军年龄。就读期间，杨毓骧的经济来源就断了，当时住在他上铺的一个马来西亚同学，也是如此。于是两人商量后一起发动同学参军。杨毓骧和所在中学的 60 多名同学，就像西南联大的 800 多名大学生一样，慷慨激昂投笔从戎了。

当时，中国青年军二〇七师招收士兵，杨毓骧没和家人说，就报名进入北教场大营地。集训了 20 多天后，二〇七师挑出 2000 多名高中以上学历的新兵，到印度接受同盟国机械化部队的培训。杨毓骧想到第一次走出国门，可以苦练本领，荡平日寇，还可以欣赏到自己喜欢的印度歌舞，不由得心花怒放，异常激动。

杨毓骧绘声绘色地描述着出征那天的情景："1945 年 2 月 5 日凌晨 4 点，星星还挂在天上。我们 500 人从北教场步行到巫家坝机场乘飞机。经过护国路、民航路，路边静悄悄的，只有我们行军的脚步声。几盏油灯光从破旧的民房透出来……机场里停放着一排排轰炸机、运输机等军用飞机。"新兵整齐地坐在草坪上静静等待。东方泛白了，每50名新兵登上一架运输机。什么都不准带，空手上飞机。杨毓骧乘坐的飞机先在昆明城上空绕了三圈，才掉头向西飞去。

机舱里没有板凳，大家直接坐在舱板上。杨毓骧挨着舷窗，俯瞰着祖国的大好河山。他辨认出了澜沧江、怒江、太子雪山。飞机在雪山冰谷间上下穿行，他看到了无数坠机残骸连绵而成的"铝谷"，反射着太阳的强光。在驼峰航线运行的三年（1942—1945）内，近3000名飞行员和机组成员牺牲。其中，美国飞行员牺牲约1500人，2100架美国飞机中1400多架坠毁，失事率高达70%。前后总共拥有100架运输机的中国航空公司，有48架坠毁，失事率近50%，牺牲飞行员168人。印中联队驼峰空运总指挥藤纳将军说："二战期间，在两个同盟国飞行，飞机损失率竟会超过对德国轰炸。这，就是驼峰航线！"因此，每飞一次驼峰，都相当于一脚踩进了鬼门关。

为了节省开支，也因为贫穷，中国远征军士兵的装束非常简陋，单衣、草鞋，有的甚至仅穿一条裤衩，在飞机过冰寒高原时，缩成一团，瑟瑟发抖。

杨毓骧把新军装留给了昆明"很脏的伙夫"，穿着破旧的军装，忍受着驼峰飞行的严寒和不适。"后来，飞过了雪山，我看到了草原，不是草原啊，是一片片茶园。还有在建的雷多公路，上面跑着一辆辆卡车。"

经过三个多小时的飞行，飞机在中午降落在印度汀江机场——二战中最繁忙的空运枢纽之一。下到地面，学生兵们才渐渐暖和起来，揉着被飞机震得听不见的耳朵。他们按指令脱下全身衣服，扔进大坑，焚烧。当他们洗完热水澡，崭新的黄色卡其布制服、白色内衣裤、绿毛衣、毛袜、毛绑腿、灰色帆布腰带、黄色胶鞋、崭新的毛毯，已经在整齐地等着他们。

"大家换上驻印军制服后，都变成了非常漂亮的小伙子，精神抖擞，欢欢喜喜。"杨毓骧展示着穿着新军装的留影，兴奋地说。

在汀江住了三天，杨毓骧等新兵坐上小火车，奔赴印度北部军营兰姆伽。中途火车上轮渡，过一条大江，新兵们一个一个跟着，安静有序，军容齐整，士气饱满。在场的美军联络员发文向国际媒体报道，"罕见的中国远征军纪律严明"，不久就在盟军中传播开来。

两天两夜后，这批学生军到达兰姆伽训练营。1942年，新一军军长孙立人将军带领第一批远征军到达印度，已经在此建设了营房，设施完善，甚至还有游泳池。

按照总部指示，在掌握机械化坦克、装甲车之前必须学会驾驶汽车，于是500名学生兵和后来空运来的青年兵在兰姆伽基地编入"中国驻印军总部暂编汽车一团"和"暂编汽车二团"，每团千余人。杨毓骧、董刚等25名西南中山中学的同学分在暂汽一团一营二连。团长简立，湖南人，年约35岁，据说与孙立人将军同毕业于美国弗吉尼亚军校，少将军衔，能讲一口流利的英语，皮肤白净，戴眼镜，被部下称为"儒将"。他带领的这个团有1000多名士兵，其中600多名是大学生，400多名是高中生。不一

中国驻印军汽车兵杨毓骧
在印度基地拍摄的军装照
（1945 年 4 月）

般的团长和不一般的士兵，给杨毓骧带来了刻骨铭心的远征驻军记忆。

简立团长根据士兵愿望，由各连推选出一名士兵做代表，成立"士兵委员会"，凡有关士兵的供给、膳食、被服、邮政等事宜，都由"士兵委员会"参加团部军需处管理，透明开放，没有腐败舞弊。

"士兵委员会"还办有全国性的"天声服务社"壁报。"天声"由简立团长命名，意为"振大汉之天声"。他谱写的《暂汽一团团歌》在全团传唱："男儿快意着先鞭，投笔从戎志最坚。出国远征何壮伟，飞越喜马拉雅山之巅。铁轮电掣机械化，利兵坚甲永无前。浪涛翻热血，勋业著青年。气盛吞三岛，雷辙震九天。祖国复兴，世界和平。唯我中华儿女，重任寄吾肩。"

各连组织篮球队和排球队，经常举行友谊赛，团部还组织歌舞晚会、电影晚会和学术报告会。学术报告会由大学生们演讲，杨毓骧记得云南大学生物学专业的学生讲了一场题为《兔子的生理技能》的报告，开始大家都觉得这个题目与机械化战斗无关，但后来去了缅北热带丛林，发现整日与毒蛇、蚂蟥、蚂蚁作战，才后悔当初没有认真听讲。

还有一次，全团士兵被集合起来去看电影，放映的竟然是如何正确使用"安全套"，士兵们大吃一惊，但很快都认真地看下去。"团部发的物资品里也有安全套，虽然我们用不上。后来换了一个团长，他对美国人说，我们不需要这东西。从这件小事，大家就感觉这个人对其他事情也不会民主了。"

"暂汽一团"被其他部队戏称为"民主团"，军官们都严禁"暂汽一团"士

兵到他们的军营拜访，也禁止他们的士兵去"暂汽一团"参观。士兵们之间也少往来："我们都是大、中学生，素质高，我们不愿意去其他部队，其他部队的也不想来我们这里。"

暂汽一团要接受严格的汽车驾驶训练和军事训练。教官是美国人，每天上午，新兵们学习汽车结构、基本原理、驾驶要领，观看电教片，下午进行实驾训练。一个月后考试不合格，则遭淘汰。

训练一个半月后，杨毓骧已成为考核合格、技术过硬的汽车兵。司令部命令暂汽一团派三个连把军用物资从兰姆伽运送到印度海港城市加尔各答。这是一次难得的外出机会，各连都争着去，团长只好召开全团大会，由连长抽签决定。"我们二连连长侥幸抽中，全连士兵顿时向天空抛衣丢帽，欢呼若狂。"杨毓骧回忆，"每个人都把黄卡其布军装熨烫得笔挺，准备了两天的给养，有牛奶、饼干、牛肉罐头等，还发海军牌香烟，整洁的卫生纸。一切准备妥当后，在一个星光闪烁的凌晨，每两人合作驾驶着一辆 GMC 军车，直接驶向比哈省宽阔的公路上。"杨毓骧和来自浙江的张志正搭档开车。张志正因为个子高，外号"大块头"，而杨毓骧个子矮，被称为"小块头"。因为疲劳驾驶，张志正打起瞌睡来，杨毓骧赶紧叫他："快醒醒，要出大事的！"在加尔各答，杨毓骧和几个战友乘坐双层电车游览市区，繁华的市区给爱好文学的他留下了深刻印象，一个大胆的念头突然跳出来："当逃兵，去印度国际大学上学，听说文学泰斗泰戈尔就在那里任教。"不过这个念头一闪而过："逃兵被抓住就枪毙，已经枪毙好几个了。"

退伍后，杨毓骧和张志正等战友就失去了联系。2005 年，媒体对杨毓骧老人的报道被张志正的儿子看见了，张志正惊喜地说："我们认识！我们同一辆车！"2013 年，在志愿者的帮助下，张志正从杭州远赴昆明，和分别 70 年的杨毓骧团聚，两位耄耋老兵你一言我一语，激动地描述了当年并驾齐驱的情景和军中往事。

1945 年 5 月，杨毓骧所在的暂汽一团、二团奉命全部撤出兰姆伽，进驻印缅边境的雷多（又译列多）。中国军队第一次远征赴缅作战，失利后撤退经过野人山，死伤几万人。缅北的原始森林这时正由中美工兵赶建中印之间的雷多公路，这是继滇缅公路后的又一条陆路国际通道。杨毓骧、董刚、张志正和他们的部队颠沛于印缅之间的战略通道上，一次次冒着枪林弹雨为前线士兵运去弹药、补给。而不久，中国驻印军将士勇闯野人山，击毙日军精锐 18 师团 114 联队敌人 110 余名，俘敌 8 名，首战告捷，揭开全面反攻缅甸的序幕。

在原始森林里，时常有蟒蛇出没，猴子也经常来偷吃士兵们的饼干。晚上站岗的战士很害怕大蟒蛇出来，因为大蟒蛇曾把站岗战士整个吞下。后来用坦克碾死大蟒蛇后，蛇肚里还有钢盔。

除了环境的险恶，杨毓骧还讲起了一件趣事。"我们经过野人山时，听说一个士兵被野猩猩抱到了很高的大树上，一个母猩猩喂椰果给他吃。就这样度过了七八天后，一天，巡逻部队经过那棵大树，野猩猩不在，那位士兵大呼救命，巡逻队这才把他救下来，送到野战医院医治。"杨毓骧听说此事后，还特意赶到医院准备访问这名士兵，但他已经出院了。"后来我从事人类学民族学研究，这件事我仍一直记在心里。"

三、坚决不打内战

1945 年 7 月 7 日，杨毓骧所在的中国驻印军暂汽一团接到命令，从印度雷多驾驶军车赶回昆明，受到杜聿明将军的亲自接见，驻昆明西郊普坪村、车家壁一带民房。西南联大领导和教授张奚若、费孝通等，前往车家壁看望联大同学。7 月 29 日，联大校领导隆重召开欢迎会，听取同学们在印度军营的遭遇，在座的袁复礼、张奚若、闻一多、冯友兰等教授发言，鼓励同学们继续服务，不辜负国家和民族的期望。

部队在昆明待命，准备飞往菲律宾，配合盟军，参加东京登陆战。"大家情绪很高，'打到东京'的口号每天喊几十次也不累。起飞前两天，8 月 15 日，日本人投降了。那几天，昆明鞭炮声响个不停。巫家坝机场的探照灯交叉射向夜空。我们都兴奋得睡不着觉。"

日本投降日后第二天，暂汽一团每人发一套新军装，这个细节引起了杨毓骧的注意："因为每次打仗前，待遇就要变好一些。"1945 年 12 月 1 日，昆明爆发联大领导的"一二·一"爱国民主运动，揭露国民党发动内战的阴谋。暂汽一团士兵也以不同方式表示对学生的同情与声援。国民党军部早已发觉暂汽一团士兵与联大战友的情缘，迅速将暂汽一团改编为"中国陆军辎汽十四团"，又从社会补充 500 名驾驶兵，调拨军车，于 12 月 21 日装运军火，驶抵衡阳。杨毓骧说："虽然目的地没有公布，但车上拉的都是炮弹，车队到了湖南衡阳，我们每个人都意识到，肯定是去东北了。"

在衡阳发生的一件事令杨毓骧终生难忘，记忆如昨。他们邂逅了投降的日本兵，有一个汉语非常流利，问他们是什么兵。杨毓骧几个说是中国驻印军。日本兵听见后肃然起敬，用汉语讲，我们最精锐的 18 师团全被你们消灭了，你们厉害啊。最后，他说，二十年后我们还要回来。杨毓骧回答："我们热烈欢迎你回来。"杨毓骧事后解释："我们都用了双关语。他回来，是友好的，我们欢迎。要是来侵略打仗的，我们会抵抗到底。我问他来自哪里，叫什么名字，他说是京都人，叫清水镰男。七十多年过去了，我永远忘不了这件事。"老人家指着胸口感慨地说。

因为国民政府承诺过学生军，保留学籍，抗战结束后回校读书，所以，学生军不想打内战，把炮弹卸在火车站，开着空车就要去南京争取权益。

当1000多名学生军行进到江西省泰和县时，被国民政府派出的一名团长拦截下来，团长强硬的态度加剧了学生军的怒火："我亲眼看见有人抽出手榴弹，那个团长转身就上车走了。"杨毓骧回忆，他们做了最坏打算，如果政府围剿，他们就就地上山革命。

只有一个人能浇灭这场酝酿中的大火。受命于国防部的暂汽一团原团长简立，出现在老部下的面前。士兵们纷纷脱下新军装，换上驻印军的制服："简团长流着泪，要我们听他的话，保证安排我们学习或工作。我们当然听，休整后开进南京城，老百姓都来看热闹，从没见过我们这样的军装，夸我们帅气。"南京政府最终兑现诺言，学生军纷纷回到家乡，重进学堂。1946年7月，杨毓骧退伍，被分到云南大学文史系就读。

暂汽一团是中国驻印军中为数不多遭到解散的部队之一。

1946年，简立团长安抚学生军，是杨毓骧最后一次见到这位儒将。29年后，已经是教授的杨毓骧在云南西双版纳偶遇一名上海女陶瓷教授，姓简："姓简的人不多，我随口说我的老团长也姓简，没想到，这位女教授竟然就是简团长的侄女。我要简立的电话，她告诉我叔叔已去美国定居，她还告诉我，她的叔叔其实很早就与共产党保持着联系……我和老战友只要说起简团长，没有不怀念的。"

四、献身民族学

1949年7月，杨毓骧参加中共云南地下党领导的滇桂黔边纵二支队，在云南圭山地区做少数民族群众工作，同当地群众建立了良好的沟通基础。在战争年代，圭山斗争非常激烈，牺牲了不少边纵队员，其中很多人是少数民族。

1950年8月，中央西南访问团来到了圭山和西山。圭山附近的彝族、苗族、回族、汉族等4万多群众，挑口粮，背炊具，拖儿挈女赶来迎接。杨毓骧参与了接待工作，随着访问团在圭山、西山、丽江、中甸、思茅等地开展调查，了解当地经济、医疗、教育等方面存在的问题，摸清当地的政治结构、保甲制度、宗教信仰等情况，并将民族识别列为访问过程中的一项内容。访问团向各族人民赠送礼物，布置展览，进行演出，采集民歌。医疗组免费治疗了近千名病人。

1953 年新中国开展第一次全国人口普查，全国登记的民族名称多达 400 余种，其中云南省就有 260 多种。民族识别任务繁重，调查环境艰苦。

于是，1956 年 6 月，大规模的少数民族社会历史调查工作开始了，中央成立了八个少数民族调查组，其中一支由费孝通担任组长，而云南省也成立了民族研究所配合工作。此时，杨毓骧调入云南省民族研究所，正式走上了民族学调查和研究的专业道路。

杨毓骧回忆说，云南的调查组分三组进行田野调查。怒江分组面临山高路险的重重困难，主要安排年轻力壮的大学生前往。阿佤组主要调查阿佤山的佤族地区，一直深入到中缅边境。由于西盟的佤族部落还有猎人头的旧俗，盘踞在西盟的国民党残余不时地反攻，阿佤组人员的生命安全时时受到威胁。后来传唱全国的《阿佤人民唱新歌》，可以说是在阿佤组调查基础上佤族人民生活极大改善的一个见证了。

杨毓骧被分在景颇组，随身带枪，以防不备。在中国民族志电影奠基人谭碧波、社会学家宋蜀华等人的带领下，该组对景颇族四个支系的经济、文化艺术、民族习惯、阶级结构等情况做了细致的调查，拍摄了反映景颇族、苦聪人的居住环境、生存状况等珍贵照片。

调查组聘请会讲景颇语的人当翻译，通过他们与当地群众进行交流，随行的医生给群众治病。杨毓骧回忆他曾在解放军战士的帮助下，解救过一位景颇族姑娘，使她摆脱了并不情愿的抢婚。"还有一次，我和谭碧波躲在深山老林里观察当地的'串姑娘'习俗。当时天已经黑下来了，刚好有一个小伙子和姑娘在那里约会。虽然他们发现了我们，最后还是按照当地的习俗给我们演示了谈情说爱的过程。"杨毓骧也了解到景颇族上层人士的真实情况，实事求是，而不是上纲上线。他说："当地的'山官'也不都是完全意义上的剥削阶级，"他介绍说，"虽然普通群众要将收入交一些给'山官'，但有的穷人也会在'山官'家'傍吃'。有的山官连像样的衣服都没有。"对当地的实际情况有所了解后，杨毓骧切实体会到对于类似地区进行和平土改、直接过渡等政策是正确的。

关于神秘原始的苦聪人，杨毓骧也甚有发言权。中国有 3 万多苦聪人，居住在云南哀牢山的深山老林里，茹毛饮血，钻木取火，穿兽皮，用蜘蛛网做衣服，畏惧和外界接触。1956 年后，经过艰苦细致的民族大调查和帮助，苦聪人才逐渐走出山林，定居耕种，从原始社会一步迈入社会主义社会，被称为"跨越千年的民族"。20世纪五六十年代也参加过民族工作的著名云南作家彭荆风特地以苦聪人的变迁史创作了一本脍炙人口的小说《鹿衔草》。因为长期致力于民族识别和研究，杨毓骧积累的资料异常丰富全面，他说："我手头有许多珍贵的资料，苦聪人调查笔记我有93本500余万字，还画了许多插图，照片有1600余张。"这些为1958年《苦聪人》纪录片的成功摄制起到了巨大的作用，这一有关苦聪人的首部纪录片，非常具有生命力。2010年，讲述苦聪人筹钱搬进福利房的优秀纪录片《六搬村》参加由国务院新闻办公室、国家新

杨毓骧（右）与苦聪人
的合影

闻出版广电总局、中国电视艺术家协会和青海省人民政府共同举办的"玉昆仑"奖国际纪录片评选，从五百多部参赛片中脱颖而出，荣获最佳人文纪录片桂冠。《苦聪人》的许多镜头就插映在该片中。在该片拍摄时，杨毓骧老人带着新一代纪录片人故地重游，继续担任学术顾问。

杨毓骧还率先解开了云南契丹民族的来源之谜。1980年，他在调查当地的"本人、蒲人"（后被识别为布朗族）的过程中，发现一些"本人"的家谱和祖先提及自身的祖先是来自北方的契丹人，自认是辽国开国皇帝耶律阿保机的后代。杨毓骧说，之后他走访了云南7个州，42个县市，三次到达缅甸，对该现象做了大量的调查研究，确认契丹人在辽朝灭亡后，投奔蒙古的一部分人跟随蒙元大军进入云南戍守，最终落籍滇西。杨毓骧还说，自己的母辈也有契丹血缘，表弟蒋氏一族，更认定自己是耶律阿保机的后代。今天，在施甸县木瓜榔蒋氏宗祠的门庭依旧可见这样的对联："耶律庭前千株茂，阿莽蒋氏一堂春"。在杨毓骧对云南契丹人的研究里，契丹人的副食品"不仅具有北方人风味，且融合当地（云南）民族食品的风格，其特点是酸、辣、香、凉、生俱存"；契丹人"采用酸木瓜或山中酸果，切成小片，兑开水浸泡半小时，加进烧辣椒和芫荽，可蘸肉片食用，味道鲜美"；"契丹人最喜欢的饮料是酒和茶水"；等等。20世纪末，中国社会科学院和中国医学科学院联合利用DNA技术来确定契丹族的

来龙去脉，进一步证明了云南契丹后裔的存在。

1982 年 5—9 月，杨毓骧参与中国西南民族研究学会"三江流域民族综合考察规划"工作，当时他已 57 岁，却徒步翻越伯舒拉岭，经历了四个多月的艰苦行程。伯舒拉岭在青藏高原雄伟高耸的横断山脉中，海拔五千多米，终年积雪，世代居住着藏、独龙族、珞巴、门巴、僜人等民族。由于自然条件严峻，交通不便，外界对之了解不易。杨毓骧回忆道："独龙江峡谷淫雨连绵，山洪暴发，江水湍急，山道泥泞，颇为难行。加之随时遭到蚂蟥袭击，遍身被咬得血迹斑斑……我们赴西藏组跨过天桥绝壁，强渡独龙江，攀登过高耸云天、阴云密布的两座雪山丫口，横穿过数十道高达 1500 余米的泥沙、石流地带和陡峭岩壁，渡过 150 米的汹涌怒江溜索。夜宿茫茫老林、江边岩洞，历经千辛万苦……"同组成员因事返回昆明后，他就孤身跋山涉水，完成调查。因此，他收集到关于该地区独龙、珞巴、门巴、僜人、藏等民族政治、经济、宗教、文化遗传等方面的大量第一手资料，制作了其居处、服饰、农具、猎具、生活用品等近 500 幅图照，在 1982 年 9 月的中国民族学第二届学术大会上，博得了同行的一致赞誉，后汇成《伯拉舒岭雪线下的民族》一书。该书是他以日记体写成的田野工作考察报告，具有极高的资料价值，对民族学、人类学学术研究意义重大。

然而，在"文革"期间，杨毓骧像很多中国远征军老兵一样，忍辱含冤。他被打成"特嫌分子"，调到昆明电影公司工作七年，骑单车给各个电影院运送胶片，只能偷偷地继续民族学资料收集。他对家人、子女一律不讲当年抗战的经历，害怕给他们带来厄运，影响其上学、就业或参军。1979 年，他被调回到云南省民族研究所。直到 1988 年离休前，他才争取到平反，摘掉了"特嫌"帽子。

总之，杨毓骧投身人类学民族学研究前后 60 多年，筚路蓝缕，成果丰硕。他考察过滇藏高原珞巴、门巴、独龙、僜人、岔满、德昂等 20 余种民族识别，编写过若干民族简史、简志。他撰写了《布朗族》《伯拉舒岭雪线下的民族》《勐元以来云南契丹后裔考释》等数本专著，合著了《昆明市阿拉公社撒梅人（彝族支系）的文化和习俗》《德昂族概览》等书，撰写了《滇藏高原考察报告》等多篇少数民族考察报告，在《世界宗教研究》《中国大百科全书》《中国各民族宗教与神话大辞典》国家级和省级以上学刊及国外学术论文集，发表论文 150 余篇。而且，他的专业影响已远播国外，如长篇论文《中国云南原始民族稻谷宗教祭祖》被译成英文在美国发表，《云南契丹文化遗存》被译成日文在日本勉诚社刊物发表，《云南契丹后裔考》《云南契丹青年白马图与古八部考辨》《云南契丹小字的遗存与释义》等多篇论文被《人民大学报刊复印资料·辽金史部分》存目或刊载，引起国内外研究辽金史学者的关注。新华社呼和浩特分社评价道："这一重大发现填补了我国民族史对云南省契丹后裔研究的空白。"他还参加拍摄过《苦聪人》《西双版纳傣族农奴制》《撒梅文化》《苗族采花山》《六搬村》等科教片，真实而生动地记录了中华民族历史的发展。

世纪之交，杨毓骧曾回到半个世纪前工作过的乡村，遇到亲如一家的当地群众，他们对民族调查组当年的造访历历在目。杨毓骧不禁感慨万千："有些经历是会在生命中永远记得的。而那些珍贵的资料，以后自会慢慢地讲给后人听。"

五、老兵情怀，光照日月

1988 年 1 月，从云南省民族研究所离休后，杨毓骧试着把自己从国立西南中山中学参加中国远征军的经历，写成几千字，递给了云南省文史馆，很快就获发表。受之鼓舞，他矢志尽己微薄之力，一点点还原被从公众视野和历史课本中抹去的中国远征军历史。

他担任了云南中国远征军联谊会会长、云南省飞虎队研究会副会长，整理中国远征军抗战史料和老兵回忆，八旬高龄时还身穿迷彩服，参加"远征军老兵重走远征路"等公益活动，犹如一匹再次远征与时间赛跑的老马。

"我觉得这段历史不能被忘却，尤其是那些当年为国家做出牺牲的人。"杨毓骧说。近 30 年来，他设法联络到了 1100 多位中国远征军将士，整理出其口述和书面史料。令他惋惜的是，远征军战友们很多都已离世，健在的抗战老兵越来越少了。

尽管眼神和听力都大不如从前，他依然每天守在狭窄的房间，戴着老花镜校对自己编撰的《二战中印缅战区英烈名录史料汇编》丛书。这套丛书共有十多本，包括《奔驰在中印公路上的辎重兵》《战斗在驼峰航线上的中美飞虎队员》《活跃在盟军中的中国译员》《浴血高黎贡山的中国远征军》《血与火，战争与旗帜》《祖国江山如画》《崇高道德的远征军女军医陈庆珍》等。虽然大多没有正式出版，但厚厚一摞的 A4 纸打印本，码得整整齐齐，让人切实感受到了一位老兵的付出和抗战历史的厚重，其中，包含了多少鲜为人知而又弥足珍贵的一手资料。

杨毓骧在昆明家中展示自己主编的《飞虎雄鹰驼峰航线》
（2018 年 6 月 12 日，彭建清摄）

就拿《活跃在盟军中的中国译员》来说吧。人们通常歌颂浴血奋战的前线将士、潜伏敌人内部的特工、被誉为"捕风者"的密码破译家……，很少会了解到中国译员在中外联合抗战中的重要作用和牺牲。杨毓骧则统计出，二战中征调中印缅战场的中国译员约 3000 人，绝大多数来自在校大学生，西南联大至少有500位以上，重庆中央大学不少于500位，云南大学超过50名，还有武汉大学、复旦、同济、中山、中法等各大学译员难以计数。在入伍的青年学子中，西南联大校长梅贻琦的儿子梅祖彦在滇西美军联络组当过三年翻译，西南联大外文系的许渊冲（后成为著名翻译家、北京大学教授）曾在昆明飞虎队总部当翻译、中央大学外文系的马大任（后成为美国斯坦福大学胡佛研究所图书馆馆长）曾是飞虎队首领陈纳德的译电员……他们在中外军队协同抗战时，成为不可或缺的"顺风耳"和"传话筒"。

比如，1944年在广西丹竹机场担任美军第14航空队23战斗机队的翻译官知义这样回忆道：

> 当时正好是日军进攻桂林、柳州、贵州战役，空战频繁。有一次空战正好在我们机场上空，双方飞机激战，我们译员也利用电台（JK5）与美机联络，报告日机方位、架数、高度、方向等。有一次连日机作战位置都报告给美机，如Japs on your tail（日机咬住你的尾巴了）……想不到当年地对空也能发挥作用，可见译员也算真正上火线了。①

还有的中国译员随军战斗，殉国沙场，像戴荣钜、王文、卢坚等数十位西南联大英才。而在"文革"中，这些爱国译员却被当作斗争对象，开除公职，投入监狱，全家生活陷入困境，以致于当杨毓骧请他们回忆抗战译事时，有的宁愿保持沉默。

"每当回忆驻印军中那些满腔热血、亲切和蔼的'少校'翻译官和60年后认识的中国译员的悲壮故事，激发了我一定要把他们热爱祖国、抗击日寇的事迹，永载史册，让历史记

杨毓骧主编的《二战中缅印
战场中国译员》（笔者摄）

---

① 官知义. 译员也能打飞机［M］// 杨毓骧. 二战中缅印战场中国译员. 昆明：云南省飞虎队研究会，2008：34.

住他们，人民记住他们。"①杨毓骧在《二战中印缅战场中国译员》一书的序言中写道。

每逢生日或重要场合，杨毓骧都要佩戴来之不易的"抗战功勋奖章"。那是在 2013 年 9 月 3 日，《云南信息报》与中共保山市委宣传部、中共红河州委宣传部、民革云南省委等单位联合主办了为抗战老兵颁发奖章仪式，仪式在昆明海埂会堂隆重举行，共有 93 位老兵来到现场。最小的年过八旬，最年长的为 103 岁远征军老兵李正义，从湖南转战云南赴缅作战，现在五世同堂，每天还能喝几杯小酒，是杨毓骧敬重的"老兵王"。杨毓骧和平均年龄 90 岁的战友们，几乎一夜无眠，在现场一起高唱《大刀进行曲》。当报到名字时，他们十个人一组，尽量独立走到台上，没有一个人愿意坐轮椅。他们努力挺直腰板接受奖章。杨毓骧等老兵眼里噙着泪花说："盼望了很久，我们当时打日本人是保家卫国，媒体能给大家颁奖章，感觉终于得到了承认。我们无怨无悔。"

杨毓骧还表示："我约了几个老兵，商量重走中印路，那些远在异国的兄弟们多少年都没有人看过他们，多寂寞啊。我们想沿途为他们烧一炷香。这个计划

左起：中国远征军老兵杨毓骧（86 岁）、颜嘉铭（87 岁）、萧永龄（89 岁）（2011 年，昆明，张玉杰摄）

---

① 杨毓骧. 序言：可歌可泣的中国译员［M］// 二战中缅印战场中国译员. 昆明：云南省飞虎队研究会，2008：5.

昆明飞虎队后裔俱乐部成立现场，杨毓骧展示自己的抗战胜利 70 周年纪念章（2016 年 10 月 10 日，曲鸣飞摄）

2018 年，92 岁的抗战老兵刘本藩（左）、93 岁的抗战老兵杨毓骧（右）在 2017 年度云南十大新闻人物授奖现场

很久了，迟迟不能实现，很多现实问题呢。这几年老战友们一个接一个去世，我们都老了。"

杨老的儿子杨奇威是画家，云南文化艺术职业学院教授，协助父亲整理编著了大量的中国远征军资料，并和父亲合著了《雪域下的民族》《德昂族调查研究》等书。在为庆贺父亲米寿时，他幽默地说："家父八十八岁诞辰庆生，我的总结就是：一个不想做远征军勇士的解放军边纵小兵就不是一个好的民族学家。乱麻麻的历史造就了家父看似无厘头的人生，祝长命千岁（俄罗斯科学家说人可以活到一千二百岁），也感谢各位亲友、志愿者对家父的关爱和支持。"

2018年，92岁的杨毓骧作为特邀嘉宾，走进云南最大晚报《春城晚报》评比的"云南十大新闻人物"的颁奖现场，他颤巍巍地起立，庄严地敬军礼，全场掌声雷动……

铁血丹心，人民见证；正义公道，乾坤长存。在此，再次向杨毓骧老人，向捍卫祖国尊严和民族利益的中国远征军致敬！

杨毓骧在家中接受彭建清（云南省飞虎队研究会秘书长、远征军后代、解放军老兵）的访拍（2018年6月8日）

（若无特殊说明，本文图照由杨毓骧先生提供。）

难忘诗骚李杜魂：忆逢诗词大家叶嘉莹先生

　　叶嘉莹先生，1924 年生于北京书香世家，毕业于辅仁大学国文系，师从古典文学大家顾随。1948 年随夫迁居中国台湾，曾任教于台湾大学、淡江大学和辅仁大学，后被密歇根大学、哈佛大学和哥伦比亚大学聘请为客座教授。1969 年接受加拿大不列颠哥伦比亚大学聘任，移居温哥华，成为中国古典文学课程的教授，1990 年荣膺"加拿大皇家学会院士"称号，是加拿大皇家学会有史以来唯一的中国古典文学院士。

　　20 世纪 70 年代末，叶先生返回中国讲学，先后任南开大学、四川大学、北京师范大学等多所大学的客座教授，以及南开大学中华古典文化研究所所长，并受聘为中国社会科学院文学所研究员、中央文史研究馆馆员。1993 年，她捐出在不列颠哥伦比亚大学所得的一半退休金 10 万美元，设立了"驼庵奖学金"

叶嘉莹先生

和"永言学术基金"，2018 年将自己的全部财产捐赠给南开大学设立"迦陵基金"，已完成初期捐赠 1857 万元。她热爱诗词教学，有教无类，不分长幼，年过九旬依旧站立授课，桃李满天下，培养了白润德、施吉瑞、陈山木、余绮丽、梁丽芳、罗德仁、方秀洁等一批中国古典文学领域的加拿大英才，有力地推动了加拿大汉学的发展。

叶先生在诗词、评论和讲演方面，有极其丰富的出版著作，著有《迦陵论词丛稿》《王国维及其文学批评》《灵谿词说》《唐宋词十七讲》等约 30 种，以及《迦陵文集》10 册、《叶嘉莹作品集》24 册，并有诗词集的英译本《独陪明月看荷花》（Ode to the Lotus）行世。她一生饱经忧患，在战乱中求学，少年失母，中年离乡，在台湾的白色恐怖中被捕入狱，晚年丧女……但她却始终秉着"书生报国成何计，难忘诗骚李杜魂"的精神，孜孜于诗词创作、研究和传承，成就卓越，在海内外享有崇高的声望。2009 年荣获首届"中华诗词终身成就奖"，2013 年荣获"传播中华文化年度人物"称号。2014 年，叶嘉莹 90 华诞暨中华诗教国际学术研讨会在南开大学隆重开幕，国务院总理温家宝、加拿大时任总理哈珀、加拿大驻华大使赵朴等发来贺函。南开大学开建以叶嘉莹命名的古典文化研习中心"迦陵精舍"。2015 年，加拿大艾伯塔大学授予其荣誉文学博士学位。2016 年，华人盛典组委会公布其获得 2015—2016 年度"影响世界华人大奖"终身成就奖。2018 年，叶嘉莹当选为中国新闻社主办的侨鑫杯"全球华侨华人年度人物"。

左起：叶嘉莹中学照、大学毕业照、结婚照

叶嘉莹给孩子们上课

一、诗缘

十几年前，我参加"中外文学交流史"国家社科基金项目，侧重中国和加拿大的文学交往研究。于是，叶先生的书成了我的珍笈。加之自小喜爱诗词，曾以边烧灶边背诵《长恨歌》为乐，叶先生的书就一下子走进了我的心里，给了我既熟悉又十分新鲜的感受。于我而言，以前从未如此精微如此深情地讲解过古典诗词，借用柳枝惊叹李商隐之句，就是"谁人有此？谁人为是？"。

2008年夏，我带着一箱叶先生的书回家度假。时值奥运赛季，电视里不断传来激越的中国金牌总数播报，而我只在贪读叶先生的书，一字字，一行行，一卷卷，仿佛进入一个极其高远寂寥的世界。

我漫笔写道："夏暑，教务得歇，耽读迦陵诗词。适时，有台风曰'凤凰'者，自台湾过余寄居之金陵，送泠泠夜雨。无眠，吟叶先生旧年台北七律《南溟》。神驰心醉，欲言无和，遂援笔解诗，聊慰孤往之怀。"在这样的心境下，我从盛夏读到了凉秋，又从严冬读到了春来，边学边记，边品边写，陆续草就了三篇读后感《叶嘉莹先生旧诗〈南溟〉之感发释微》《弱德之美：叶嘉莹先生词学新论和词作评析》和《高楼风雨感斯文：评叶嘉莹先生之登高诗词》。我甚至梦到了叶先生穿着素朴的裙装上课，对我蔼然而言。醒后，不禁涂抹了一首小诗志之。

夜雨吟迦陵诗词

夜雨独聆久，佳诗具眼翻。

青衿盈怅慕，朱砌渗忧寒。

缘近因同道，时乖各异天。

流年风雨迫，无梦不巴山。

我被一种奢望激动着：假如叶先生能赐正拙文……可我乃无名晚辈，与先生素昧平生，且叶先生国内外讲学著述甚忙……幸好，我认识一位加拿大文友、英译叶先生诗词的陶永强先生，遂请陶君将三篇拙文代为呈交。至于叶先生能否有暇一阅，阅后会有何反应，我岂能料到呢。平日里，上课，改作业，做课题，夜深辗转时便牵挂起托文之事，恍惚不定。约两周后，陶君电邮告知喜读拙文，并说叶先生希望直接和我联系。我又惊又喜，又夜不能寐起来：

盼得陶君书即赋

接书心潮连海潮，肋无双翅化青鸟。

一夜飞渡太平水，樊城花枝立清晓。

高言说文石点头，译道莫愁知音少。

殷勤传语千载意，天涯从此怜芳草。

不久，我收到叶先生的电邮，真是不敢打开。叶先生写道："难得你对我的作品如此关心，使我非常感动。你的感觉和思路都好……不知你这几篇大作已曾发表否？如尚未发表，我或可为你介绍发表。"后来，叶先生再次电邮："你的文稿，如我在前信所言，意思甚好，但文字有欠妥处。我把其中一篇做了一些修改，如要发表，请按改稿发表。其他两篇也须修改，不知你意如何？冒昧之处，请原谅。"附件是叶先生亲正过的《叶嘉莹先生旧诗〈南溟〉之感发释微》一文。如此鼓励、雅正和提携，令我一时感动得无言以对，但见案头积书成堆，室外鹊影翩然，梧桐渐移荫。

2009年夏，我获得加拿大外交和国际贸易部的资助，赴加进行加拿大华裔作家的系列访谈。我冒昧询问叶先生可否拨冗一见，叶先生爽快地答应了，地点就在她常去的不列颠哥伦比亚大学亚洲图书馆。南京—北京—蒙特利尔—滑铁卢—伦敦—多伦多—温哥华，越洋寻踪，一路翘首，终于再访濒临太平洋西岸的不列颠哥伦比亚大学。

左起：中侨互助会行政总裁陈志动、叶嘉莹诗词英译者陶永强、叶嘉莹、书法家谢琰（2007年8月23日，温哥华）（陶永强供照）

二、初拜

到了拜见那日，我早早来到了不列颠哥伦比亚大学的亚洲图书馆。该馆中文藏书量居加拿大之冠，有20万本中文藏书、900多种中文期刊和4.5万册线装书。在图书馆大厅坐下，我一边垂首默读随身携带的叶书《词之美感特质的形成和演进》，一边静等，像是等一位严格的考官，又像是等一位亲切的邻家长者……此时，沥沥凉雨正蹁跹于馆外的幽林小径，洗涤着刻有"仁""义""礼""智""信"的五块石碣，并在一池碧水上敲出透明的叮叮咚咚……

一双平底黑皮鞋，银灰的长裤，银灰的对襟休闲上装，湖蓝色带微紫的暗花绢巾，叶先生徐徐向我走来。

此前，我已从各种媒体和书中多次"见"过叶先生，聆听过她带有些许京韵的说话、讲课和吟诵。我也发现她喜欢站着授课，一袭素雅的套装，有时戴一披肩。上课时，拿起水杯或矿泉水瓶欲饮，但往往因讲解投入，几番放下。有时，叶先生离我很近——打开书，即见其文；打开电脑，即闻其音；即便无书无电脑，叶先生的一些诗文也萦绕于记忆。更何况，她在 1948 年曾在南京绒庄街短居，到过南捕厅买过油酱，写下让我颇有共鸣的《越调斗鹌鹑》套曲。几十年后叶先生自加返华，在南京大学讲学，见过南大的老夫子们如陈得芝、唐圭章、赵瑞蕻、程千帆等教授，而我现在就在南大供职。但更多时，叶先生离我很远的——我已习惯了研读而非提问，习惯了聆听而非述说，习惯了彩笺兼尺素式的遥思遥祝，而非跨越山长水阔的亲拜面见。

假期的图书馆大厅静谧无人：壁上的彩墨梅图自开自得，闲静无语；不远处，杜甫《望岳》的书法横幅却似破壁而出，苍苍墨色翻滚出山川精气的长啸。微笑如梅花的脸，如梅花的眼睛，仁厚如山的心和扛得起苦难的魂灵。

我深鞠一躬。

叶先生微倾上身回礼，领我走进亚洲图书馆的小餐室，是午餐时间了。因是假期，餐室没什么人。她打开冰箱，取出饭盒，放在餐桌上。倒了一杯水。然后坐在餐桌边，取出自带的面巾纸，在餐桌上铺平。叶先生的饭盒里盛着几片面包，几块切好的哈密瓜，好像还有几个小番茄。看上去简单清爽，分量还比较足。

"叶先生，我给您带来了我们南京的特产——雨花茶，全国十大名茶之一呢。"

"谢谢，我不喝茶的，我喝水。"叶先生举起了水杯。

三、亲炙

叶先生带来了她打印出的我那三篇拙稿，放在餐桌上。我一眼就瞥见稿上铅笔圈点改动的痕迹，心像揣了兔子似地猛跳起来。叶先生边用餐边给我讲解，声音比我从电视、碟片、网络上听到得更悦耳，温和中隐约一丝严厉。

我比照原文，阅读修改部分。比如，在《弱德之美》一文中，叶先生改正了我不妥的语词和文言句式，如将"尚是寥寥"改成"尚属寥寥"，将"然而，词何能独擅表现'弱德之美'呢?"改成"然则，词为何独能表现'弱德之美'呢?"。叶先生甚至注意到了我的句式是否对称工整，使原句在改后平添了一层结构之美。如我的原句是"此词中美女的画蛾眉、仔细梳洗和精美衣服就于其本义或概念意义之外，内含了注重品德修养、洁身自爱的内涵意义。"叶先生便将"精美衣服"改成"照镜穿衣"，一来准确，二来这两个动宾词组，与前面的两个动作表达结构大体一致。再者，叶先生深化了我对"弱德"的理解，在我原句基础上将其补充成：弱德之"弱"乃在于一时无法战胜外界压力的情况下，舍弃幸福忍受艰苦；弱德之"德"，则表现为即便势弱力孤，仍要完成自我对一己、对他人的一种持守和完成。不仅如此，叶先生还提供了辛弃疾《新居上梁文》中的文句，丰富了我的例证，使有关"弱德"的论证前后照应，逻辑严谨……总之，几乎每处修改，尤其是小处、不起眼处，都让我感到叶先生思维的缜密活跃，以及表达的优美历练。好多年，没有老师这样细批我的中文写作了。

叶先生在讲解时会插点英语，想是多年用英语给老外授课的习惯使然，这让外文专业出身的我听上去相当受用，也能聊补英语难尽中华诗词之妙的遗憾。叶先生用得最多的一个英文词是 subtle，用以描绘诗词的特质、或诗人如李商隐、或微妙曲隐又高超的表现手法，等等。该词含"微妙""隐晦""细致""清淡""巧妙""敏锐""难于捉摸"等多义，颇能体现中国古典诗词和传统文化的神韵，和辜鸿铭在其英文著作《春秋大义》（*The Spirit of the Chinese People*）中用 delicate 来点明中华文明特征相比，似有异曲同工之妙。其实，叶先生的一些诗词文赋，也很可用 subtle 来形容的，像："病多辞酒非辞醉，坐对烟波意自醺。"（《郊游野柳偶成》）、"昨夜西池凉露满，独陪明月看荷花。"（《梦中得句杂用义山诗足成绝句》）、"忍待千年终盼发，忽惊万点竟飘飞。"（《高枝》）"独倚池阑小立，几多心影难凭。"（《木兰花慢·咏荷》）"谁遣焦桐烧未竟，斫作瑶琴，细把朱弦整。莫道无人能解听。恍闻天籁声相应。"（《踏鹊枝》）"爱向高楼凝望眼。海阔天遥，一片沧波远。"（《蝶恋花》）……都因为其 subtle 的不尽意味和内含的诚意，让人过目不忘，自生无限怅触。缪钺先生曾于 1982 年为《迦陵论诗丛稿》作序，评曰："叶君少负逸才，十余岁时，所作七言近体诗，凄婉有致，似韩致尧。其后更历世变，远涉瀛海，感怆既深，胸怀日阔，或伤时忧国，或写物抒情，寄理想之追求，标高寒之远境，或为五七言之古今体诗，或为长短句之慢词小令。称心而言，不假雕饰，要眇馨逸，情韵深邈。"[①]我寻思，"要眇馨逸，情韵深邈"的英译大略是 subtle and ethereal with the feelings of extraordinary depth，叶先生真是 subtle 一词绝佳的诠释者和化身了，难怪她用起来是那么自然，那么美。

叶先生不紧不慢地吃完自带的午餐——我暗喜，85 岁的诗家胃口不错。她

---

① 缪钺. 序 [M] // 叶嘉莹. 迦陵论诗丛稿. 石家庄：河北教育出版社，1982：8.

收拾好饭盒，用先前铺在餐桌上的面巾纸，擦拭桌面。墙壁上东亚系学生的照片张张朝气逼人——就像视频里曾经播放的一样，热情地注视着叶先生。我羡慕他们。

说话间，叶先生的老朋友施淑仪女士走了进来，我说我读过你的《自在飞花轻似梦》，记的是她和叶先生春天在温哥华赏樱吟诗的趣事。大家都不约而同地笑了。她给我和叶先生拍合影。叶先生下午还要在图书馆继续做研究——这儿是不是她在温哥华的第二个"家"？我该告辞了，去探望英译叶先生诗词的陶君。

依稀听到施女士问："叶老师，电影什么时候看呢？"

亚洲图书馆的屋顶远望去，像一个巨大的竹编斗笠，垂着雨的流苏，在岁月中隔出一方宁静温润的时空。叶先生在此，她的朋友在此，她的学生在此，她的以出世精神做的入世事业也在此吧。我虽然是一个朝拜的过客，但却不曾真正离开过。一切都由记忆收藏，再由沉思延续……

叶嘉莹先生和笔者在不列颠哥伦比亚大学亚洲图书馆的餐室（2009 年 6 月 25 日，施淑仪摄）

四、华诞

2014 年 5 月的天津，"裂帛湖边草青青，溪池桥畔水泠泠"。南开大学内，叶先生爱伫望马蹄湖边的春意盎然，宾朋云集，回漾着青年学子敬献的生日弦歌。叶先生 90 华诞庆典正在隆重地举行。

国务院总理温家宝，副总理刘延东和马凯，加拿大总理哈珀，加拿大驻华大使赵朴，天津市市长等诸多政要都发来了贺函。能诗的温家宝总理还手录叶词恭贺："又到长空过雁时，云天字字写相思。荷花凋尽我来迟。莲实有心应不死，人生易老梦偏痴。千春犹待发华滋。"因叶先生乳字为荷，且莲被视为花之君子，通佛理，合常、乐、我、净"四德"，她于花中最喜莲荷。诗人总理这般贴心的祝福，别致而又令人难忘。美国哈佛大学、卫斯理女子学院，加拿大不列颠哥伦比亚大学、麦吉尔大学，马来西亚拉曼大学，北京大学、复旦大学、南京大学、中山大学、台湾大学、台湾清华大学、台湾中央大学、香港岭南大学等 30 余所海内外高校，中国社科院、台湾中研院等六个科研院所，美国马里兰州图书馆、台湾图书馆等数个海内外文献典藏机构，中华书局、北京大学出版社、人民教育出版社等知名出版机构，教育部、外文局、中华诗词学会、中华吟诵学会、中华诗词文化研究院等均派代表出席。加拿大中华诗词学会、加拿大华裔作家协会、加拿大华人文学学会、中国韵文学会等纷纷来信祝贺。一百多位专家和学者，从美国、加拿大、新加坡、日本、马来西亚、台湾、香港、澳门等八个国家和地区，齐齐赶来参加诗词研讨……著名作家白先勇和诗人席慕蓉，也来了！

千人的礼堂容不下，过道、走廊、门口……挤满了祝寿的粉丝。此情此景，酷肖当年叶先生的教室爆满，她不得不从人海中挤到讲台授课。为维持秩序，南开大学印发听课证，没拿到的同学就自己造证，仍然把叶先生的课堂挤得水泄不通。

我有幸躬逢盛会，像大家一样凝望诗坛寿星的绝代风华，聆听那熟悉的断不会有第二人再有的世间天籁。叶先生依然如往常授课一样，亭立发言，黑色长裙，外罩粉蓝鲛绡薄衫，银发间青丝缕缕，美丽、博雅、年轻、贞静、和悦……她拥有了知识女性的一切优点。只听得叶先生清晰而坚定地说："如果人有来生，我就还做一个教师，仍然要教古典诗词。'莲实有心应不死，人生易老梦偏痴'。人生转眼之间就衰老了，我转眼之间九十岁了。在来去之间，我要把我们国家、民族、文化的美好的精神文化传承下来，不要把它断绝。我虽然九十岁，只要我能站在讲台上讲课，我仍然愿意继续做这样的工作。"

听众中有的唰唰记录，有的打开了录音笔，也有的举着相机或摄像机，全程拍录。

我的眼睛不由得湿润起来。九十高龄啊，还有这样火热的情肠，还梦想着教书、育人、传道，还拥有这般无怨无悔的执着精神。其诗词，也时有如此坚守心志的表述，每每诵读，总令我胸怀激荡，继而默默修行学习，如：

雾中有作
高处登临我所耽，海天愁入雾中涵。
云端定有晴晖在，望断遥空一抹蓝。

踏莎行
黄菊凋残，素霜飘降。他乡不尽凄凉况。丹枫落后远山寒，暮烟合处空惆怅。
雁作人书，云裁罗样。相思试把高楼上。只缘明月在东天，从今惟向天东望。

水龙吟　秋日感怀
满林霜叶红时，殊乡又值秋光晚。征鸿过尽，暮烟沉处，凭高怀远。半世天涯，死生离别，蓬飘梗断。念燕都台峤，悲欢旧梦，韶华逝，如驰电。
一水盈盈清浅。向人间、做成银汉。阅墙兄弟，难缝尺布，古今同叹。血裔千年，亲朋两地，忍教分散。待恩仇泯灭，同心共举，把长桥建。

南开大学还特地布设了"叶嘉莹教授手稿、著作暨影像系列巡展"，囊括了253幅叶先生的照片、手稿、书信、书画赠品等。叶先生引领大家参观，亲自讲解，引得了阵阵热烈的掌声。晚宴上，叶先生精神矍铄，在众人的"生日快乐"歌声中，切开了装饰有大寿桃的三层蛋糕，又被诸位师友、弟子们拉着合影，接收来自五湖四海的生日礼物，笑容可掬，其乐陶陶。我送去两首拙诗：

叶嘉莹教授九旬华诞敬赠绝句二章为祝
已是苍松惯霜雪，欣陪小树蘖新根。
炎天流火识藐姑，心绿唱染遍山春。

九秩高山九畹兰，鲲鹏念往九霄天。

诗风词雨终相护，妙法长传绿岸边。

2014 年 5 月，叶嘉莹教授九十华诞庆典在南开大学隆重举行

叶嘉莹教授九十华诞暨中华诗教国际学术研讨会现场（笔者摄）

这真正是弄斧到班门了！或是西人说的 teach fish how to swim（教鱼游泳）。好在叶先生数年前已知道我是初学，并不以之为忤，还将之收入了她的九十华诞纪念文集，以资鼓励。

叶嘉莹（中）和她的弟子们（笔者摄）

叶嘉莹欣赏小学生送她的生日礼物，一幅根据其诗"独陪明月看荷花"作的彩画（笔者摄）

　　我还送去了小学生根据叶诗"独陪明月看荷花"创作的水彩画：皓月洒辉，清荷满池，一只小黄猫坐在一朵蓝莹莹的荷花，静静地望着，若有思待。叶先生微笑地欣赏，连声道谢，还让我拍下她和这幅水彩的合影。要知道，听过叶先生讲课的人难以计数，年龄跨度也极大，上到耄耋长者，下到三四岁的童蒙。在她等身的诗词著作中，就有她亲自为孩子编选的《和古诗词交朋友》《给孩子的古诗词》，并且配上了自己讲解和吟诵的音频。我暗忖：央视的中华诗词大会上不乏中小学生的雏凤清音，当她知道她的诗书正在滋润幼小的心灵，她会是多么欣慰，我们的祖国会因此成长起多少腹有诗书气自华的栋梁之材！

五、长传

　　为了让 90 多岁的叶先生安居授学，南开校园东北角起了一幢灰色的二层小楼，竹林掩映，幽静舒适，起名曰"迦陵精舍"。迦陵为叶先生的笔名。叶先生少读《楞严经》，读鸟名迦陵者，云其仙音通十方界，而"迦陵"与"嘉莹"之音，颇为相近，故取为笔名。我又查到：该鸟又叫妙声鸟或美音鸟，是佛国世界里的一种神鸟。《正法念经》中说："山谷旷野，其中出妙音声，如是美音，若天若人，紧那罗（歌神）等无能及者，唯除如来（佛）言声。"其实，叶先生吟哦和讲学，岂不宛如迦陵神鸟的妙声美音，令人陶醉神往？而她毕生兢兢业业，往返中国和加拿大，弘扬中华诗词文化和精神，以诗度己和度人，以"出世的精神做入世的事业"，是不是亦有佛家之慧心、之善业呢？

　　我陷入了沉思。

　　今夜，在我所居之金陵，雨泠泠，风翛翛，孤灯下再次展读叶先生的诗书，谨遥呈永远的感念和祝福：

岁贺

学海探骊意茫茫，流年碎影映寒窗。

锦心绣文分春色，樊城绛帐共参商。

万里大荒聚散惯，千秋寸心思情长。

新岁遥祝身笔健，喜藏佳卷驻韶光。

（若无特殊说明，本文图照由叶嘉莹先生提供。）

风雨知音无国界——追忆资深记者张彦叔叔

初见张彦叔叔时，他已入耄耋之年了。在北京紫竹院附近的家中，鹤发童颜，慈眉善目，坐在边上放有一叠报刊的沙发里，丝毫没有叱咤风云的大记者的架子，笑眯眯地接待比他小半个世纪的晚辈后学。所以，伙伴们亲切地称呼他"张彦叔叔"，叫他的夫人，他的西南联大同窗裴毓荪女士，为"小裴阿姨"。

经历过抗战洗礼、与共和国一起成长的人，很少有不知道张彦叔叔的。

1922年5月20日，张彦出身于成都一个类似于巴金《家》中描写的大家庭，住在有四进房的红门公馆里。父亲张实父是一位陶渊明式的名士，曾任四川省税务局局长，自书对联"诚胜伪，拙胜巧；公生明，廉生威"，挂在办公室

张彦、裴毓荪伉俪

墙上以自勉。因不堪政界的黑暗，仅三年后便辞官而去。张实父精诗词，工书印，善园艺，后就任重庆大学中文系教授，被忘年交齐白石叹作"妙才"。母亲邹慧修出身于广东望族，贤惠大度，在夫君英年早逝后，含辛茹苦将八个子女培育成才，深受孩子和亲朋的敬爱。

1941年，张彦19岁时，以优异成绩考入抗战时的最高学府——西南联大，就读于历史系和英文系，积极参加爱国学生运动，结识了地下党在西南联大的领导人、中文系学长马识途，并成为终生挚友。在乔冠华、龚澎的介绍下，他于1946年加入了中国共产党，从此踏上了与党、人民和祖国风雨同舟的多舛历程。

作为对外宣传一线的英文记者，张彦叔叔见证和报道了一系列决定中国命运的重大历史事件，如芷江受降、重庆谈判、首届政协会议、开国大典……1952年，他在北京报道中华人民共和国成

在西南联大读书时的张彦

立后主办的第一个大型国际会议——亚太和平会议。紧接着，跟随宋庆龄到维也纳采访"世界人民和平大会"。1955年，跟随周总理到万隆报道影响深远的亚非会议，且有幸躲过了敌人阴谋的"克什米尔公主号"飞机爆炸的劫难。1957年，政治风云突变，他被下放农村。在长达21年的艰苦岁月中，与妻子相濡以沫，和淳朴的农民打成一片，坚信祖国必将迎来拨乱反正的春天。

1949年，张彦在天安门城楼上报道开国大典

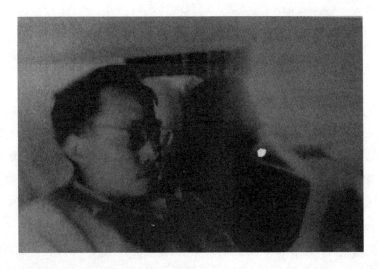

1955年，张彦随周恩来总理参加影响深远的亚非会议，在去万隆的飞机上

1969—1973年，张彦、裴毓荪夫妇在河南上乐村，和孩子们合影

　　1979年，张彦叔叔在胡耀邦的关怀下得到平反。同年，中美建交，他出任中国第一大报《人民日报》首任驻美记者。"日出而林霏开"，他以重生的激情和忘我的精神，促进中美交流，化解"铁幕"和"竹幕"残留的阴影。自两年多的驻美记者生涯以后，他接着报道了中国总理对美国和加拿大的国事访问，应美国新闻总署之邀作为富布莱特学者在匹兹堡大学讲学一年半，随后多次赴美开会、探亲、访友。历任英文《人民中国》及《今日中国》杂志的编辑室主任、副总编辑，用一篇篇真实而生动的报道，搭建起中外互相了解、求同存异共同发展的桥梁。他不仅获得了中国外文局颁发的对外宣传特殊贡献奖，而且被20世纪70年代就活跃于全美的群众组织——美中人民友好协会（US – China Peoples Friendship Association）授予了金质奖章。

　　九秩之年，张彦叔叔出版了自传《风云激荡的一生》。著名学者周有光先生评价，该书"不仅是他个人的传记，也是一个时代的历史缩影"。在自传中，张彦叔叔感慨道："现场目击可能载入史册的事件，并加以报道，是天赐我福。虽然逆浪滔滔，我没有被压垮……一个非凡的'情'字支持我前进，那就是亲情、爱情、友情和国际友情。"

　　倘若说亲情、爱情和友情，是大多数人都能品尝到的人间甘露，那么，长达70多年、绵延数代的国际友情，大概就为张彦叔叔所特有，记载和谱写了中外交流史上不该被世事沧桑湮没的一段段佳话。2018年7月8日，张彦叔叔驾鹤西去后，他的中外朋友及友人后代沉浸在无限的怀念中……

2005年8月，张彦在芷江参加抗战胜利60周年纪念活动时，与当年同去采访受降仪式的周锦荪故地重游

60 周年国庆，张彦重上天安门，握着自己
采访开国大典的照片

一、在新闻战线上广交国际盟友

也许是命中注定，也许是因缘际合，张彦叔叔一辈子走得最长的路，是一条用外语向世界介绍中国的道路。从重庆谈判中在上海创刊的 *New China Weekly*（《新华周刊》）、解放战争中在香港创刊的 *China Digest*（《中国文摘》）、新中国诞生后创办的第一个对外刊物 *People's China*（《人民中国》），1957 年进入宋庆龄创办的杂志 *China Reconstructs*（《中国建设》，1990 年更名为 *China Today*《今日中国》）主持工作，直到 1989 年他 67 岁离休。

在对外宣传工作中，张彦叔叔和国内新闻战线的先驱结下了深厚的友谊，如同去报道芷江受降的记者周锦荪、英文《人民中国》的原主编刘尊棋、创建该杂志的老搭档萧乾、万隆会议上周总理的翻译浦寿昌、新华社记者钱行、彭迪, 等等。同时, 他也以真诚和胆识赢得了一大批新闻国际同道的信任, 有的还成为莫逆之交。

比如, 出生在华沙的犹太裔专家爱泼斯坦 (Israel Epstein), 黄头发, 高鼻梁, 看上去是百分之百的老外, 却是一个合法的中国公民。1957 年加入中国籍, 1967 年成为中共党员, 担任全国政协常委。他参加创建了《人民中国》《中国建设》等英文杂志, 负责《毛泽东选集》《邓小平文选》等许多重要文件的英译定稿。在他 70 岁和 80 岁大寿时, 邓小平、江泽民等国家领导人亲到人民大会堂祝贺。在帮助新中国的外国专家中, 他常常是排名第一。

张彦叔叔和爱泼斯坦相交了 50 多年。1951 年盛夏, 他去前门火车站迎接应宋庆龄之邀由美国回中国的爱泼斯坦和邱茉莉夫妇。从此, 他俩就成为对外宣传战线上最亲密的搭档。两人的办公桌面对面, 爱泼斯坦有什么意见, 总喜欢随手写在纸条上递给张彦。张彦则将其积攒起来, 作为对外宣传工作的重要参考。爱泼斯坦的手写英文一向潦草, 同事中只有几个人能辨认, 而张彦就是其中之一。

左起: 张彦、爱泼斯坦 (帮助新中国的著名外国专家)、刘尊棋 (《人民中国》原主编)

再如, 陈依范 (Jack Chen)。他也是与张彦叔叔过从甚好的外籍新闻同道, 堪称一个传奇人物。能写善画, 纤笔一支, 胜过毛瑟三千。1908 年, 他出生在西印度群岛, 父亲陈友仁做过孙中山革命政府的外交部部长, 母亲阿加莎是黑白混血儿。他曾是英国籍，又加入美国籍，却有一颗火红的中国心。抗战期间，他作为英国《亚洲杂志》和《雷诺新闻》的记者，到延安采访过毛泽东、朱德等革命领袖，配上自己的漫画，通过发行量达百万份的报刊，有力地宣传了中国人民的抗战。

中华人民共和国成立后，陈依范放弃国外优渥的待遇，住到北京，张彦有机会和他共事，一起坐公交车，吃普通食堂，为创建《人民中国》和《北京周报》这样一些有影响的外文杂志奠定了基础。"文革"中，陈依范被批斗，下放农村，直到 1971 年周总理出面干预，才回到北美，后为尼克松访华提供了重要咨询。而张彦和家人则

热爱中国的外籍华裔记者陈依范

被下放到河南汲县的上乐村。共同的苦厄和忧患意识使两位新闻前辈心贴得更近。陈依范有关中国的英文宏著中，有一本为《上乐村的一年》，就受到了张彦经历的启发。而张彦也一直视陈依范为鞠躬尽瘁传播中华历史和文化的榜样。

2001 年，新闻斗士小鲍威尔在旧金山家中

上了年纪的人大概都记得，在新中国成立前，上海有一份颇有影响的新闻周刊 *China Weekly Review*，创办者——美国人约翰·鲍威尔（John Powell）支持中国抗战，被日本人关进集中营致死。其子小鲍威尔 1919 年出生在上海，继承父业，拥护新中国，揭露美国在朝鲜战争中使用细菌武器的丑行。结果，20 世纪 50 年代他一回到美国，立刻成为麦卡锡白色恐怖的迫害对象，虽然生活陷入困顿，他依然坚持申诉，直到 30 多年后美国档案公开，他的清白和正直才得到政府的承认。张彦非常佩服小鲍威尔的"新闻斗士"精神，感念他力挺美中人民友好协会，访美时，数次造访他家，和他交流对中国蓬勃发展的看法，叙述上海的旧事与新闻，听他讲几句地道的"上海唉喔"。张彦偕妻子，和小鲍威尔夫妇结伴旅行，亲如一家。当 89 岁的小鲍威尔 2008 年在旧金山去世时，87 岁的张老深情地写下送别辞："坚持真理的勇士小鲍威尔，你走好！中国人民不会忘记你！你的上海老乡们永远怀念你！"

和张彦叔叔相知最久的外国新闻专家，可能要数加拿大的联合教会传教士文幼章（James Endicott，1899—1993）。他出生在四川乐山，讲一口流利的四川腔普通话，在华西协和大学任教，曾是蒋介石、宋美龄新生活运动的顾问。抗战期间，他手工石印了 5000 多份《精益英文周报》，促进学生英语学习，传播国际时事，引起了政治旋风。战后，他在上海创办了共产党的地下英文刊物 *Shanghai Newsletter*（《上海新闻通讯报》），面向西方发行，宣传共产党的领导，反对国民党政府的独裁和腐败行径。1947 年，他回到加拿大后仍为宣传中国和保卫世界和平而奔走，于 1948 年创办了 *Canadian Far Eastern Newsletter*（《加拿大远东时事通讯》），其后 44 年一直以报道中国做主题，成为中国与世界各国之间的桥梁。文幼章被《人民日报》称为"中国人民的老朋友"，荣膺中国人民对外友好协会授予的"人民友好使者"称号。2009 年，在评选"100 位为新中国成立做出突出贡献的英雄模范人物和 100 位新中国成立以来感动中国人物"中，又被评为"致力于世界和平友好事业，世界著名的和平战士"。

张彦第一次见文幼章，可追溯到 1945 年。在成都浩浩荡荡的"反内战，要和平"学生游行中，张彦等几位西南联大学生代表，举着悼念在昆明"一二·一运动"中死难四烈士的花圈，走在游行队伍的最前列。和他们一起高呼口号并肩前进的，就是高个子的外国教授文幼章。此后几十年，他们肝胆相照，在成都、重庆、上海、北京以及国外，在宣传领域长期保持联系和相互支持。1989 年苏联解体后，文幼章从多伦多给张彦寄去录音带，留下了一生思考和战斗后的肺腑之言：

　　我一如既往深信不疑，社会主义是我们的目标。我个人对前途是乐观的，我相信社会主义必胜。但是，我最不能容忍，在共产主义领导下的政府也出现了腐败。如果这种现象得不到及时的纠正，那共产党就真正要出现危机了。中国革命，总的来说，已经取得了很大的成就。然而，如果中国不能解决腐败问题，继续前进将受到很大影响。①

　　张彦叔叔曾撰近两万字长文《奇人文幼章》，描述加拿大老友追求真理的一生，庆祝其 95 岁大寿。未料此文写好不久，文幼章即溘然长逝。1993 年，张彦夫妇到灵堂为老友送行，深信这位国际和平战士的事迹，在任何年代，都是鼓舞人们前进的巨大力量。

二、深情厚谊来自"美国的白求恩"等友好人士

　　工作的需要和诚恳的个性，让张彦叔叔结交了美国各行各业的朋友，像黑人城市底特律的白人女议长玛丽安·马哈菲、令戏剧大师曹禺称赞的著名剧作家阿瑟·米勒、美中关系委员会主席白莉娟、好莱坞明星葛丽亚·嘉逊、美国的两位"白求恩"……

　　他与两位美国"白求恩"的友谊长达多年，一直持续到后者生命的最后一息。

　　20 世纪 30 年代，美国医生马海德（George Hatem, 1910—1988）背着药箱骑着马奔驰在陕北草原上，到处给人看病，被亲切地称为"马大夫"。新中国成立后，他为消灭麻风病四处奔走，抱病为中国争取国际支援。张彦曾和他在北戴河休假，除了有时游泳外，马大夫多半坐在打字机前工作，不禁对张彦袒露心迹："我的时间不多了！"张彦心疼得流下了泪水。

　　另一位美国医生，乔丹·菲利普斯（Jordan Philips, 1923—2008），是妇产科大夫，"文革"后来华，发现中国现代医学惊人地落后，就矢志改变现状。30 多年来，他给中国运来了 70 个 20 吨集装箱的医学书籍和仪器，赠送给上千家中国医院、医学院和图书馆。为此，他和夫人玛丽在 20 年内自费访华 80 多次，义务讲学，培训中国医生。中国政府曾于 1988 年、1989 年和 1995 年三次提名他为诺贝尔和平奖的候选人。他和张彦深交 20 多年，每次他一到中国，第一个

---

① 张彦. 风云激荡的一生［M］. 北京：新世界出版社，2012：214.

电话总是打给张彦："We are here！"（我们到了！）后来，他因患癌去世，而他那爽朗欢快的声音依然萦绕在张彦耳边，令其唏嘘怀念不已。

左起：章文晋、马海德医生、张彦、费孝通

有些美国朋友，几十年后，还清晰地记得张彦叔叔 1979 年初到美利坚认真了解风土人情的样子。

张彦的美国挚友菲利普斯夫妇在赠华医学图书出发时

今年已是 98 岁的学者李敦白（Sidney Rittenberg），就是其中一位。他先后就读于普林斯顿大学和北卡罗来纳大学，是美国共产党员，1944—1979 年长居中国，曾前往延安，加入中国共产党。新中国建立后，在中央人民广播电台任职，著有《红幕后的洋人：李敦白回忆录》一书。惊闻张彦叔叔逝世后，他立刻写下深切的追思之情：

> 1979 年，我第一次见到张彦，他是华盛顿特区的中国首席记者。以前在北京的时候我对他有所耳闻，后来我们成了好朋友。
>
> 张彦一生全心全意致力于中美之间的友谊和理解，坚韧不拔，锲而不舍，他建立的人与人之间的互相尊重是人类未来发展的基石。
>
> 40 年前，我和太太有缘帮助张彦亲自体验美国。我们带他去了一家美国超市，那时中国还没有超市，这是他第一次去，一下子就被琳琅满目的商品和巨大的便利吸引了。在卖罐装汤的地方，他走近一位纽约中年妇女，以他一贯的温文尔雅，客气地问道："这么多牌子和花样，您怎么挑呢？"她笑答道："有时，是不好挑呢。"
>
> 张彦想了解美国的摇滚文化，于是我们带他去听"重金属"乐队震耳欲聋的音乐会。以为他最多听五分钟就会跑出来，我们自己打算听两分钟就走人——耳鼓都快震裂了。但是，张彦听了整整两个半钟头。他没有用脚打拍子或跟着唱，而是安静地在小本上做笔记——认真学习。
>
> 让我们印象深刻的是，他卓有成效地学习了美国流行文化和日常生活的方方面面，而根却深扎于他的中华母国文化。
>
> 我们想念你，老朋友！我们知道太平洋两岸的人们都会受益于你的工作，发扬光大你的精神。

美国友人、中国《人民画报》专家悌思·温兹（Tese Wintz）女士，也珍藏着与张彦叔叔相识相知的丰富回忆。1979 年，张彦想去采访居住在洛杉矶百里之外深山老林的农业工会领袖塞萨·查维（Cesar Chavez），当时临近圣诞节，很难找到陪同。美中人民友协 24 岁的工作人员悌思听说后，一拳锤在办公桌上，说："我去！"次日晨，她按照约定的 5∶30 开车去接，张彦还没醒，为了不迟到，她只好走进去叫醒这位中国名记。这次不拘俗礼的初见，给彼此都留下了美好的回忆。一路上坦诚的思想交流，更使他们一见如故。悌思曾以与张彦随后八年的交往为内容，完成了她的硕士学位论文，并对中国产生了强烈的兴趣和感情，投入了对中国和亚洲的研究。来华后，除为《人民画报》工作外，还在北京大学教英语。每到中国，她就视张家为己家。三十多年来，她几乎每年都要带团到中国和亚洲旅游，而且每次必带全团来张家访问。

张彦（右）和《人民画报》专家悌思·温兹（左）

在她发自内心的忆述中，她如是写道："几十年来，有多少次我们相聚在波士顿、洛杉矶、芝加哥、华盛顿……？有多少次，您在您的北京家中为我准备床铺，房间里的书堆到了天花板。我想念您！您永远是我的兄长、父亲、良师、密友。"

三、绵延数代的飞虎奇缘

让张彦叔叔刻骨铭心的国际友情，还来自他从 20 多岁时就结识的美国飞虎队队员。他们是来华抗战的美军第 14 航空队的飞行员和摄像师。1944—1945年，还是西南联大学生的张彦、马识途、在昆明基督教青年会为地下党工作的李储文，以及另外几名英文好的中国青年，和飞虎大兵贝尔、海曼、艾德尔曼、帕斯特、华尔德，每两周聚会一次，交流各自国家的历史和现状，建立了深厚的友谊。抗战胜利后，这些大兵在经重庆回国时，有幸见到了正在那里进行国共谈判的周恩来。其中三位——贝尔、海曼、艾德尔曼还在重庆红岩村受到了毛泽东的接见和宴请。那张历史性的珍贵合影不仅挂在张彦叔叔家客厅的墙上，而且几十年来一直陈列在中国的历史博物馆里，作为中美曾在反法西斯战场上同仇敌忾的见证。

1944 年，驻扎在昆明的美国飞虎队员和中国的进步青年在大观楼公园里聚会

前排左起：迪克·帕斯特、李储文、李储文之妻

张彦（后排左一）、霍华德·海曼（后排左二）、马识途（后排右二）、莫利斯·华尔德（后排右一）

1949 年新中国成立后，中美关系跌入低谷达 30 年之久，张彦叔叔和飞虎队战友的联系也随之断绝。20 世纪 50 年代，美国"白色恐怖"盛行，这些主张和新中国建交的飞虎老兵也受到打击，以致他们被迫将和毛主席的合影埋在地里，若干年后拿出来已经发黄了。1972 年，美国尼克松访华的破冰之旅之后，他们拿着老照片来华苦苦寻找昔日的中国朋友，然而徒劳而返。当时，张彦仍在农村，背着"莫须有"的罪名劳动，没有人敢把真相告诉他们。

1979 年中美邦交正常化后，同年平反的张彦叔叔被任命为《人民日报》首任驻美记者。到达华盛顿第一天，他在大使馆的房间就有一盆鲜艳的郁金香迎候。而神秘的送花人正是住在纽约的飞虎队老朋友。张彦赶快问邮局在哪里，好给他们打长途电话，因为当时在国内打长途电话，必须要到邮局。大使馆人员指指桌上的电话机，微笑着说这儿就可以打长途。当张彦告诉老朋友不久去纽约重逢时，他们说："不行！我们已经等了35年，不能再等了。"第二天，他们就乘飞机从纽约赶来，重新续上了在抗日烽火中缔结的生死情义。

1979年，张彦（左）与飞虎老兵朋友贝尔（中）、海曼（右）重聚于中国驻美大使馆

他们待张彦叔叔如家人。有一次，老朋友贝尔从火车站把他接回他家，骄傲地对门卫讲："这是我1944年在中国认识的好朋友，他要在我家住一阵子。"他交给张彦家里钥匙，任其自由出入。一天，张彦看电影回来晚了，一进门就被贝尔怒气冲冲地质问："你上哪儿去了？"原来，他担心张彦在繁华的纽约出意外，给警察局、医院急诊室、朋友打过多次电话。张彦赶快检讨自己没有事先告诉贝尔，在这种深情厚谊的由衷触动下，他不久就发表了一篇脍炙人口的文章《手足之情无国界》。

飞虎老友——迪克·帕斯特（Dick Pastor, 1918—2008）及其家人，对张彦叔叔亦有很深的感情。迪克·帕斯特出生在纽约，是一位有正义感的新闻工作者，反对种族歧视，维护工人利益。他在华抗战的传奇经历改变了他的人生，从此献身于中美友好交往，成为美中人民友好协会的积极分子。1972年，与张彦失联近 30 年的帕斯特，携妻来华苦寻张彦未果，直到张彦赴任《人民日报》驻美记者，他们才在美国久别重逢。

1979 年，与飞虎老兵朋友重聚于美中人民友好协会年会会场前（左起：海曼、张彦、帕斯特、艾德尔曼）

迪克·帕斯特一直有个梦想，要回昆明看望中国老朋友。2004 年，86 岁的他不顾年迈体虚，在 90 岁夫人的陪同下，勇敢地坐着轮椅飞越太平洋，来到昆明。时年 90 岁的马识途和 82 岁的张彦立即分别从成都和北京飞往昆明，与他会合，实现了 60 年后重聚的梦想。

三个老头重相聚
六十年后话沧桑
二零零八犹期许
北京再会希勿忘

马识途激动地挥毫写下以上《七绝》。没有料到，不久，在 2008 年 1 月，迪克·帕斯特就在睡眠中平静地辞世。张彦在自传《风云激荡的一生》中，深情忆述，称赞迪克·帕斯特"一生献给美中友谊"。

2016年6月，迪克·帕斯特的儿子迈克·帕斯特和夫人专程从美国来华，看望与父亲相交60年的老友——马识途、李储文和张彦。

当时已经95岁、正在病中的张彦叔叔得知后，激动得夜不成寐。他对迪克·帕斯特说："看到了你，就想到了你父亲。我们相交了一辈子。他对我的影响极大……和飞虎队的关系是我生命的重要构成，通过它，我们认识了彼此和各自的国家。"

第一次见到父亲多年至交的迈克·帕斯特也百感交集，他对张彦叔叔说："您极大地影响了我父亲的生命。您和我父亲的那些照片，我看了很多很多次……"

2004年，60年后昆明大观楼重聚首（左起：张彦、飞虎老兵迪克·帕斯特、马识途）

得知张彦叔叔去世后，远在纽约的迈克·帕斯特十分悲痛，写文倾诉如下：

我父亲1942年第一次到中国，在抗战期间驻扎在昆明。在昆明，他遇到了三个中国年轻人：李储文、马识途、张彦。我从小到大，看见过父亲在华的许多照片，听过很多他在中国的故事。尽管对于少年的我来说，那些名字听上去太外国味，太不同寻常，故事也太复杂，但是我很清楚，中国和父亲遇见过的人们对他至关重要。

2016年，迈克·帕斯特（飞虎队摄影师迪克·帕斯特之子）到张彦的北京家中拜访（苏小岑摄）

2015年，飞虎队译电员、斯坦福大学胡佛研究所图书馆馆长马大任（时年95岁）来华参加抗战胜利70周年纪念，来到张彦（右）家中

随着年龄增长，理解力变强，我了解了中国人民的抗战和飞虎队的作用，开始理解父亲对他中国朋友的深情。几十年过去了，那种关系的重要性并未减退。父亲曾经努力想联系上他的中国朋友，1972年到中国寻找张彦，结果徒劳而返。最终，他们在美国重逢了，2004年回到中国昆明又重聚了一次。

2016年，我有机会来北京拜访张彦，是一次非常有意义而感人的经历。将我和我出生前父亲的部分生活联系起来，也将我和张彦饱经沧桑的令人难以置信的历史联系起来。能有机会和张彦见面，分享我父亲和中国的紧密联系，以及他在多年前建立起来的友谊，我非常感恩。

张彦先生的逝世，令我十分悲痛。我只想说，他传承下的友好纽带将永被铭记，深厚的情谊也将地久天长。

数年前，在央视播出的四集纪录片《飞虎奇缘》，也记载了张彦叔叔和飞虎队战友及其后代绵延70多年的感人情谊。

四、乐观未来，风雨知音无国界

2016年6月，张彦叔叔在生前最后一次与飞虎后代见面时，曾经含泪感言："我95岁了，一生当中，我感觉自己既是中国人，也是美国人。我一半是美国，一半是中国。美国有它的优点，中国有它的优点，中国老百姓和美国老百姓都有可爱的地方。我从小的教育到现在，就是美国人和中国人只有和平和友好，只有这一个途径，没有别的途径。今年，我看世界的形势，好像美国和中国不好了，其实不会，绝对不会打仗。这是两国人民的本质决定的，是不被国际形势改变的……"

这是奋斗了终生的新闻老将的心声，是具有国际襟怀的中华赤子的凤愿，其实也代表了世界各国人民渴望和平与发展的诉求，承继着张骞、玄奘、郑和、容闳等历史先贤开辟的对外友好交往的光荣传统。

"东海西海，心理攸同；南学北学，道术未裂。"中国近年来推行"一带一路"国策，倡导"人类命运共同体"的理念，发扬"协和万邦，和衷共济，四海一家"的上合精神，加强"开放、包容、合作、共赢"的金砖国家默契……这些重大举措不仅包含了对中美关系的高度重视，而且有利于在全球范围争取更多志同道合的各国朋友。

　　是故，张彦叔叔所厚植的国际友情，正由新人和后代进一步地书写下去，在人民之间，在国家之间，在多个领域之间，都会出现无数动人的新篇章。也许，在天上的张彦叔叔会倍感欣慰，继续思索和报道吧。

　　（若无特殊说明，本文图照由张彦叔叔及其长女张蓓利提供。）

致　谢

感谢每篇小传的传主及其家人予以信任，提供珍贵的图文和音视频资料，倾盖如故，蔼然赐教。

感谢中国传记文学学会庄志霞理事、《传记文学》斯日主编、《名人传记》金翎责编、《人物传记》李辉责编等老师热情襄助，刊发书中的部分小传。

感谢王英伟教授（昔时的中学班长、今日海内外闻名的麻醉学专家）慨然赐序；复旦大学田素华教授、南方医科大学南方医院谭晓明教授赐读给力，情如兄长，义比少侠，共同纪念青涩而永远美好的同窗岁月。

感谢父母的大恩、家人的支持，以及 Cindy 小友的诤评。

亦感谢光明日报出版社的编辑老师将这些小传精心结集出版，让更多的读者邂逅奇人、奇书，体悟大智大勇、大仁大德，以及身在大千世界的奇遇……

作者谨识

2020 年夏晨于悦庐